雅舍窗前青青草

——梁实秋韩菁清传奇的恋爱

叶永烈　著

四川人民出版社

图书在版编目（CIP）数据

雅舍窗前青青草：梁实秋韩菁清传奇的恋爱 / 叶永烈
著 . —成都：四川人民出版社，2018.4
ISBN 978-7-220-09670-9

Ⅰ . ①雅… Ⅱ . ①叶… Ⅲ . ①纪实文学—中国—
当代 Ⅳ . ① I25

中国版本图书馆 CIP 数据核字（2015）第 259567 号

YASHE CHUANGQIAN QINGQINGCAO

雅 舍 窗 前 青 青 草

叶永烈　著

策　　划	汤万星
责任编辑	张　丹
封面设计	张　科
版式设计	张　妮
责任校对	袁晓红
责任印制	祝　健
出版发行	四川人民出版社（成都槐树街 2 号）
网　　址	http://www.scpph.com
E-mail	scrmcbs@sina.com
新浪微博	@ 四川人民出版社
微信公众号	四川人民出版社
发行部业务电话	（028）86259624　86259453
防盗版举报电话	（028）86259624
照　　排	四川胜翔数码印务设计有限公司
印　　刷	自贡市华华广告印务有限公司
成品尺寸	160mm×230mm
印　　张	22
字　　数	350 千
版　　次	2018 年 7 月第 1 版
印　　次	2018 年 7 月第 1 次印刷
书　　号	ISBN 978-7-220-09670-9
定　　价	49.80 元

目 录

附 录

代　序

永烈：

　　谢谢你寄来的初稿。

　　教授认识我时已73岁[1]，他逝时是86岁，13年的恩爱岁月，虽然短了些，但留下了可歌可泣不可磨灭的回忆及一页流传的佳话和历史。我此生没有白活，直到如今我仍沐浴于爱河中，因为他永在我的心底。

　　1月4日（腊八）是他生日，我专程带亲友们赶到北京为他庆祝冥诞，并想在内务部街为他焚些元宝。但文茜说那个小胡同内交通拥挤，不能随便点火，所以在文茜的住所楼下带了她祖孙三代焚香给教授。过年时不知她照做没有？虽是"迷信"随俗了一些，但是不如此做法，我就是于心不忍。我们是患难夫妻（当时各方指责，简直是如临大难。那几个月两人精神上的刺激，不是一般人所能体会的，比没钱过日子还苦），有难同当，有福自然同享。他留下了《雅舍小品》的版权给我，我不能自己专享，所以每月坟上去一次，鲜花、水果、甜食、金银（纸钱）及香烛，一定要带给他。人嘛，"得一知己，死而无憾"。除了夫妻之情、忘年之恋之外，我想我们是最知己的。世上找一善解人意的人已不大容易，能像我和他之间的"了解""知心"，我看历代至今没有多少对。现实是很残忍的，但我能忍。我心中有他，就有一股力量，我能忍受许多女人所不能忍受的痛苦！我想这就是"纯情"与"爱"的力量吧？

　　从前在镜子上我写"世上没有真爱"，现在我拥有了真爱。那面镜子上的字，教授早已擦掉，房子也早转手了。

---

[1] 韩菁清是按虚龄计算的。

自上月14日回来，忙完了过年，就一直感冒至今。整天一个人三只猫，冷清寂寞不在话下，与在沪和你见面时你所看到我家的子子孙孙相聚情形，刚好成反比例。今后我会两头跑跑，过过寂静的日子，也过过热闹的日子。人生苦短，在我有限之年"云游四方"，多看看老友，也多认识几个新朋友。上次你提及的那几位我所崇敬的文人、画家，我一定去拜访他们，当然少不了你作陪。

我将来会将新婚一年的日记慢慢整理好，让你过目后，交由你发表，稿费尽量争取后，再做有益的花费。慈善家我不够格，我常喜欢尽一点心意，为社会、为人类做一点事。

虽然我从歌从影，当年为旧社会人士藐视，认为是"娱乐""不成大器"，但我认为尽本能地做到能给人健康的娱乐，有何不好？做人多苦，生下来就哭，死去时又哭，活在世上给人类一点快乐，是很可爱的。此行业除了有少数败类，多数人还是很高尚的。各行各业的人都有好有坏，我不明白封建时代对影歌一行，何以那么不尊重？直到我与教授结婚，人们的反对无非也是因为我"入错了行"！不过他们提起某教授的续弦下场极惨，那位女士却是一位中年的公务员，且恋爱多年才结婚的。他们的婚姻才是"盲目的恋爱""了解的分手"！

每个人都有每个人的命运，"人比人，气死人"。我不懂为什么当年那般（班）文人雅士，都会有俗气的想法！扯远了，纸到尽头该收笔了。忘记先向你请安呢。你和你爱人都很健康快乐吧？从电话中听到甜美的声音，是她呢？还是女儿？代我问好。

致崇高敬意。祝一切如意。

菁　清

1990 年 2 月 15 日

（注：在韩菁清生前，本书作者征得她的同意，把此信用作本书代序。）

第一章

千里有缘

传奇的恋爱

世上唯有忘年交，岂有忘年恋？

不，不，一对异性忘年交结为连理，不就成了忘年恋吗？

人生列车驶进 71 岁这年头，火车头已在那里不住地喘着气儿。用中国文绉绉的话儿来说，曰："年逾古稀。"

梁实秋

素有台湾文坛元老、大师以至"国宝级作家"美誉的梁实秋，就在 71 岁那年深秋，忽地与风姿绰约的港台影歌红星韩菁清共坠爱河。虽然开初"希望两人仅为忘年之交，不谈婚姻之事"，然而忘年交却神速发展为忘年恋。梁实秋那支译过《莎士比亚全集》的笔，竟在短短两个月里，给韩菁清写了 90 封情书。他在情书中称菁清为"亲亲"。其实，就在这情书频频之际，他和她还天天见面、长聊！

用台湾《联合报》编者的话来说，"梁韩之恋昔年震动文坛，哄传不已"，称之为"倾城之恋"（见 1989 年 1 月 4 日《联合报》第 18 版）。

就连梁实秋自己，也在致韩菁清的情书中说："我认为这是奇迹。"

不过，哄传归哄传，震动归震动，诚如《联合报》编者所言，台湾内内外外，对于梁韩之恋"其间曲折真相却始终有其'悬疑性'"。

这一奇迹般的忘年恋经历了 13 个春秋，直至 1987 年 11 月 3 日梁实秋以 84 岁高龄死于医疗事故，才画上了休止符。

我曾为梁实秋之逝写了报告文学《梁实秋的梦》，1988 年第 6 期《上海文学》和 1988 年第 9 期《新华文摘》全文转载，并获 1988 年度大陆"中国潮"报告文学奖。

不过，文中对于梁韩之恋，只是一笔带过。

梁韩之恋的内情，知之者只梁韩两人而已。梁实秋先生已到另一个世界去了，无从寻访。韩菁清女士在梁实秋去世之后，曾于1987年冬来过大陆，那时行色匆匆，无暇细谈往事。

她回台湾后，于1988年1月27日接到出入境管理局通知，"禁足"两年。诚如台湾《自立晚报》1988年2月4日所透露，"禁足"的理由是"她到大陆探亲未经报备"。

终于熬满了两年，1989年的最后一天——12月31日——她获准前来大陆探亲，飞抵上海。此后，她在1990年3月、8月，又两度飞渡海峡，前来上海探亲。趁她探亲的闲暇，我一次又一次与她长谈。

俏丽豪爽、谈锋甚健的她，一腔深情地追忆了她与"教授"（她总是这么称呼梁实秋）共同生活的那些难忘岁月。虽然"其室则迩，其人甚远"，但她长相思、长相忆，仍念念不忘那长眠于另一个世界的"教授"。

人间重真情。作为"倾城之恋"两主角之一的她，坦诚、率直的长谈，道出了"其间曲折真相"，拨开了"悬疑性"迷雾。原本只是"你知、我知"的梁韩之恋，今日由她细细道出内中种种衷肠、般般柔情，使世人知，使读者知。

"爱情是无限的，是可以超越年龄的。缘分到，什么也无法阻挡的。"她如此说。

梁实秋与韩菁清

一腔深情。此时此际她的心,诚如"教授"当年写过的一首俚词:

> ……
>
> 目断长空迷津渡。
>
> 泪眼倚楼,
>
> 楼外青无数。
>
> 往事如烟如柳絮,
>
> 相思便是春常驻。

往事沧桑,如梦一般。追忆远逝的岁月,旧梦依然带着温馨。"寄我相思千点泪,流不到,楚江东。"

她把两人的往事慢慢从头道来……

痛失结发之妻

梁韩本不相识。

"缅怀既往,聊当一哭。衷心伤悲,掷笔三叹!"1974年8月29日,在美国西雅图,一位前庭开阔、头发稀疏的古稀老人戴着一副基辛格式深褐色粗边框眼镜,写罢文末的16个字,不胜唏嘘,泪水涌上了眼眶。

此人便是梁实秋。他属虎,生日很好记——"腊八",亦即阴历十二月初八。他生于光绪二十八年腊八,通常被误为"1902年",也有的误写为"1901年"。例如台湾文星书店所印梁实秋的20多种著作,封底均印着作者简介:"梁实秋,1901年生……"现据《一百年日历表》查证,光绪二十八年(壬寅)腊八,应为1903年1月6日。算错出生年月者,其实是梁实秋自己,例如他在《清华八年》中写道:"1915年,我14岁……"

据此,即生于1901年;倘那"14岁"是虚岁,则生于1902年。而实际上他生于 1903 年。

梁实秋是道地的北京人，出生在北京东城内务部街 20 号。

他的远祖原在直隶（河北）沙河一带务农。他的祖父梁芝山为振兴梁家，进入北京谋生，置宅北京东城根老君堂。这"老君堂"大约是个吉利之地，梁芝山竟得以宦游广东，发了财，回北京后购下内务部街 20 号——那是一座有正院、前院、后院及左、右跨院，总共 30 多个房间的大院子。梁实秋便生于这座大院子的西厢房里。他原名梁治华，实秋是他的字。

梁实秋的父亲梁咸熙是个秀才，同文书院第一期学生，精于金石、小学。母亲名唤沈舜英，是位温淑女性。

梁实秋的前半生在中国大陆度过，而后半生的脚印落在台湾——不论前半生还是后半生，他都曾在美国客居数年。由于他的后半生是在台湾度过，雄踞于台湾文坛，拥有众多的读者，因此他在台湾享有极高的知名度，几乎无人不知他的大名。

在海峡这边，梁实秋也是名人：老年人从当年"新月派"的作品中熟悉他的大名，中年人则从鲁迅的杂文和毛泽东的著作中知道他的名字。他曾在 20 世纪 30 年代与鲁迅打过笔战。为此，鲁迅在 1930 年 4 月写了讨梁檄文《"丧家的""资本家的乏走狗"》，还写了好几篇"投枪、匕首"式的批梁杂文。这场笔战当时硝烟弥漫，随着时间的推移，原本烟渐消、云渐散，然而，那篇《"丧

北京梁实秋故居

青年梁实秋

家的"""资本家的乏走狗"》却被赫然收入大陆高中语文课本第六册之中。这样，大陆每一个受过中等教育的人，都知道梁实秋其人——把他的名字跟"乏走狗"等同起来！至于毛泽东的《在延安文艺座谈会上的讲话》，在大陆亦广有影响，其中提及"像鲁迅所批评的梁实秋一类人"，又一次从反面提高了梁实秋在大陆的知名度。

不过，那篇《"丧家的""资本家的乏走狗"》在前些年已从大陆高中语文课本中消失，大陆新一代的年轻人是从大陆翻版的《远东英汉大辞典》上知道"主编梁实秋"的。

梁实秋在12岁时考入清华留美预备学校，8年制毕业，20岁留学美国。渊源家学给他以深厚的中国古文底子，留学生涯又使他精熟西方文学，于是他学贯中西，用他自己的话来说，他是"古典头脑，浪漫心肠"。

他用了37年工夫，独立译出《莎士比亚全集》40卷，煌煌400多万字，成为中国译界引人注目的丰碑；

他译《世界名人传》124册；

他主编各种各样的英汉字典，从小学生用的到大学生用的，多达30多种；

由他主编的各种各样的英语教材，也有几十种之多。

除了翻译之外，他写过诗、散文，尤以散文著称。他的著述独具一格，如他所言："我最初尝试的创作是新诗，年轻人情感炽盛，所谓多愁善感是人所难免的。写诗是最顺理成章的抒情方式……写一首白话情诗，寄给意中人，是无与伦比的心理满足。但是读了一些中外的诗篇之后，渐渐觉得诗不能专靠一股情感，还要有思想、有意境、有技巧。诗有别才，勉强不得。于是我到了适当的时候就不再写诗，不写诗就只好写散文，别无选择。"他认为，散文"或叙事状物异趣横生，或写身边琐事温馨细腻，或委婉多讽谈言微中，或清新隽永娓娓动人，或剖析哲理发人深省，或语涉玄妙富有禅机"。他的散文隽永清丽，自然亲切。他的《雅舍小品》出了一集又一集……然而，他从未像今日这般激情满怀地写作，以至写毕之后仍沉醉于幻梦之中。

宽大的写字台上，一大沓整齐的手稿，开首的一页上写着四个大字："槐园梦忆"。旁边，写着一行字："悼念故妻程季淑女士"。

他的新著取名《槐园梦忆》，是因为美国西雅图市北的槐园（Acacia Memorcal Park）桦木区（Birch Area）那"15C-33"墓，浓缩着他50年梦幻。爱妻独自先去了，静静地躺在那里，长眠千古。

虽然惊雷早已消散，但是，他的笔在写《槐园梦忆》中这段文字时，依然在颤抖：

> （1974年）4月30日那个不祥的日子！命运突然攫去了她的生命！上午10点半我们手拉着手到附近市场去买一些午餐的食物，市场门前一个梯子忽然倒下，正好击中了她。送医院急救，手术后未能醒来，遂与世长辞。在进入手术室之前的最后一刻，她重复地对我说："华[1]，你不要着急！华，你不要着急！"这是她最后对我说的一句话，她直到最后还是不放心我，她没有顾虑到她自己的安危。到了手术室门口，医师要我告诉她，请她不要紧张，最好是笑一下，医师也就可以轻轻松松地执行他的手术。她真的笑了，这是我在她生时最后看到她的笑容！她在极痛苦的时候，还是应人之请做出了一个笑容！她一生茹苦含辛，不愿使任何别人难过……

程季淑是他的结发之妻，生于1901年2月17日，安徽绩溪人。算起来，她比他大两岁。梁实秋常常犯计算年龄的"错误"，总是说自己也生于1901年，多半是为了她——他爱说他和她"同龄"，不愿让人知道她比他大两岁，虽说这原本不是很要紧的事。

程季淑是胡适的同乡。诚如梁实秋在《胡适先生二三事》一文中所写道：

> 吾妻季淑是绩溪程氏，我在胡先生座中如遇有徽州客人，胡先生必定这样地介绍我："这是梁某某，我们绩溪的女婿，半个徽州人……"

程家在北京开设了"程五峰斋"笔墨店，与"胡开文"笔墨店齐名。如此

---

[1] 梁实秋原名梁治华。

梁实秋与胡适的友谊维持了一生。图为 1958 年 5 月梁实秋（左一）与胡适（左二）共同出席台湾师范大学的一次座谈会

这般，程季淑小姐也就前来北京。

梁实秋 18 岁那年，正在北京清华留美预备学校（清华大学前身）求学，忽地与他父亲有着金兰之交的黄运兴先生前来提亲做媒，那对象便是刚从女子高等师范毕业的程季淑小姐。据云，"她人挺好，满斯文的，双眼皮大眼睛，身材不高，腰身很细，好一头乌发，挽成一个髻堆在脑后，一个大篷覆着前额"。

毕竟终身大事，梁实秋生怕上"花言巧语"的当，竟然大胆地给程小姐打电话，要求一晤。

第一次从电话耳机里传出来的声音，使梁实秋吃了一惊："她说话的声音之柔和清脆是我从未听到过的。形容歌声之美往往用'珠圆玉润'四字，实在非常恰当。我受了刺激，受了震惊，我在未见季淑之前先已得到无比的喜悦。"

如此这般，他和她终于相约见面。"季淑穿的是一件灰蓝色的棉袄，一条黑裙子，长抵膝头。我偷眼往桌下一看，发现她穿着一双黑绒面的棉毛窝，上面凿了许多孔，系着黑带子，又暖和又舒服的样子。衣服、裙子、毛窝，显然全是自己缝制的。她是百分之百的一个朴素的女学生。"

第一次见面，彼此都留下好印象。从此，一次次在北京中央公园、在太庙约会，花前月下，喁喁而语。他甚至去她任职的学校看望她，一年之中去了五六十趟。他写起情诗来了，这首《梦后》是其中之一：

> 吾爱啊！
>
> 你怎又推着那孤单的枕儿，
>
> 伴着我眠，偎着我的脸？
>
> 醒后的悲哀啊！
>
> 梦里的甜蜜啊！
>
> ……
>
> 孤零零的枕儿啊！
>
> 想着梦里的她，
>
> 舍不得不偎着你：
>
> 她的脸儿是我的花，
>
> 我把泪来浇你！

他和程季淑小姐的关系日渐明朗。1923年秋，梁实秋赴美留学，和程小姐一别3年，尽管当时的信要靠船运，一来一去要50多天，但梁实秋和程小姐之间每隔两三天都能收到一封对方寄的信——彼此勤于写信，互诉思念之情。3年间，双方都得到对方数百封信，积成一大堆。

1926年7月，梁实秋返回中国，有情人终成眷属。1927年2月11日，他和程季淑在北京南河沿欧美同学会举行婚礼——此时此际，那位韩菁清小姐尚未来到这个世界。

这年12月1日，他们的长女梁文茜出生。

不久，程季淑又生一女，3岁时夭折。

1930年4月16日，程季淑生下第三胎——儿子梁文骐。直至此时，那位韩菁清小姐还未曾出世呢。

1933年2月25日，程季淑生第四胎——女儿梁文蔷。

这样，梁实秋有了两女一子的小家庭。

如梁实秋所言：

一个人在事业上有所成就，很大部分是因为有贤妻，一个人在一生中不闯大祸，也很大部分是因为家有贤妻。（《雅舍小品·四集·厌恶女性者》）

程季淑是梁实秋的贤妻。

恩恩爱爱，梁实秋埋头著述，程季淑料理家务，小日子过得温馨。

抗日战争的烽火，使小家庭蒙受严峻的考验。梁实秋离开北平进入大后方四川任职，程季淑留在北平"侍奉公婆老母，养育孩子，主持家事"。夫妻天各一方，一别6年。程季淑历尽艰辛，才最后得以与夫君团聚。尝够离别之苦的梁实秋，从此得出一个结论："在丧乱之时，如果情况许可，夫妻儿女要守在一起，千万不可分离。"

抗战胜利之后，梁实秋一家返回北平。1948年冬，梁实秋和妻子从北平南迁广州。1949年6月，梁实秋偕妻及次女文蔷同赴台湾，担任台湾大学外文系教授。正在大学求学的长女文茜、儿子文骐，仍留北平。不料，此后一道海峡隔断两岸，梁实秋和长女、儿子天各一方，音讯杳无。

在台湾，梁实秋和妻子朝夕相处，家庭和睦。次女文蔷远嫁美国之后，家中只剩下老两口。

1960年7月，57岁的梁实秋飞往美国西雅图，出席"中美文化关系讨论会"，顺便去看看女儿文蔷。这是他去台湾后头一回与妻子小别。他在美国20天，心中无日不记挂着妻子。当他即将返台，妻子"算计着我的归期，花两天的时间就缝好了一件新衣"。在他步下飞机时，妻子穿着自己新缝的西装前往机场迎接。小别重逢，彼此如同当初梁实秋从美国留学归来时一般欢愉。老夫老妻，爱情如新。

1967年，当梁实秋完成《莎士比亚全集》翻译工作时，正值他和程季淑结婚40周年。梁实秋颇为动情地写道："我翻译莎氏，没有什么报酬可言，穷年累月，兀兀不休，其间也很少得到鼓励，漫漫长途中陪伴我体贴我的只有季淑一人。"在庆祝会上，台湾著名女作家谢冰莹亦高度评价程季淑贤内助之功："莎氏全集的翻译之完成，应该一半归功于梁夫人！"

毕竟岁月不饶人。白发悄然爬上了梁氏夫妇的双鬓。程季淑晚年备受高血

梁实秋与原配夫人程季淑

压折磨。为了让女儿文蔷可以照料她，梁实秋卖掉了台北安东街 309 巷的住了 13 年的房子，于 1972 年 5 月 26 日携妻飞往美国，侨居西雅图。他是决心从此在美国度过人生暮年的。因为台北安东街的房子，原是他自己精心设计、营造的，卖掉那样的"安乐窝"，表明他决心离开台湾。

岁月如梭。在美国，梁实秋已在和妻子筹划庆祝金婚（结婚 50 周年），"私下里不知道商量出多少个计划"，甚至准备"将双双地回到本国的土地上去走一遭"。这"本国的土地"，便是指中国大陆，指他们的故乡北京和安徽——因为美国已与中华人民共和国正式建立外交关系，使他们从美国回中国大陆探望久别的长女、儿子已成为可能。

就在这个时候，发生那意外的一击，梁实秋的老妻怆然倒下。

梁实秋写下这样的话，概括妻子程季淑的一生：

绩溪程氏，名门显著，红闺季女，洵美且淑，雍容俯仰，丰约合度，洗尽铅华，适容膏沐，自嫁黔娄，为贤内助，毕生勤俭，穷家富路，从不多言，才不外露，不屑时髦，我行我素，教导子女，正直是务，善视亲友，宽待仆妇，受人之托，竭诚以赴，蜜月迟来，晚营小筑，燕婉之求，朝朝暮暮，如愿以偿，魂兮瞑目。

贤妻亡故之后，梁实秋心境凄冷，写下内心的无限孤寂与痛楚：

> 我现在茕然一鳏，其心情并不同于当初独身未娶时。多少朋友劝我节哀顺变，变故之来，无可奈何，只能顺承，而哀从中来，如何能节？我希望人死之后尚有鬼魂，夜眠闻声惊醒，以为亡魂归来，而竟无灵异。白昼萦想，不能去怀，希望梦寐之中或可相见，而竟不来入梦！环顾室中，其物犹故，其人不存。元微之悼亡诗有句：惟将终夜常开眼，报答平生未展眉！我固不仅是终夜常开眼也。

梁实秋写下情深意诚的《槐园梦忆》献给亡妻。他甚至预订了紧挨着妻子墓旁的"15C-33"号地，准备日后与妻子共眠槐园。

他一次次去槐园："如果可能，我愿每日在这墓园盘桓，回忆既往，没有一个地方比槐园更使我时时刻刻地怀念。"

魂系槐园。梁实秋"从此无心爱良夜，任他明月下西楼"！

鳏居的他，自称在西雅图过着"单身监狱"生活，诚如 1975 年第 34 卷第 1 期台湾《皇冠》杂志张柱国先生的报道文章所述：

> 如今，梁教授孤独而寂寞，他形容西雅图的居所——"是个单身监狱"，每天清晨 4 时起身，散步一个小时，然后开始工作，两层楼房，前前后后竟连个说话的对象都没有。自己随便弄顿午餐，也经常被工作耽误。这样直到午后 5 时，女婿女儿外孙们回家，"我又急又忙地跑出来迎接，一天八个小时的监狱生活，总算结束！"……

孤独袭上心头，何日才能结束这"单身监狱"般的生活呢？

梁实秋把对妻子的深情写入《槐园梦忆》

"我俩相遇像传奇"

在无限的悲恸之中，梁实秋把他对亡妻无限的思恋，织成感人肺腑的《槐园梦忆》一书。

脱稿后，手稿立即从美国西雅图航寄台北远东图书公司。他跟远东图书公司有着深厚的友谊，由他主编的《远东英汉字典》《远东英汉大辞典》《远东常用英汉词典》《远东袖珍英汉词典》《远东英汉·汉英词典》《远东英英·英汉双解成语大词典》《远东高中英文读本》《远东高级文法》……都是由这家图书公司出版的。

《槐园梦忆》缠绵哀切，远东图书公司一接到这一书稿，当即作急件发排。

考虑到梁实秋正陷于丧妻之痛中，台湾友人邀他赴台校阅《槐园梦忆》一书清样，同时也借此让他散散心。

女儿文蔷也是如此劝他。后来，梁文蔷这么回忆道："我劝爸爸到台湾去散心，可能有机会遇到情投意合的朋友，可以结伴共度晚年。爸爸笑道：'无此念矣！'"

1974年11月3日[1]，梁实秋从美国飞往台北。想及两年前夫妻双双飞往美国，如今孤身一人，唏嘘不已，在万米高空吟成一绝：

> 却看前年比翼飞，
> 凄凉今日只身归。
> 漫如孤鬼游云汉，
> 犹忆槐园对翠微。

宝岛夜色如黛。系着一根黑领带的梁实秋在苍茫之中，飞抵台北松山机场。

---

[1] 据刘真回忆是10月19日，见台湾《传记文学》1987年第51卷第6期第43页。但1975年《皇冠》第34卷第1期张柱国《这一代的文学大师，莎士比亚的权威梁实秋先生》一文，则说是1974年11月3日。另外还有多篇当时的报道说是11月3日。后者似比前者更准确、可靠。

他的挚友刘真前往机场迎接。刘真即刘白如，台湾师范大学校长。梁实秋曾在该校担任文学院院长兼英语系主任，与刘真过从甚密。

梁实秋下榻于仁爱路四段华美大厦10楼2B房，在当年的台北，华美大厦是数得上的宾馆。

长途旅行之后，相当疲惫，照理梁实秋早早会进入梦乡，可是他却一夜辗转反侧。翌日清晨4时，他便起床，沿着楼梯一步步走下来——总共135级，每级20厘米高。

他离开宾馆，走向忠孝东路，走过忠孝公园，来到一条很短的马路（安东街），来到那里的309巷，寻找他和程季淑一起在那儿住过13个春秋的"小筑"。

可是，旧梦已无法重圆，出现在他眼前的是一幢新建的四层新公寓，昔日旧巢已杳无踪影。

蓦地，他发觉东墙角那棵面包树在晨风中轻轻摇曳。"哦，那是季淑亲手种的树！"一阵惊喜之后，紧接着便是一阵长吁短叹。

梁实秋回到台北之后，消息传出，台湾文坛的文友们纷纷前来看望这位离开台北两年多的年逾古稀的长辈，这边有请，那边有请，倒使形单影只的梁实秋得到了心灵上的安慰。

《槐园梦忆》迅速与广大读者见面。这本记载着梁实秋和亡妻程季淑从1921年结识的53年漫漫比翼情的新著，立时成了台湾的畅销书。书中那浓浓的、细腻的一腔柔情，打动了许许多多读者的心：

> 我到季淑的墓上去，我的感受便不只是"徘徊不忍去"，亦不只是"孤魂独茕茕"，我要先把鲜花插好（插在一只半埋在土里的金属瓶里），然后灌满了清水；然后低声地呼唤她几声，我不敢高声喊叫，无此需要，并且也怕惊了她；然后我把一两个星期以来所发生的比较重大的事报告给她，我不能不让她知道她所关切的事；然后我默默地立在她的墓旁，我的心灵不受时空的限制，飞跃出去和她的心灵密切吻合在一起……

梁实秋向亡妻报告的"比较重大的事"之一，便是他终于得到了那在中国大陆的一子一女都健在的消息。他在墓前"涕泣以告"……

读者们纷纷赞叹梁实秋对爱情的忠贞、对亡妻的深情。在读者的心目之中，梁实秋的形象变得十分高大：不仅博学中西，而且人品高尚。因为爱情的玫瑰园里最美的花朵，只有心灵纯洁的人才能摘取。

谁都以为，梁实秋大约会是从一而终。

然而，就在这个时候，一桩意想不到（包括梁实秋自己）的事情在1974年11月27日发生了！人生，真是祸福无常。在同一年里，4月30日那突然倒下的铁梯使梁实秋蒙受一场大祸，而半年多以后的11月27日，幸运又那么突然地降临在他的头上。

11月27日，不论对于梁实秋，还是对于韩菁清，都是"历史性的一天"。

关于这一天是怎样翩然而至的，韩菁清是这样对我描述的：

事情得从前一天说起。

那天，韩菁清的谊父要写一封英文信给一位美国议员朋友。谊父谢仁钊是国际关系法教授，台湾立法委员。写信时，有几个英文名词不知该怎么写，而韩菁清正巧买了本梁实秋主编的《远东英汉大辞典》，他就借用她的词典。吃晚饭时，他把词典放在餐桌上，一边吃饭一边翻阅着。

"谢伯伯，吃完饭再看吧，饭桌上有油，会弄脏词典的。这是我用1000多元买来的书。"韩菁清好心地提醒她的谊父。

多年以后，修葺一新的台北梁实秋故居。庭院里的面包树最让梁实秋怀念

"一本词典有什么了不起的！"她的谊父谢仁钊不以为然地说道，"远东图书公司的老板，当年还是我送他出去留洋的呢。这种词典，我去'远东'，要多少本他就会给多少本。明天，我带你去'远东'，叫老板送你一本新的！"

谊父说罢，依然在餐桌上翻阅着词典。

他说话算数。果真，第二天带韩菁清到远东图书公司。老板当即奉上一册崭新的《远东英汉大辞典》，而且告诉谢先生好消息："梁先生在华美大厦呢，您想见一见他吗？这一回，他从美国来台北，是我们'远东'请来的。"

"行，我去看他。"于是，谢教授便带着韩菁清一起到华美大厦去。

见面之后，谢教授跟梁教授聊了一会儿，便请梁实秋搭他的车到林森路统一饭店喝咖啡。这时的韩菁清只是跟在谊父身边，抱着那本崭新的大词典，没有说什么话。

到了统一饭店，遇见了美国教授饶大卫。由于那位大卫教授也是研究政治的，跟谢教授有着共同的话题，越谈越投机，却把梁实秋和韩菁清撂在一边。

梁实秋见韩菁清手中拿着大词典，就跟她闲谈。

"哦，你就是韩菁清小姐，我听过你唱的歌呢。"梁实秋说，"我第一次在台湾电视台节目中看到你的名字，就觉得很别扭！"

"别扭？"韩菁清感到奇怪。

"你想想，'菁'念'精'，这'菁清'多拗口？要么叫菁菁，要么叫清清，才顺口。这名字是谁取的？"梁实秋用一口北京话咬文嚼字起来。

"韩菁清是我的艺名，是我自己取的。"在韩菁清看来，梁实秋如同长辈，也就原原本本道来，"我的本名叫韩德荣。"

"像是男孩子的名字。"梁实秋笑道，"这个名字也取得不好。"

"我小时候在上海，喜欢唱歌，登台唱歌，用韩德荣这男孩子一样的名字，当然不行。我就从《诗经·唐风·杕杜》一句'其叶菁菁'里，取了'菁菁'两个字作为艺名。不过，我很快就发现，在歌星中用'菁菁'作艺名的人有好几个，我就改成'菁清'，而且加上了姓，成了'韩菁清'，再也不会跟别人重复——因为歌星们总喜欢'王'呀、'林'呀、'丁'呀作姓，笔画少，上场时按姓氏笔画为序，可以先上场。没人愿意姓'韩'——18画！"

韩菁清说起了自己名字的来历。

梁实秋听得津津有味，笑道："你不简单哪，小小年纪的时候，就知道《诗经》，知道'其叶菁菁'。"

"哪里，哪里，我懂点古文，是因为小时候父亲请了个秀才彭寿民，教我古文——跟梁教授比差远哩！"韩菁清说道。

"你念过哪些古文？"梁实秋问。

韩菁清摇头晃脑，流畅地背起了《孟子》。

梁实秋感到十分吃惊，因为在台湾的歌星、影星之中，难得会有这么一位懂古文的人物。他跟她谈李清照、李商隐、李白、杜甫，韩菁清居然都能说得上。

"你这样喜欢文学的女孩子，当初如果长在我家里，那该多好！"韩菁清记得，梁实秋说这话时，那口吻完全像是她的父辈。

咖啡厅里，那边谢教授跟美国人谈得热烈，这边梁实秋跟韩菁清说得有劲。梁实秋谈起台湾文艺圈里的人物，韩菁清差不多个个都熟悉。他和她发现，彼此竟有那么多共同的话题。

暮色不知不觉笼罩着统一饭店，谈兴正浓，韩菁清忽地看了一下表，站起来告辞："梁教授，我晚上7时要赶到台湾电视台听课，该走了！"

这时，梁实秋说："我送送你。"

谢教授跟美国人还没有谈完，梁实秋便陪着韩菁清走出了统一饭店。

"你还去听课？"梁实秋问。

"我原先是歌星、影星，现在想学编导，是台湾电视台第12期编导研究班的学员。"韩菁清答道，"我还是班长呢，一定要早到。"

"你很努力，很用功，这很好。"梁实秋称赞道，"当年，这个研究班办第1期的时候，我给学员们讲过莎士比亚。"

"可惜，我无缘成为你的末代弟子。"韩菁清笑道。

"谁说无缘？今日萍水相逢，谈得那么投机，就是有缘。"梁实秋也笑了。

梁实秋执意要一直送她到台湾电视台，而当时两人都未吃晚饭。为了报答梁实秋的关心，韩菁清在电视台餐厅请他吃了一顿晚饭。

"很抱歉，这儿只能吃工作餐。"韩菁清说道。

"韩小姐请客，我吃什么都高兴。"梁实秋笑道。

韩菁清要了两份工作餐，每人一菜一汤，每份25元台币，这是她和梁实

相识不久的梁实秋和韩菁清

秋头一回共桌而餐。

食毕，已近7时，韩菁清匆匆向梁实秋告辞。迄今，韩菁清仍清晰记得，当时梁实秋的神态，像父亲送女儿上学一般。

那难忘的、不平常的11月27日，在浓重如黛的夜色中拉上了大幕。

这一天，成了梁实秋晚年生活的转折点，也成了韩菁清人生道路上划时代的一天。

第二章
陷于热恋

"劝你趁早认识我的为人"

翌日，向来早起早睡的梁实秋，在华美大厦十楼早早醒来了。

梁实秋的眼皮有点浮肿，因为他昨夜辗转反侧，没有睡好。

他一改往日的习惯，未吃早饭便走出了大厦。他走了好长一段路，花了差不多半小时。他不像散步，却像赶路。按照昨日韩菁清留下的地址，他来到忠孝东路三段217巷，按门牌找到了那幢楼，抬头一瞧，顶层七楼的窗帘紧闭——这表明主人正在憩梦之中。

跟早睡早起的他截然不同，韩菁清是个晚睡晚起的"夜猫子"。在窗帘没有拉开之前，他自然不便于上楼惊扰。

他在那里慢慢踱着，不时望望七楼的窗帘。他在细细回味昨日的偶然邂逅。连他自己都难以说清楚，他怎么会跟这位小姐有一见如故的感觉。

七楼的窗帘一直紧闭。吃过中饭，梁实秋去看了看，那窗帘仍然紧闭。他甚至有点怀疑：昨夜，韩小姐回家了吗？

韩菁清睡得踏踏实实。在她的印象中，梁实秋是一位热情的长者，昨日的相逢，她一直视他为父辈。

直至下午2时，七楼上的窗帘才忽地拉开。

梁实秋的来访，使她感到惊喜。在她绣房里，梁实秋见到放着许多书，甚至还有字帖——《三希堂石渠宝笈法帖》（简称《三希堂法帖》，即三希堂所藏王羲之、王献之、王珣的墨迹），使梁实秋感到高兴。

"你喜欢书法？"梁实秋问。

"十几年没练字啰，献丑，献丑。"韩菁清拿出了她写的字。

"难得，难得，你的字有男孩子的气魄！"梁实秋赞扬道。他平素也喜爱书法，他的字自成一格。他写的条幅，常成为亲友们索取的墨宝。

梁实秋还发觉，韩菁清不抽烟、不喝酒、不赌钱，连麻将牌都未曾摸过。

"在你那个影视圈里，像你这样的'三不'主义，是很难得的哟！"梁实秋又夸奖她。

他和她聊起了莎士比亚。虽说她对莎翁的了解远不及他这位莎士比亚专家，但是她读过莎翁的剧本，何况她又是演员，如今在学习编导，一谈起来，也能成为梁实秋的聊友。

他和她，在漫无际涯的长聊中变得越来越熟悉，越来越接近。他和她，发觉彼此有着许多共同的话题。了解，是感情的基础。共同的志趣，架起了感情的桥梁。

忘年交渐渐向忘年恋转移。

夜10时，韩菁清走出台湾电视台。往日，身为班长的她，总要招呼一辆计程车，安排那天讲课的教授上车，亲自送教授回家。可是，如今她招呼好计程车之后，把50元车费塞到讲课的教授手中，便噔噔地跑了——原来，在一片夜色中，梁实秋一身西装，正站在台湾电视台大门口等候呢。早睡的他，为了她推迟了睡眠，不仅等她下课，还陪她消夜。

午后2时，当她醒来，一掀开窗帘，便又见到：梁实秋正伫立在楼前仰望着！

感情的渠水在奔腾。韩菁清打心底喜欢梁实秋，用她的话来说，梁教授"温柔、幽默、斯文、俊俏"。但是，她毕竟考虑到他的年龄，理智的闸门，使她下决心关上那日渐汹涌的感情之渠。

"我愿为你做红娘！"当"教授"明显地表露自己的爱慕之意时，韩菁清说出了这句话。

"不，我爱红娘！"意想不到，执拗的"教授"如此这般地回答。

思忖再三，当面不便说，诉诸文

韩菁清1962年的书法作品

字，在她和他相识的第 5 日——12 月 1 日——她给"教授"写了一封信。在信中，她开列了自己的一大堆缺点，劝他"趁早认识我的为人！"因此，她表示，愿与他结忘年之交，但不能结忘年之恋。

她原以为，这封冷水一般的信，可以浇灭"教授"的爱恋之火。不料，12 月 2 日，当她中午醒来时，掀开窗帘，发觉"教授"已在楼前静立。他看见窗帘拉开，便上楼来。进了门，他说在楼底下捡到一封信，信上没贴邮票，却写着"呈菁清小姐"。她赶紧接过信拆开了看：

菁清：

　　昨晚看了你的信，12 点以后才睡。你这封信我本想不复，怕你不高兴，所以还是写几个字给你，其实见面谈，不是更好么？

　　你的信写得极好，不但含蓄，而且深刻，我看了不知多少遍，当宝贝藏之。你要我"趁早认识我的为人"，我也要以同样的话叮嘱你。事实上我有更多的话叮嘱你。你不要任性，要冷静地想一想。从 11 月 27 日到今天还不到一星期，谁能相信？我认为这是奇迹，天实为之！我们还有漫长的路要走，希望我们能互相扶持。

　　今早起，我吃了一片糯米藕，好甜好甜。我吃藕的时候，想着七楼上的人正在安睡——是侧身睡，还是仰着睡，还是支起臂肘在写东西？再过几小时又可晤言一室之内，信不要写了。

梁实秋

六三、十二、二早

原来，"捡信人"就是写信人！

信末的"六三"，即"民国六十三年"，亦即公元 1974 年。[1]

这是 1974 年梁实秋写给韩菁清的第一封信，写于他和她相识的第 6 天早上。他已明确表示"我们还有漫长的路要走，希望我们能互相扶持"，和盘托出自己心中的意思。这，连他自己都觉得意外，"我认为这是奇迹"。

信中提及"我吃了一片糯米藕"，那是韩菁清亲手制作送给梁实秋的。相识之初，韩菁清并不知道梁实秋患有严重的糖尿病。梁实秋呢，既是韩菁清送的，也就不顾糖尿病吃了，还说"好甜好甜"呢。

读了梁实秋的"第一号情书"（后来梁实秋把他写给韩菁清的情书逐一编号，此信编号为"第一"），韩菁清意识到感情的渠水已无法关闸。

他和她又"晤言一室之内"了……

她，原籍湖北黄陂，在上海长大。他跟她谈起了闻一多。闻一多是他当年在清华留美预备学校读书时的同学，跟她则是大同乡——闻一多是湖北浠水人。梁实秋说："菁清，你的个性像闻一多，爽直而不拘小节，但是你比闻一多整洁。"

"多蒙过奖！"韩菁清笑了，"我希望你多看看我的缺点，像我给你信中所说的那样，'趁早认识我的为人！'"

梁实秋也笑了："我正因为跟你一见面，就喜欢你的为人——你这个人表里如一，虽说是演员出身，但在人生的舞台上没有演戏，怎么想就怎么说，怎么说就怎么做。"

"不，不，教授，我请求你答应我——我们在别人面前要'演戏'，不能走漏任何风声！"韩菁清说道。

童年韩菁清

---

[1] 出于尽量保留梁实秋信件原貌的考虑，本书未将民国纪年改为公元纪年，特此说明。

"好吧，我答应你，在别人面前要'演戏'！"梁实秋答道。

于是，他和她外出散步，外出下餐馆，都要"演戏"——假装彼此不认识，或者彼此不亲昵。

于是，引出了梁实秋的"第二号情书"，他说他"不会演戏"：

菁清：

　　昨天从下午2时到吃完晚饭，在心情上多少变化！我不会演戏，可是我在人面前毕竟演戏了，你也许笑我演技笨拙。我盼望将来不常有演戏的机会，永远以真实的面貌在人群大众中昂然出现。

　　Laer中文叫什么，我一时想不起来！这块肥皂[1]可真香，洗澡时我全身沐浴在那一片香气里，不，我的心也陶醉在其中了。我的嗅觉不灵敏，这一回好像是例外。

　　你昨晚消夜恐怕是在12时以后了吧？在什么地方？你坐在什么人身旁？你吃了些什么东西？我本来说陪你去消夜，你不肯，因为你疼我，可是你知道么，我的心里多么痛苦！今天5时起床，头昏昏然。以后我恐怕每天都要头昏昏然，除非……除非……

实秋

六三、十二、四

　　71岁的梁实秋，仿佛回到了青春岁月。当年，20岁的他，留学美国，每隔两三天要给心上人程季淑小姐写一封信。那时，他和她隔着一个浩渺无际的太平洋。如今，他跟韩菁清小姐天天见面，却情书频频。他是一个情感异常丰富而细腻的人。他以为，有的话用嘴说出来，远远不如用笔写出来那么富有韵味。他毕竟是作家，擅长以笔吐露心声。他恐怕要创下一项"吉尼斯世界纪录"——在天天见面的情况下，在短短的两个月里，给韩菁清写了90多封情书。

　　他的情书，是他真情的自然流露，不矫揉造作，不虚情假意，成了这位散文名家的特殊的散文新作。他的情书，没有什么不可告人的"私情"。正因为

---

[1] 当时韩菁清曾送香皂、牙膏等给梁实秋作日常盥洗之用。

这样，他后来把这些情书编号，以备日后公开发表、出版之用——当然，在他写这些情书的时候，处于"绝密"阶段。

他的情书不用邮寄，总是当面递交，或者塞进韩小姐的门缝。在发出他"第二号情书"的翌日，他又写下"第三号情书"。虽然这时他和她相识才9天，他已把他和她未来的关系说得再明确不过了：

菁清：

现在是夜里1点半钟。你也许还没有睡，是躺在床上看书吧？今天很凉，你那两床被（软软的，是鸭绒的还是尼龙的？）也许都可以盖上了。我晚上9时客散，立即遵嘱睡觉。但是睡到1点半，再也不能阖眼，只好起来。想打电话，不知总机有无人服务，如果是直接拨号的电话就好了！

昨天我们谈的话，每一句我都反复地加以思索，我很兴奋。我知道，在人生的道路上可能有变化。有时变得开朗，有时变得很晦霾，不过，我相信，我们两个的心不会变。两颗心融在一起，会抗拒外来的一切的讥评。

昨晚你把你盘里的鱼分给我吃，你说你有消夜可吃而我夜里可能饿，我当时心里酸酸的，你随时心里有我。有一天，我若能陪你消夜，就好了！写至此，我真的有一点饿，起来烧了一壶开水，吃几块饼干。你要我带回的那两块小面包，我却没有吃，因为冰箱里一点佐餐的食物都没有。我的喉咙有点哑，也许是受寒了，没关系，只消让我看一看你的笑容，有什么不舒服都忘了。

昨天看你那一堆照片，我一张都没有拿（虽然其中有好多张我特别爱），实在是因为想那些照片，以及其他，已经全部地属于我了。你说我是不是贪婪？

梁实秋

六三、十二、五夜

照这封信看来，梁实秋的决心下定了。在他看来，韩菁清"已经全部地属于我了"。然而，韩菁清还在斟酌，还在徘徊，还在犹豫，还在思索……

她的犹豫被他的真诚消融

对于韩菁清小姐来说，尽管曾有许许多多人追求过她，文人政客们曾给她写过几百封情书，但她如今是孤身一人。倘若她此后"属于"梁实秋，对于她来说，是人生道路上的大事。

她彷徨着，陷于深深的矛盾之中。她跟"教授"一见如故，觉得彼此感情相投。她并不嫌"教授"有过一次婚姻，自己嫁给了他，成了"续弦"。她正是从《槐园梦忆》中看到了"教授"对妻子那种至诚至善的爱。"教授"与程季淑50年如一日，备受别离、贫困之苦，从无异心，清楚地表明了"教授"对爱情的专一。"教授"不是那种喜新厌旧的"浪漫文人"，不是那种寻花问柳的流氓文人。如果不是结发之妻的猝然亡故，"教授"是不会也不可能再爱上另一个女人的。今日，他只是把往昔献给前妻的炽热深沉的爱，奉献给韩小姐。

这是一种纯真的爱情的继续。就这个意义上讲，"教授"是可爱的，是可信赖的。

可是，她不能不考虑到"教授"的年龄。相差三十来岁，这倒不是主要问题。在文学史上，在政治家及各种名流之中，妻子比丈夫小10多岁、二十来岁并不鲜见，相差30岁也有。不过，那些女人大都是在十八妙龄之际出嫁。丈夫即使大30岁，也不过四十几岁，正处于中年，身健力壮。眼下的"教授"，已是"人生七十古来稀"了，走起路来，脚底板已在地上拖了。他的听觉已经迟钝，戴着助听器跟她谈恋爱。虽然他有一颗年轻的心，却拖着一个老态的身躯。他还能活多久？即使能活到80大寿，屈指算来，也只有9个春秋罢了。他有那么严重的糖尿病，恐怕连80大关都难以闯过去。

她的理智，又一次希图关上感情的闸门。用她的话来说，叫作"悬崖勒马"。爱情，不只是春天的花朵、夏夜的明月，也还有秋雨的泥泞、冬日的风雪。她必须掂量、权衡这一切——毕竟是终身大事。

寿命是个难以推算的未知数，天晓得梁实秋的岁月究竟还有多少！在迷惘、困惑之中，她寄希望于相术。台湾有个颇有名气的相术家，名叫陈克家，他曾给一位印度人看相，说中了，从此招来许多顾客。她过去曾请他看过手相，觉得他的话有点道理。于是，她便要梁实秋去看相。尽管梁实秋对于相术不信，不过，韩小姐之命，他岂敢违拗？

看相者无一不精通察言观色，一见这么个出众的大小姐拉着个温文尔雅的老书生来看相，心中早已明白其中的缘由。

他让梁实秋伸出手来，端详了一番，然后用英语说道："You are a Professor（你是一位教授）。"

咦，说得一点也不错哩！——他大约是看梁实秋的"派头"以及右手拇指、中指上的"笔茧"做出这一判断的。

这时，旁观者之中有认得梁实秋的人，说了一句："他是'远东'的翻译……"

大约这人说急了，把他的译著由远东图书公司出版，说成"'远东'的翻译"。

韩菁清听出此人在给看相者"提词"，急中生智，赶紧遮掩道："他是给远东电影院翻译英文字幕的，不是教授！"

不过，看相者毕竟机灵，他看出韩菁清拉梁实秋来看相的目的，便说道："先生面带喜色，看来最近会有'大变动'。"

韩菁清一听，脸上露出惊讶的神色。

梁实秋呢，依然浅浅地漾着微笑。他似乎在观看一场喜剧。

看相者知道刚才的话说中了，再把梁实秋的面孔看了一番。

梁实秋与韩菁清

看相者继而又道："先生眉宇开阔，乐者长寿。"

此言显然正中"教授"下怀。

当然，一味"奉送"甜言蜜语，不免露出奉承的马脚。于是，看相者又故弄玄虚一番："不过，先生在80多岁时，会遇上一道关口。能否闯过去，在下还很难预卜。"

回去之后，细细一想，她又双眉紧蹙。即使是如看相者所言，梁实秋也不过能活十来年，何况那道"关口"是否会提早到来，天知道！

愁肠百转扰人心，忧思如草雨中生。坐在梳妆台前，看见自己月貌花容，她心乱似麻，呆对银镜，无意梳理，用水彩笔信手在镜上写了一行字："世上没有真爱。"

梁实秋见了这行字，心中已明白几分。唉，青春不返，岁月难驻，他又有什么办法使自己年轻？

12月5日晚，她特地前往华美大厦看望梁实秋，向他提出一大堆问题，如同上次希望他"趁早认识"她的"为人"一般。

她向他发出最后通牒式的告诫："现在悬崖勒马还来得及！"

回到寓所，她长吁短叹，无计驱愁。她打心底里喜欢"教授"，而"教授"偏又高龄。

一觉昏昏然，醒来见门底下塞进一信——梁实秋的"第四号情书"。

急急展开，一口气读罢：

菁清：

　　你睡得好么？昨晚你去后我赶快上床，报纸略翻一下就睡着了。睡到两点半，种种问题又兜上心头，有些问题是你提出而我事前没料到的，我苦思焦虑，辗转反侧，不能得到万全的解答。退一步想，我能在半夜里考虑这些问题，亦即是幸福了。你说是悬崖勒马还来得及，在时间上当然还来得及，可是在感情上是来不及了。不要说悬崖，就是火口，我们也只好是拥抱着跳下去。你说是么，亲亲[1]？

---

[1] 他把"菁清"称为"亲亲"了。

看相的事，我从来不信，是你提议，我就跟了去。他说的话大致不错，尤其是他说我长寿，这正是我提心吊胆的事。不是我勘不破这一关，而是这一关牵涉的不止我一个人。我不愿害任何一个人，尤其是我最最心爱的人。

今天是 6 日，屈指算来，是奇迹发生的第十天。你在镜子上写的字，我希望欧巴桑[1] 天天用力擦，擦掉它，至少先擦掉下句的第三个字，擦掉之后改为"已"字，或改为"果"字亦可。[2]

你问我嫉妒否，我说不，事实上恐怕难免，例如昨晚你去洗头发，我就不能不想到理发匠要抚弄你的头发，而他在洗发的时候也一定对你有说有笑。想到这，我心里有异样的感觉，你会笑我吧？你心里会说："可怜的孩子！"在这一方面，我是孩子。

我盼望今天能收到你一封信。

梁实秋

六三、十二、六

梁实秋的这封信，已明确表示无法"悬崖勒马"了。正在摇摆不定的她，读了此信，心中的天平又倾向于梁实秋了。

一掀窗帘，他又在那里"仰望"了。

这些日子里，梁实秋的一切，都围绕着她：

清早，到她那里"送信"；

中午 2 时，在她屋前"仰望"；

傍晚，与她一起去餐馆，送她上学；

夜 10 时，她一走出台湾电视台，他已在那里"站岗"了。

在如此忙碌的等候、见面、接送之余，他还得忙着写情书。

可是他却说，他很快乐！

确实，他心中很快乐。新鳏的他，从心灵的极度痛楚中苏醒，陷入寂寞、

---

[1] 欧巴桑是台湾人对用人的称呼。

[2] 即"世上没有真爱"改成"世上已有真爱"或"世上果有真爱"。

孤独之中，形单影只，蓦地逢知音，怎不苦苦追求？怎不去"仰望""站岗"？

她苦笑：他和她正在演一出"人生剧"。

其实，他和她都是这一出"人生剧"的演员。

12月7日晚，这两位"演员"的关系险些"曝光"。

那天晚上，在台北华国饭店饮晚茶，她的谊父、谊母、几位好友以及一位记者也都来了，他称之为"群英会"。"群英"们谁也不知他和她情书频频，以为她大约成了他的学生，共同讨论文学问题。一边喝茶，一边聊天。他和她聊着、聊着，谈到了那个最敏感的话题——他的寿命。他长叹了一口气："唉，我诸病缠身，恐不久于人世！"说着，泪水涌出了眼眶。她闻此言，顿时珠泪湿睫，无法自制。

在众目睽睽之下，他和她忽地相对而泣，差一点把内心的隐秘暴露！所幸在座"群英"正忙于聊天，就连那位记者也未曾注意。

自知"形势"不妙，梁实秋悻悻然独自走了。

回到华美大厦，梁实秋心绪不宁。翌日清晨，他又给她写下"第五号情书"：

梁实秋韩菁清夫妇（左一、左二）与韩菁清的谊父谢仁钊和夫人（右一、右二）在一起

菁清：

昨夜华国的"群英会"，很妙，每个人都自以为是主角。群英会这出戏在角色的轻重之间分配得相当均匀。最后那个镜头好凄惨，一个心事重重地独自登楼，钻进那个斗室[1]去思前想后，另一个有人陪伴着继续到一个地方去笑谈消夜，这一结束的场面耐人玩味。

人生如戏，高潮迭起。你说你是编导，你说你要让我来编下去，其实我不能编，你也不能导。我们两个是一对可怜的演员，受着造物主的播弄，乖乖地照着剧本演下去，是喜剧，是悲剧，是悲喜剧，只有天知道。你喜欢喜剧，我也是，我们在性格上有太多的相类似的地方。

昨天我第一次看见你流泪，可是我相信这决不是这12天中之第一次流泪。我也是第一次在你面前流泪，可是我早已告诉过你我流了好几次泪。亲亲，果然如你所说，我们的事已开始受到不利的批评，没有关系，请你信赖我，我知道你是纯洁的、圣洁的！如果你有缺陷，那便是你太美丽、太聪明、太真诚、太慷慨。人人说你人缘好，可是人人对你有一份嫉妒。你吃亏就在此，这是无需乎相术士来指点的。关于这件事，见面再谈。

谢谢你昨天为我携带的披肩，山上有凉气，盖在我的腿上好温暖。我要给你一只金丝雀，你不要，怕忘了喂而饿死它，我担心的是因为鸟是我送的而你过分宠爱它，把它喂得胀死！

我每次写信到末尾署名的时候就挺起身来骄傲地、负责地、坦率地写下这样三个字——梁实秋。

六三、十二、八早5时

看罢此信，韩菁清的心，又被深深地感动了。
相识短短时间，韩菁清的两度犹豫，都被梁实秋炽热的真诚消融。
第13日，梁实秋又写一信，细说自己"心头的滋味"。

---

[1] 此处指梁实秋独自回华美大厦。

菁清：

凡是真正的纯洁的爱，绝大多数是一见倾心的，请注意这个"见"字。谁说"爱情是盲目的"？一点也不盲目。爱是由眼睛看，然后审入心窝，然后爱苗滋长，然后茁壮，以至于不可收拾。否则怎能有"自投罗网""自讨苦吃"的情势发生？莎士比亚有一短歌，大意是说"爱从哪里生长？从眼睛里……"我起先不大以为然，如今懂了。

昨晚我很后悔，没有送你回去，外面下着蒙蒙细雨，相当凉，又是一个凄清的夜，我怎么那样的糊涂放你一个人回去？你去后我辗转不能入睡，唯盼今天早点能在电话里联络。

你给我的药，我已经遵照你的意思吃了，一部分是为了我自己，更大一部分是为了使你高兴。

昨晚我们一起消夜，在我是生平第一次，你知道我的生活是拘谨朴素的，几曾深更半夜地在外面吃清粥？为了你，为了我亲自体验一下你平常生活方式的一部分实况，我打起精神喝了三碗粥。有你在我身畔，我愉快到了极点，可是我也感慨万千，其中的甜酸不必细说，那一杯又酸又甜的梅子茶最足以代表我心头的滋味。你看见我呆呆的一言不发，其实我心里有千言万语。你说那梅子茶可助消化，可是也勾起伤心人的无限伤心！你知道么，亲亲？

你在社会上名气太大，几乎无人不知，难免不受盛名之累，我决定用我的笔写出一部真实的韩菁清的本来面目。这事不简单，要你和我彻底合作，写成之后那将是我们两个的第一个宁馨儿。你愿意不？

梁实秋

六三、十二、九晨6时

梁实秋每天都给她呈上一封以至两封"在楼下捡到的没贴邮票的信"。他期望着她的回信。

她却除了开头写过那封要他"趁早认识我的为人"的信之外，没有给他写过信，这么一来，"收支"太不平衡了！梁实秋非要她写回信不可。

她倒不是不善写信的人。当过编剧以至给报纸写过专栏的她，文笔不错。

可是，在她的决心未最后下定之前，她不敢随便给他回信——信，毕竟白纸黑字。

日子一天天飞快地过去，她和他的感情日深。每天展读着他一片真情的信，她终于被感动了。12月15日——他们相识的第19天——她给他写了第一封回信。梁实秋收到后"热烈欢呼"起来，翌日清晨，便给她写了这么一封信：

菁清，我的小娃：

　　盼你的信好像是盼了好几个世纪；昨天终于拿到了，诵读之下犹如醍醐灌顶，我仔细地逐字欣赏，然后在字里行间推敲，最后我闭起眼睛穷思冥计，这封信我咀嚼了多少遍！

风华正茂的韩菁清

昨天我看见你脸色有异，我知道间接必定与我有关，我不愿多问，怕你说，"你这人好烦呀！"可是你要知道，你的笑容，你的笑声，使我心醉，你的笑容笑声一敛，转为一阵阵的沉寂或是阴晦的时候，你又使我惶惑、战栗、心痛。但愿以后凡有不快的事情都由我一个人承担，让我的小娃永久快乐。亲亲，我不知道我能给你多少快乐，我也不知道我能陪你多少年，请你准许我在此时此刻把我的一切奉献给你。

昨天胡姐[1]说："你这样的听话！"我说："不是每一个人的话都听。"我只听一个人的话，我心甘情愿地让那一个人吩咐我、命令我、支配我，甚而至于折磨我！昨晚那一碗"当归蒸鳗"[2]

[1] 指台湾女作家胡品清。
[2] 指梁实秋和韩菁清前一晚在台北梅园餐厅共餐，点了"当归蒸鳗"这道菜。当归味苦。

说到"自讨苦吃",这一句话成了昨天我们谈话的主题。你在第一封信里就说"一个是自投罗网,一个是自讨苦吃",自投罗网也是吃苦,我问你:有没有苦尽甘来之一日?

我有一个奢望,愿以后我们能把我们的睡觉作息的时间慢慢地逐渐地拉近[1]。你看,我昨天不是表现得很好吗?我不敢期望你改变习惯。

我答应你,我会设法改变我的。

写此信时,你在酣睡,愿上天给你平安。我是最爱小娃的。

梁实秋

六三、十二、十六晨

紧接着,翌日,梁实秋又用漂亮的花信封送来一封"呈菁清小姐"的信,庆贺彼此"共同生活了20天":

我的小娃:

昨日小病,经你的爱护,今已霍然。但头仍昏,胃仍胀而已。我昨天情不自禁,喊你一声"可怜的孩子",这是我心底蕴藏了20天的一声呼唤,其中包含了无限的辛酸愁恨和同情。

使你成为可怜的因素很多,我自己也是因素之一,也许是很大的因素之一,虽然我们彼此之间仅只共同生活了20天。在任何情形之下,我们彼此之间的影响将是终身的。

我暂时离开你之后,你真的想跳舞么?亲亲,你尽管跳,我信任你,愿你不要为了我的缘故而感到拘束。你有你的朋友们,不能因为我一人之故而断绝了所有的朋友。华尔兹,阿哥哥,都是一样,我只怕我自己太笨拙,不会跳。我真的希望,有一天,你教我跳舞——教会了之后我陪你跳,只陪你一个人跳。

今午刘真请吃饭,晚上没有应酬,我要你陪我到台视去吃客饭,在那里我感觉亲切,比在观光饭店里要舒服得多。昨晚在五福楼我喝了两碗

---

[1] 指梁实秋早睡早起,韩菁清晚睡晚起。

稀饭，看着别人狼吞虎咽，我心里只是想念着你。若不是在 10 点一刻打通那一次电话，我从 8 点等了两个多钟头！在这两个钟头之间，我躺在床上揣想我的淘气小猫[1]又在那里用一个小纸本和同学们写一些调皮捣蛋的话。我猜得对不对？

梁实秋

六三、十二、十七早 8 时

恋恋不舍暂别"亲亲"

梁、韩陷入热恋之中。

那些日子里，他和她吃遍台北几十家饭店。他和她"打一枪换一个地方"，为的是"隐蔽"，不能形影不离地老是在一家饭店里出现。

不过，种种迹象，曾引起猜疑：

韩菁清怎么"失踪"了呢？朋友们打电话到她家，老是没人接。往常在各种社交场合十分活跃的她，如今不见踪影了。

梁实秋也老是不在华美大厦，朋友、学生、读者求见，难得一晤。

他的名声甚大，在台湾无人不知他的大名；她的目标也不小，她的面孔是台北人非常熟悉的。正因为这样，他和她四处散步，下馆子，被不少人见到。

不过，他们的"隐秘"仍未曾泄露，其中的原因是人们根本没想到他和她会相爱！已经在西雅图给自己预留好墓地的他会跟影星相爱？艳丽年轻的她会瞧得上这个老头子？正因为这样，人们视而不见，记者们也失去了灵敏的嗅觉。

倒是有几位热心人，要把年纪比他小 20 岁的女作家介绍给他，那位女作家也是教授。

梁实秋不以为然地说："谁规定的，一定要作家嫁作家、教授娶教授？"

---

[1] 韩菁清的雅号是"波斯猫"。

韩菁清与梁实秋在台北餐馆

人们没有听出他的弦外之音、言外之意，倒是以为他没有再婚之意。

梁、韩过从越来越密——梁实秋返美的日期越来越近了。他来台是为了校看《槐园梦忆》，小住两三个月，来的时候已预订好返程的机票——1975年1月10日返美。

他必须返美，其中最重要的原因是那里一场诉讼案子在等待着他——程季淑死于非命，他要向法院起诉那倒下铁梯的商店，要求赔偿。

离别成了他的一块心病。一旦触及这块心病，他便要"黯然销魂"，甚至"声音在颤抖"。

在1974年12月7日的情书上，他说及了他的心事：

> 昨晚吃海鲜，你亲手给我剥了五只虾，这是我应该为你做的事，教我如何能心安？
>
> 你说："我没有给人这样做过。"你何必说明，傻孩子！你扶着我在路边走，你爱护我，我也知道。
>
> 亲亲，你昨天没上班，我一面感激一面惶惑。有一件事我提醒你。平素关照你的人，我们不可突然疏远，事实上我去美国后这一段期间你还需要人关照。留下你一个人在台北，你知道我是如何的不放心，我昨天在车里叮嘱你"你以后要照护你自己"。你发觉没有，我的声音在颤抖。分

离之苦，我不敢想，可是这黯然销魂的事就要到来，我不敢想象你到飞机场送我的时候我能否保持常态……

在1974年12月10日的情书中，梁实秋说自己如同宇宙火箭发射前，已进入了倒数"读秒"的阶段：

我还有二十几天的逗留，好像是已快到了"读秒"的阶段。我已经开始感到恐慌！你呢，你昨晚对我说，你想不到飞机场送我。我没作声，一切尽在不言中。你去或不去，对我而言，都是一种苦痛的感受，这件事由你到时候自己决定罢。

我遇见你，

你遇见我，

我俩相逢像传奇。

你靠近我，

我靠近你，

我俩从此不分离[1]。

我愿你在我走前唱给我听，要音乐伴奏。我的心颤动声，我的叹息声，还不够么？

你说"我有秋恋，我留恋秋"，如今每天写信给你，每天前去看你的便是你的——秋。

在1974年12月15日的情书中，他跟她讨论着他去美国后何时回台：

昨晚你问我行期，你到屋里寻日历，你没注意我落下了泪。我立刻就抑制了我的情绪，不过我心里很难过，所以我借口电视长片业已看完提早离开了你。菁清，我会很快地飞回到我们的"家"。你说屋里有冷气，夏天不会热，其实外面的气温不会影响到我们内心的热度，我只要你我合

---

[1] 这原是韩菁清作词的歌曲《我的爱人就是你》中的歌词。

作，永久维持我们两颗心融在一起燃烧着的圣火，永久炽盛，永久不灭，外面气候的冷暖不太重要。你问我五月节[1]能不能回来，我不能确定回答你，可能待不到五月节，我尽可能早去早回，我如今还没有一定，已开始恐怖离开后的凄清的日子。我盼望你心理上早有准备，否则那个打击你会吃不消的。

小娃，昨天在乐亭，你一走进去，就好像黑暗的舞台上骤然开放了灯光，里里外外的人都注视着你，真不知你哪里来的那么大的魅力！11月27日你驾临我的斗室时也有同样的舞台效果，虽然观众只有我一个人。我愿天下人都是你的观众，我也愿只有我一个人是你的观众。你说我矛盾不，小娃？

离别的日子一天天逼近，他和她心乱如麻。他愁眉不展，写下1974年12月20日的情书：

离别的阴影已经笼罩了我的心，我无法摆脱它。你要我在你跟前笑，快乐，我已经这样努力做了，可是你知道，人总是要瞻前顾后的，我在对你微笑时，有时是纯粹的忘形的心花怒放，有时却是同时在抑制我的酸苦，勉强做出欢快的样子。我瞒不了你，你直觉地会体谅我的心。人之相知贵相知心。我昨天早晚胃病发了两次，原因复杂，但是也很简单，还不是为了那一桩"大事因缘"？爱是甜的还是苦的，我分辨不出……

他所说的"大事因缘"，也就是离别之事。

韩菁清安慰着他，送他领带，前前后后送了八条。她不喜欢他那根黑领带，所以送他每一根领带的颜色都是非常艳丽的。就连她送给他的香烟，也是彩色香烟。

她送他一只名贵的手表，亮晶晶地在他的手腕放射着耀目的光芒。

他还不满足，希望得到她的定情之物。他指着她手上那只又大又亮的碧玉

---

[1] 即端午节。

戒指道："我喜欢这个戒指。"

"这是我家祖传之物。既然你喜欢，就送给你作纪念吧！"韩菁清大大方方地取下了戒指，梁实秋喜滋滋地戴在自己手上。

1974年12月11日晨，梁实秋在写给韩菁清的情书中，谈及了他戴上这个戒指之后那种甜蜜之感：

菁清：

昨天睡的时间不久，但是很甜。我从来没戴过指环[1]，现在觉得手指上添了一个新的东西，是一个负担，是一种束缚，但是使得我安全地睡了一大觉。小儿睡在母亲的怀里，是一幅纯洁而幸福的图画，我昨晚有类似的感觉，"像是真的一样"。手表夜里可以发光，实在是好，我特别珍视它，因为你告诉我你曾经戴过它。我也特别羡慕它、嫉妒它，因为它曾亲过你的肤泽。我昨天太兴奋，所以在国宾饮咖啡时就突然头昏，这是我没有过的经验，我无法形容我的感受。凤凰引火自焚，然后有一个新生。我也是自己捡起柴木，煽动火焰，开始焚烧我自己，但愿我能把以往烧成灰，重新开始新的生活——也即是你所谓的"自讨苦吃"。我看"苦"是吃定了。

你给我煮的水饼、鸡汤，乃是我在你的房里第一次的享受，尤其是那一瓶Royal salute[2]，若不是有第三者在场[3]，我将不准你使那两只漂亮的酒杯——一只就足够了。你喝酒之后脸上有一点红，我脸上虽然没有红，心里像火烧一样。以后我们在单独的时候，或在众多人群中，我们绝不饮酒。亲亲，记住我的话，只有在我们二人相对的时候可以共饮一杯。这是我的恳求，务要答应我。我暂时离开的期间，我要在那瓶酒上加一封条。

亲亲，我的心已经乱了，离愁已开始威胁我，上天不仁，残酷乃尔！

我今天提早睡午觉，以便及时飞到你的身边，同时不因牺牲午觉而

[1] 亦即戒指。

[2] 据韩菁清云，是苏格兰的威士忌。

[3] 指欧巴桑，即韩菁清的女佣。

梁实秋致韩菁清手迹

受你的呵斥。亲亲，我的可爱的孩子！

梁实秋

六三、十二、十一晨 6 时

　　韩菁清所送的戒指和手表，使梁实秋自比"浴火的凤凰"。他要"把以往烧成灰，重新开始新的生活"。

　　不过戒指毕竟有着特殊的含义。"从来没戴过指环"的他，只是夜里悄然戴着它睡觉而已，未敢在白天、在人前公然戴着，以免"暴露"他和韩菁清的秘密。

　　梁实秋十分兴奋，在 1974 年 12 月 29 日的情书中，表达了自己的爱情观、婚姻观：

　　人人都说"婚姻是爱情的坟墓"。我不这样想，我知道你也不这样想。

爱情像火，需要随时添加柴火煤炭，使它愈燃愈炽，即使风暴来袭也不会熄灭。如果火苗本来微细，那当然就会随时烟消火灭，禁不起风吹雨打，不需要等到婚姻的考验，早就化为乌有了。我译过一部中古的爱情小说《阿拉伯与哀绿绮思的情书》，书已绝版，我手里尚有一部，我希望你能读一下。你是我的最知心的读者，你在没认识我之前就知道我，像我在没认识你之前就知道你的名字一样。这个世界实在太小，萍水相逢，终于聚在一处。两股火聚在一起，变成更大的一股火，但愿能像太阳似的永久冒着光和热，以事实证明"婚姻为爱情的坟墓"之说为不可信……

一张张日历像落叶般飘去。一起过了圣诞节，过了元旦，离别的日子已近在眼前了。韩菁清决定在梁实秋离开台北那天，不去机场送行。她无法控制自己的泪水，一旦在送行时珠泪湿襟，那会把"秘密"暴露无遗！

离开台北时，梁实秋依然戴着他来时所戴的黑领带，但手上戴着韩小姐馈赠的碧玉戒指。

飞机腾空了！

"悲莫悲兮生别离。"呆呆地独坐闺房，韩菁清思绪万千。

她把离情诉之于笔，给"教授"写下一封充满依依温情的信：

秋：

你走了，好像全台北的人都跟着你走了，我的家是一个空虚的家，这个城市也好冷落！"寻寻觅觅！冷冷清清！"

你的笑声、哭声，临别前的叮咛，重复在我耳际，挂断了电话后，我不能成眠，我脑海中出现的只有你的影子。8、9、10、11这四个小时中 [1]，我无时无刻不想再拨电话给你，但是，你说怕听我的声音，我的声音会令你心碎。所以我忍了又忍，一再地忍，并且盯着床边的小钟发怔，数着秒、分、刻、时！我知道你所讲的都是实话，没有半句骗我的。可是，我整个上午电话插头依然不忍心拔下，我希望有个奇迹突然来临，那就

---

[1] 指梁实秋在当天8时起床，11时离开华美大厦前往机场。

是电话铃声。10时半是有电话来了，通话人即是小胖子[1]，失望之余，也算有一丝希望，一个心愿没有达到，另一个心愿总算实现，他们四位[2]替我送你也很好啊！至少在登机前，你能看到几个我集团里的亲切面孔呼唤你。"聊胜于无"，你不论是真的报以微笑还是装出来的，至少他们回来说你是笑了，而且你要他们赶快回来向我报告，不是么？

亲人，想不到我出生至今才在台北的字典里、书店里、莎士比亚戏剧全集里找到你，我唯一的亲人啊！我愿意和你厮守一世、二世、三世……八百世……永远永远。亲人，你高兴吗？我要你高兴，我要使你高兴，你高兴，我才快乐，高兴快乐，才有健康，才有幸福。亲人，请你记得我所说的，我所希望的，因为不久的将来我们将要在一起创造我们的新宇宙、新园地！你能不给我这些我所需要的么？

临别前一天，你所提出来的要求，我全部答应并遵守。我是个很明理的"小娃"，何况你是如此痴狂地爱着我，这份爱我如何担当得起？我会听话的！我乖亦即是深爱着你，往后我不会太任性了，我绝不令你失望，因为你的失望，就是我的失败！我懂，我会保重。祝健康快乐如意。

你的小亲亲

1975 年 1 月 10 日

夜 11 时付邮

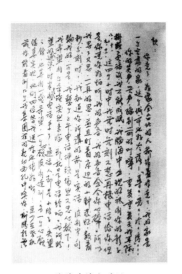

韩菁清情书手迹

---

[1] 即萧正海，林福地导演的剧务。
[2] 指林福地导演、萧正海及负责录音的大关和小关。

第三章
面临严峻的考验

父女谈判

就在韩菁清给梁实秋写信的时候，正在东京中转飞往美国的梁实秋也正忙着给她写信。匆匆羁旅，他仍急急草就情书：

我最爱的菁清：

今晨一别，心如刀割。送行的人有二十几位，小胖子、林导演、大小关都到了，我很感激他们……

张佛千于10时送来包子给我吃，多亏他细心，否则等到午后2点才吃饭，饿瘪了！大家问我几时再回台湾，我说恕难预告，张佛千说他会知道的。因为"我走内线""我有暗码"，大家不知道他何所指。

邱秀文在汽车里向我透露，我们的事新闻界已经传遍，因为新闻记者有人看到我们常常在一处，故我们的事已成公开秘密。幸我们人缘好，报纸不肯使我们受窘耳。飞机迟了20分钟，抵东京迟到了一小时。海关的人发现我的名字，故根本未检查即予放行。到东京，大同办事处主任（我的学生）奉林挺生电特来招待，送我到旅馆，吃牛排（我的一份由西北招待），明天一上午陪我游览，午后1时许赴机场，3点多起飞赴美。这旅馆规模很大，设备很新，我住在13楼，可惜没有你在我身边，一代暴君兴趣索然。

亲亲，别离的滋味我们已开始尝受了！小胖子说你10点钟左右打电话给他，要他一定送我，他说你的声音哑了。我听了好心酸，你10点钟还没睡，还在记挂我，这怎么可以！你以后尽管想我，但我不准你耽误睡眠，听见没有？你缺了睡，头痛、胃痛，如何能教我放心得下！

你、我，如今都不是自由的人了，我们的心紧紧绾在一起，现在招待我的人被我打发走，赶紧写此数行，以免你为我担心。我一到美国境内立即写信给你，到达可能需时，你别着急，以后我每天都有信报告我的心里的和行为的活动状况。教小胖子这几天多陪你一些时候，急于付邮，不多及。即祝安好。

你的梁实秋
六四、一、十晚9时

飞机离开东京，在碧蓝无涯的太平洋上空朝东翱翔，梁实秋盘算着到美国见了女儿文蔷之后，如何"报告"此次台湾之行的意外收获——原本只是去台北散散心而已。

在台北，梁实秋曾把韩菁清的照片寄给文蔷，并向她说明了两人正在相恋。梁实秋在1974年12月15日写给韩菁清的信中，透露了女儿的反应：

> 我的女儿又有信来，再没提一个字。慢慢来，最后她会谅解我们的……

西雅图，梁实秋刚下飞机，便看到女儿文蔷和女婿邱士耀前来迎接。后来，梁文蔷这么回忆当时的情景：

> 爸爸于1975年1月11日自台北飞返西雅图，我去机场接他，见他穿了一套新西装，精神饱满，见了我，非常高兴的样子……

其实，如梁实秋自云："我一路心事重重。"
他在给韩菁清的信中写道：

> 我一见到他们立刻就紧张起来，因为我预料到即将展开一场不算愉快的谈话。果然，尚未离开机场就发现手指上的一个大指环，而且手表也是新的，我坦承这是你的赠予。

回到家中，面对着女儿、女婿的盘诘，他只得"如实招供"。他把韩小姐如何如何，美言了一番。好在女儿、女婿通情达理，虽然有顾虑、担心，毕竟还是尊重父亲的选择。梁实秋在1975年1月11日致韩菁清的信中，这么谈及女儿的态度：

　　午后，我和女儿谈到我们的事，她不反对你，称赞你的聪明可爱，但她怀疑你能否改变你的生活方式，能否洗尽铅华过一种异于往昔的生活。她问我："你不怕么？你可以很幸福，可以很悲惨，如果你以后痛苦，我也要痛苦……"说至此，她失声而哭，我把你送给她的毛笔给她了，她说："这是很珍贵的礼物，怪不好意思收受，只好道谢了。"她说她将不祝贺我的婚事，但将寄予最好的愿望（best wish），因为她愿我们婚后永久幸福。幸福的关键在于我俩的生活方式能否协调。我告诉她：我们的婚事已成定局，不可改变，亦不容考虑。至于生活方式，唯双方折中互相体谅。她又问我："婚后万一不能达到理想境界，甚至一方使另一方不能忍受，则将奈何？"我告诉她："我们往好处想。"最后她含着泪说："爸爸，你太重感情了！"我说我是。除了感情之外，我还能有一丝一毫的存在么？菁清，我们要争气，我们务必要建立一个圆满可美的家庭。

梁文蔷（左）和父亲梁实秋、母亲程季淑合影

也就是在这封信中，梁实秋还写道：

> 晚上又与女儿长谈，她还是不放心我将来的遭遇，我告诉她你是一个善良的人，决不会做出对人不起的事，而且我们确是彼此真正的相爱。结果，我们彼此都哭成一团。我的女儿关心我，我不怪她，但是我很伤心，而且她警告我，年老体衰，未必能长久满足对方，届时将怎么办？她说这是应该早已计及的事。

此后，梁实秋又一回回跟女儿文蔷谈，解除了女儿的疑虑。他与女儿"会谈"的结果，不断见诸他给韩菁清的信中。

他在1975年1月12日给韩菁清的信中这样写道：

> 和我的女儿又深谈了几次，她已渐渐明了我之决心，所以也就不再多批评，她知道我决心于端午前后返台湾去。她偶然问起："韩小姐当众对你作何称呼？"我说，不但当众没有叫过我，私下也没有叫过我，有时指着我说"他……"有时对着我说"喂……"
>
> 她说这就是最亲密的关系之自然流露了。关于我们在最近一个多月交往情形，她也不厌其烦地追问，我在可能范围之内都详细地告诉了她，她听后大哭了几次，因为她知道我最怕熬夜，如今她听说我在台湾吃夜宵，便不禁悲从中来。我安慰她，不是天天如此，婚后更不会常常如此，她才觉得释然。她又问我，我的病历是否也曾告诉过你，例如糖尿病及胃痛之类。我说都讲过了。总之，我的女儿已渐渐明白，我的心是不可动摇的。亲亲，无论如何，无论如何，我们的结合是不可能被破坏的，只要我们两个真心相爱。

女儿、女婿毕竟是亲人，他们一旦理解了父亲的心境，家中的风波很快就过去了。

在1975年2月6日的信中，梁实秋这样写及女儿文蔷对他与韩小姐婚事的明确支持：

书房里的梁实秋

爱，我今天与文蔷深谈，我把你的身世和为人都详细地说了，她大受感动，落下了泪，当然我也是泣不可仰（抑）。最后她说："爸，你写信给韩小姐，这世界上至少是有两个人爱护她，支持她，一个是你，一个是我。"她又说："如果胡姐[1]是她的知己，她也应该支持她。"我和文蔷都一致感叹，这社会是太残酷了。文蔷是站在妇女解放运动的立场，她根本不承认女人应该进厨房，根本否认女人应该伺候男人。清清，你来信说："除了给你的温暖甜蜜快乐和善良的爱心之外，可说我一无所长一无可取。"我告诉你，我要的就是这个，我要的就是你的爱心。你爱我，我满足了。我这个人，和你一样，只有感情，除了这一份情之外，也是一无所有一无所长呀！社会上一般人捧我，说我这个说我那个，其实瞎扯淡，我有自知之明，我只有一腔的情爱，除此之外，我根本等于零。如今我把所有的爱奉献给你，你接受了，而且回赠给我同样深挚的爱——人生到此，复有何求！

然而，东飞的"教授"万万没有想到，一场猛烈的新闻风波在台湾刮起！

---

[1] 即胡品清。

她被污为"收尸集团"

新闻记者的耳朵，连睡觉时都竖着。

梁实秋和韩菁清在台北双双对对，进出饭店，记者们早已注意到。诚如他给她的信中所说，新闻界已经得知"情报"。不过记者们还是将信将疑：这消息可靠吗？因为他和她的忘年恋，实在太离谱了点！倘若唐突发了消息，他加以否定，那就不好收拾。

然而，就在梁实秋离开台北的时候，手上那个耀眼的碧玉戒指，泄露了天机！

临走时，一位朋友忽地发现教授手指上戴起了戒指，便问："谁送的呀？"

大约是太高兴了，他说走了嘴："韩小姐送的！"

那位朋友不胜惊讶！

他手指上的戒指，又加上他明确地说出"韩小姐送的"，这下子有了"真凭实据"！

离开台北之际，在机场上，前来送行的女作家琦君送给梁实秋两首打油诗，已经洞悉他的"秘密"：

其一

临行已订再来期，

半为知交半为伊。

宝岛风情无限意，

添香红袖好吟诗。

其二

行前早已数归期，

肠断阳关未有诗。

总是人间多遗恨，

相逢不在少年时。

琦君即潘希真。擅长诗词的她，即兴而作打油诗，颇有幽默感。

梁实秋亦以幽默相答："如果相逢在少年时，岂不要弄得家破人亡？"

"教授"那戒指所泄漏的惊人消息，不胫而走，在朋友们中间传播着，终于传进了新闻记者的耳朵里。

得到如此确凿无疑的信息，记者壮起胆子了，在台湾报纸上捅了出去。那大字标题，带有爆炸性：《教授与影星黄昏之恋》。

文艺圈内的人们看了报纸，恍然大悟：怪不得前些日子"教授"和韩小姐同进同出，怪不得"教授"常来台湾电视台"站岗"……

于是，各报竞载文艺圈人士的"见闻"，梁韩之恋真的成了"倾城之恋"。

香港报纸也迅速作出反应，刊载"韩菁清想嫁梁实秋"之类新闻。说实在的，在香港，韩菁清的名声要比梁实秋更大——香港人看过她演的电影比读过他写的书多得多。

本来在梁实秋离台之后，韩菁清期望有一段安静的日子，以便"秘密"地、从容地布置新房。她在圣诞节前已经以第一名成绩从台湾电视台编导训练班毕业，本来，应林福地导演之约，她准备去台湾南部协助拍摄《梦游人》。她小时候也曾梦游，所以对《梦游人》一片格外有兴趣。只是梁实秋怕她太辛苦，而且她一离台北便难互通鱼雁，劝她留下。这样，她也就专心在台北忠孝东路

琦君，本名潘希真，生于温州，台湾著名作家。梁韩恋情最早是由她发现的

的家布置新房——梁实秋在跟她谈恋爱时，就不止一次用《我的家在东北松花江上》的调子，唱起了"我的家在台北忠孝东路上"！

突然爆发的新闻风波，使韩菁清得不到片刻安宁。

韩菁清成了新闻记者视线的聚焦点。她家的电话，炒豆般响个不停，就连半夜三更也还不断有记者打电话来。门铃仿佛短路了似的，一直在响着。

她不敢开门，也不敢接电话。干脆，她把门铃插头、电话插头全拔掉了。

记者们干脆把电视摄像机、照相机架在忠孝东路三段 217 巷内，只要她一出门，她的影像马上就会出现在荧屏上或者登在报纸上。

远在美国西雅图的梁实秋当然没有像韩菁清那般尴尬。不过，电视台那个《追、追、追》节目的记者想打越洋电话到美国梁实秋家中，让他与台北韩菁清通话，在电视中播出她与他通话的画面，被梁、韩拒绝。

梁教授倒很坦然，他不讳言对韩小姐的爱慕，但他不喜欢人家用"黄昏之恋"来形容他的恋爱。他说："我还没有到'黄昏'呢！"

当时，在台湾上映过美国电影《黄昏之恋》，写的是一位少女爱上白发老富翁，而那富翁是位浪漫的"多情公子"。梁实秋不喜欢"黄昏之恋"那样的标题，其中也包含着他不同于那白发老富翁的意思。他说自己既不浪漫多情，也算不上是大富翁。

知道是梁实秋失言泄密，处于记者重重包围之中的韩菁清好多天没给梁实秋去信，使梁实秋焦急万分。

当然，对于这场风波，他与她都有着精神准备。他在 1975 年 1 月 3 日晚写给她的情书中，已经这样谈及了"自作主张""反抗传统"：

在华国[1]谈起结婚典礼，我赞美你的主张，我们不可顺从庸俗的作风，我们要做得美。凡事要自作主张，你从幼小的时候不就是喜欢独立自由反抗传统么？

我也是这样的性格。我们现在合作，不要向传统庸俗作风屈服。

---

[1] 指台北华国饭店。

然而，传统习惯势力是可怕的。纵然他和她下定决心"反抗传统"，而传统的力量依然猛烈地冲击着他和她。

在一番"新闻轰动"之后，紧接着便是一场风暴。台湾岛上多台风。这场"台风"超过了12级！

梁韩之恋，如此神速，双方又如此特殊，比之于通常的恋爱确实有点传奇。

然而，这毕竟只是梁韩之恋，该不该相爱，该不该结合，完全该由梁韩两人自己做主。何况，梁韩双方都如此坦诚，他们的爱情是严肃的、纯洁的。

引起"新闻轰动"，原是意料中之事，因为双方都是台湾名流。不过，人世间偏偏有些多管闲事的人，喜欢以己之心度他人之腹的人，喜欢叽叽喳喳搬弄长舌的人，喜欢恶语相攻暗箭中伤的人。韩梁之恋，招惹起一番暴风雨。

首先遭到闲言碎语攻击的，自然是韩菁清，在那些持偏见的人看来，你韩菁清如此俊丽年轻，去嫁给老掉牙的梁实秋，图什么？无非是贪财！

攻击者援引了曾经在港台报纸上披露过的某教授的不幸婚恋为例。那位老教授丧偶，与一年轻女人相恋，谁知洞房花烛夜，那女人逼着老教授写遗嘱！消息传出，社会舆论一片哗然。

各报把这一社会新闻竞相报道，称这类女人为"收尸集团"——逼着老人快死，以便得到遗产。

这"收尸集团"的恶名，居然也落到韩菁清头上了。

她愤愤地对我说："一个老人的婚姻不幸，并不等于世界上所有老人的婚姻都不幸呀！每个人的生活经历不一样，每个人的品德也不一样，怎么能够把别人的事情硬套在我的头上？这种说我是'收尸集团'的污言秽语，当时真叫人吃不消哪！"

压力不光来自外面，也来自韩菁清的亲朋好友。他们劝韩菁清道："你干吗这样傻？你又不是嫁不出去的人，为什么偏偏找这么个老头子？"

也有人把话说得非常刺耳："韩小姐，你很'走运'哪，嫁了个睡在棺材板上的人！"

韩菁清不以为然，说道："睡在棺材板上的是死人，不是老人！香港武打明星某人，年纪轻轻，身体多棒，转眼间就睡在棺材板上啦！梁教授虽说老了，只要我照顾得好，生活快乐，活的时间说不定比有些年轻人还长！"

梁实秋也陷入舆论的困境之中。

梁实秋的新著《槐园梦忆》正在各书店出售。读者们正沉醉于梁实秋对亡妻程季淑的绵绵怀念之中，忽地听说梁实秋已有"新欢"，不由得骂骂咧咧起来，说老头子在《槐园梦忆》中写的尽是虚情假意。

梁实秋执教多年，桃李满园，在学生们的心目中，梁实秋乃德高望重的长辈。眼下，忽传梁教授跟一影星相恋，学生们先是一怔，继而骂他"老糊涂"，心中的偶像一下子倒了。在台湾师范大学，他的一些学生甚至成立了"护师团"。

梁实秋信中提到的对"梁韩恋"唯一表示支持的陈之藩，在之后的岁月里也与小他29岁的童元方经过20年的"忘年恋"最终喜结连理

梁实秋的一些老朋友，无法理解梁实秋的心，轻则说他"晚节不检点"，重则写信劝阻、干涉，甚至声言"如果你和韩菁清结婚，我们再不跟你交往"！这种"断交式"的"通牒"，意欲制止梁实秋。

总而言之，以封建脑袋瓜思索的，以势利眼看人的，以长舌之嘴议论的，以灌满污水之笔造谣生事的，闹得满城风雨。梁韩之恋，面临着严峻的考验。

她和他，在这一"非常时期"，书信频频，往返数十封，相互安慰着。她望眼欲穿盼他归来，而他因办理前妻意外死亡诉讼官司以及有关手续，一时无法脱身。

他在1975年1月17日给她的信中写道：

> 今天收到陈之藩夫妇的信，他们知道我们的事，他们是我所认识人中之唯一同情我们的人。他们说，只要有爱，什么都别顾虑，什么人的话都别听。他们劝我早早返台，早早结婚，他们怕日久有变，那打击是我所承受不了的。我回信告诉他们，此事不会有变，除非太阳从西边出来。我

们的事已传开了，几乎尽人皆知，我不怕，我引以为荣。我愿普天下人皆知，我和韩菁清深深地相爱。亲亲，你是否也这样想法？

我睡不着，起床再写。爱人，我原说你要天天给我写信，但不必天天付邮，可积攒几页一并投邮。我现在反悔了，请你每天投邮。如果你没有工夫多写，写几个字也是好的，我迫切地希望每天能看到你的信。

在这天写的另一封信中，他决定尽早回台：

我的女儿看出我有魂不守舍的样子，问我要不要提早回台北去。我告诉她在任何情形之下我一定要在端午之前回去，阳历5月内回去。她也同情我，同情我们分离之苦，她笑我的神魂颠倒。从现在起到5月，足足有四个月呀！我的天！

1975年1月23日中午，梁实秋"饭也没吃，午觉也不睡，血压也升高了"，跑到邮局去给韩菁清寄航空快信。

显而易见，发生了"紧急事件"。

梁实秋在这天的信中，是这么写的：

我的爱：

刚刚寄出14号信，就收到了你的9、10、11三封信，好高兴，打开一看，联合报的歪曲报道[1]使我大吃一惊，不知是什么人如此恶作剧，其中对你不敬最使我愤怒。菁清，你在我的心中占据最崇高的地位，我不知道为什么自从见你之后，我就觉得你是我心目中最可爱可敬的对象，我爱你爱到了崇拜的地步。如今有人侵犯你，那即是侵犯我。我气得浑身发抖。我请求你，千万保重，这种闲言闲语，不要认真。我猜想发这消息的人，可能是蓄意破坏我们的婚事……

爱，我们两个人都是为名所累，否则我们的私事，何劳报纸渲染？

----

[1] 指1月19日的报道。

你受了委屈，我当然心痛之极，希望你保重，并且要想这份苦恼不是你一个人的，我在陪着你受。我不是早就一再对你说，任何人任何事不能阻止我们的婚姻。现在我俩在接受考验。爱，我们不怕，我唯一怕的是，你一个人在台北。我怕你受不了，我请你千万千万为了我，不要气坏了身子，你要听我的话，你要稳住了气，别冲动，你要信任我，别胡思乱想。记者的访问，一概谢绝，别发表谈话……

最后嘱咐你一句话，海枯石烂，你是我的爱人，我是你的爱人，我们两颗心永久永久凝结在一起。别人挑拨，别人诬蔑，没有用。菁清，你是我的未婚妻，我是你的未婚夫，我们现在仅只缺法律手续而已。怕什么？多多保重。

梁实秋为了对付紧急事态，在信中谈了五条对策：

①中央[1]、中国时报、中华日报，我都有熟人，我立即请他们不要发表任何有关我们的消息。

②联合报社长王锡吾处，我去一函辩明事实，告以我们不久即将结婚，以后勿再乱发消息。

③我们立刻在报端刊登订婚启事，以息谣传（但注意刊登广告手续，以免节外生枝）。

④我写信给林海音澄清谣传，因为国语日报也登了消息。

⑤如果你同意，我立即赶回台北，立即结婚。

由于《联合报》在美国发行航空版，消息飞快传到了美国，"此间中国人士已无人不知"。

梁实秋一次次去函安慰韩菁清："我知道你被记者们搅得精神痛苦，我心痛万分，恨不得立刻插翅膀归来，我要保护你，和你分担一切的痛苦，甚至我一个人独担一切。"（1975年1月27日函）

---

[1] 即《中央日报》。

面对报纸舆论的压力，韩菁清在2月1日发出的她的第26号信，又使梁实秋为之一惊：

> 　　你要我把爱与婚姻分开，再理智地考虑，还来得及，这话简直是晴天霹雳。清清，你怎么忍心对我说这样的话？我正告你，我已决定和你结为连理，任何人任何事不能改变我的决心。你到×家晚宴，一定是他们又说了些什么闲话，你说你受不了。爱，我们两个人凝结在一起就什么闲话也不怕了。我只要拥有你。所谓拥有，不仅是你的身和心，还有名义，我要你做我的妻，你将是我最宝贵的最称心如愿的小娇妻。为了达到这个目的，也许要付出代价——即使失去某一些人的同情。我为什么要他们同情？我们两个人的幸福，别人有插嘴的余地么？别人要多管闲事，让他们说去！清清，你就是我的世界，犹之乎你说过的，我就是你的世界。像我们两个这样的爱，世界上是少有的，我们应该庆幸，上天给我们相爱的机会，我们携手前进，不需瞻徇，不要反顾。你要我理智一些，我不是没有理智，在情浓的时候，我们都是有些迷迷糊糊，但是我时常冷静地思考。我思考下来，只有一件事我有些犹豫，我年纪太大，怕不能陪伴你太久，那样我就对不起你，我不愿因为爱你反而害你。你现在是不是也想到了这一点？如果是的，请你告诉我，我将抑制住我一切的愿望，静静地听你的吩咐……（2月5日函）

梁实秋把话说到这样的地步，倒确确实实表明，他真心实意爱着韩菁清。他们之间的爱情所面临的考验，变得越来越严峻。

就在梁实秋刚刚寄走他的第29号信（2月5日上午10时函）之后，他在当天一看《中央日报》，又心急火燎追寄一信：

> 　　刚寄去29号信，就看见中央日报2月3日文教走廊一段消息，现抄如下——
>
> 　　名学者来信传佳音　年内与影歌星缔婚

文艺圈内，最近正在传播着一则喜讯：一位著名的学者和一位影星的婚事。

　　对这件事，起初大家是又惊又喜，始终不敢相信，现在喜讯已经证实了，因为这位教授最近有信向国内友人们报告佳音。

　　他说，婚期将在本年内："我们希望能像一般人一样过平静安定的家庭生活。"他特别要求新闻界朋友们不要特地报道。

　　《中央日报》的报道没有点名，成了一则谜语，叫人猜。

　　这篇报道写得还算客气。不过，无疑为新闻风波推波助澜——因为那"谜底"，已是人所皆知的了。

　　梁实秋定下端午节——阳历6月14日星期六——作为他和韩小姐的结婚之日。

　　他每日都焦急地等待着她的信。隔着一个波涛汹涌的大洋，即便是航空信，也要5天才能收到。他称她的信为"甘露"："菁清，我盼望你的信来，有如大旱之望云霓。你给我一点'甘露'罢，我要渴死了！"他常常"望见邮差来，急奔下楼"。见到了韩小姐的信，"我的爱，我把你的信放在嘴上吻了又吻"。倘若"接连两天没有信，菁清，你教我怎样活下去！是不是你病了？是不是你懒得写？亲亲，我希望明天能收到你的信。天哪，天哪，请你不要折磨我"。

　　在1975年1月22日的信中，他如此详尽描述接到她的来信时的狂喜情景：

　　　　你每次来信，都是在上午9时许送达，除了星期六以外，家里只有我一个人，所以没有人知道或看见。就是星期六，家人多在睡梦中，也还是我一个人接受邮件。邮差一来，我先从楼上窗里窥见，兴奋极了，急奔下楼，从信箱取出大叠的信件，来不及返回屋内就在外面站着检视，看看有没有我所企盼的信。若有，我即狂喜；若无，则嗒然若丧，终日不乐，可是回到屋里依然提笔作书，好像收到来信一般。爱，我给你的信，你可曾在闲的时候取出来重读？

　　他一次又一次看她的来信，甚至达到了会"背诵的地步"。

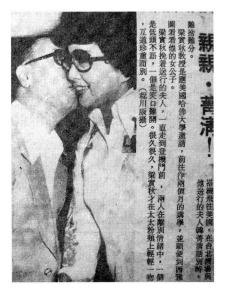

当年台湾报纸对梁韩恋的报道

他在1975年2月5日给她的信中，细细论及他写情书的"经验"：

曼姐[1]问你情书写厌了没有，可见她没有过真正恋爱的经验。情人不相见，纸笔代喉舌，绵绵、絮絮、叨叨、喋喋，哪里有个完？如何能够厌？我在台北时，我们天天见面，而且一见面就是七八小时，我摒绝一切应酬，你也摆脱一切纠缠，我们厮守在一起，我们分秒必争，珍视我们相聚的时光。爱，你可记得，我每天早起，趁你还在睡中，我必写信给你，然后面交你的手里，你接过信去，往你的衣袋里一塞，然后就不见了，不知你是什么时候看的，也不知你看了之后收在何处，好微妙，好神奇！有时候，我的客人太多，没工夫写，交了白卷，我心里就好难过。我每天要写信给你，不只是披肝沥胆，我是挖出我的心来献给你。清清，你偶然也回我一封信，我视如至宝，不知反反复复看了多少遍！分别之后，你天天有信，时常是快信，你的情意缠绵，感我至深。我也天天写信给你，而且确如你所说，有时早晚各一封。这是我的生活必需的功课，也是我一天中最快乐

---

[1] 即周继曼。

的时光。文蔷知道我在写信给你，她从不走到我的书桌旁，总是站在远远的地方和我说话。

他的情书频频，确如他在《雅舍小品》中《信》一文所称，是"最温柔的艺术"。

他一下子从邮局买了100张邮票，足足可寄100封信，他给她的每一封信都编号。信，都是他亲自去发。西雅图白雪皑皑，他踏雪而行，前去寄信。

流言止于智者

他和她的婚期，在不断地变化着：时而希望提前，时而又想推迟。

最初，他择定阳历6月14日，亦即端午节，为大喜之日。

可是在重重压力之下，她巴望着他提前回到台北——2月底、3月初回来。

梁实秋一口答应了。因为他在美国，也不时"接到一大堆信，也有匿名的，我看了气得要死"，他感叹"这个世界，太虚伪，太残酷，太多管闲事了"，恨不得马上回到她的身边，"因为我怕你一人在家里闷坏了身子"。

可是，在2月6日的信中，他不得不向她报告，他的归期要推迟：

　　爱：我有消息报告，归期原定3月1日，现在可能要展期两个礼拜，因为我的律师来告，他有事要外出，3月1日才能回西雅图，所以我打算多停半个月，以后无论有无结果，我在3月半的时候一定要飞回去。这消息一定会使你失望，求你原谅我，我害你多等候半个月，我对不起你，我自己也多痛苦半个月，我想你也会心痛我的。清清，你不骂我罢？

真是急惊风遇上慢郎中。梁实秋归心似箭，而那律师却又要出差，那法律手续又琐碎又繁杂：办理赔款手续，一定要律师出面。对方赔款给死者（他的前妻），可是前妻猝死之际，并未留下遗嘱，并未指明这笔赔款给他（那时的她哪里还顾得上这些），因此这笔款也就成了她的遗产；他呢，作为她的丈夫，固然享有继承权，而继承这笔遗产又得办理继承手续，还得交纳所得税……这一切，都必须按照法律程序一步步去办，要耗费许多时光。

那赔款的数字，几经交涉，计算的方法也颇奇特：程季淑死时73岁，按每月赔生活费200美元，算至80岁。再加上梁实秋丧妻，赔给生活费，也是算至80岁……扣去律师费用，扣去所得税，赔款不足2万美元。如梁实秋所言："数目很少，少得可怜，可是手续不简单。"梁实秋不得不一步又一步办理那极为麻烦的法律手续，他的行期一再推迟，一再向韩菁清致歉，从3月15日再延宕至3月底、4月初。

正当梁实秋为推迟归期而坐立不安之际，忽地，从她的第32号信中传出异常的消息：

> 32号信收到，好高兴，但是读后我哭了！你说你改变主意，要我6月里回去，这怎么可以？菁清，我已决定尽早回去，我不会再改主意，我乞求你也别再改主意。你说你反封建，我也反封建，我愿牺牲一切一切，尽早与你结合在一起。海可枯，石可烂，我要尽早和你成婚。你一则说，爱与婚姻可以分开来谈，再则曰"离别整整一个月冷静一点没有？三思而行"。我现在斩钉截铁地回答你：爱与婚姻不是不可以分开，但是我决定要结婚，为了爱，也是为了我们两个人的益处。至于因结婚而引起一些可能想象到的烦恼事，那只好听其自然，听之可也。你要我三思，我已八百思，我乞求你答应嫁给我，再也不要说什么改变主意的话，那样的话使我伤心欲死！分离整一个月，我并没有冷静，我对你的爱只有直线上升，我现在是无时无刻的不在恋着你。清清，请你相信我，我们按照原来计划行事，不许再有改变，我屋里的东西已翻腾得一塌糊涂，准备3月中动身，文蔷在笑我"度日如年"。如今你说要我6月动身，我如何吃得消？……（2月13日上午函）

060

梁實秋、韓菁清輕言笑語，生活在歡樂中。

梁實秋 韓菁清 生活在甜甜蜜蜜裡

結婚已經三年，梁實秋和韓菁清的生活仍然是甜甜蜜蜜。

再過幾天，是梁先生七十六歲的生日，記者走訪他們，談他們這三年來甜蜜的生活情形。

梁先生說：「婚前，我們已經知道彼此的生活習慣、個性、思想，沒有一點是相同的，為了協調這些差距，也都努力調整過。」

可是，梁先生一個月下來就是「天昏地暗」，幾十年既定的生活習慣實在無法在短時間內完全改變，於是，梁先生主動提議，還是恢復自身，互相尊重對方原來的生活習慣吧！

「生活習慣不同，也有意想不到的好處，可以各做各的事，互不干擾。」梁先生說：「何況一天二十四小時，還是有很多相聚的時間。」

韓菁清每天凌晨四時就寢，正是梁實秋準備起床的時刻。梳洗、早餐之後，梁實秋靜等候天亮，然後出外散步一小時，大約七點鐘，正式開始他一天規律的生活。

中午十二時以前，讀書、寫作。三百萬字的一英國文學史一已經進行了五分之四，預計七十七歲那年全部完成，接下來的計劃，是在八十歲那年完成「中國文學史」著作。

因為人口少，生活簡單，他們每星期上一次級市場，買全七天的菜。先生是北方人，愛吃麵食；太太是南方人，嗜吃辣椒；在這種情況下，又是各取所需。梁先生還經常下廚，據梁太太說，「拿手菜」是炒蘿蔔、炒茄子。

午餐過後，照例小睡片刻，這時候，梁太太經準備妥當，夫婦倆下午多半接見訪客，或和好友聚會，通常晚餐是在外面解決的，回家以後，九點不到，卻正是韓菁清的「黃金檔」。

這段時間，她或者和老朋友見面，暢談之餘，一塊吃頓消夜，興緻來時，也會躲在補習班英上課，學習語文，或正是韓菁清的癮蟲已經來了。

歷史寫幾首小詩。「她寫的詩，找一個字也不改！」梁先生笑瞇著眼。

你說她不愛鳥兒，因為花兒太嬌；你說她不愛花兒，因為鳥兒太調皮，且唯以抓那那芬芳撲鼻……終天婆婆媽媽，教人不能休息。

梁韓之恋在很长一段时间里持续成为台湾报纸的话题

韩菁清为什么忽地"改变主意"呢？因为种种流言的袭击使她心烦意乱，她希望冷静地考虑一下。

她在她的第 37 号信中重申了她的意见。

梁实秋这么回复：

> 你 37 号信还是要我考虑在 6 月里回去，我很难过。爱人，请你准许我在 3 月里回去罢！我实在无法忍受这别离之苦。我想我们的婚期定在 5 月中旬，你看如何？由 3 月到 5 月，这两月中，我就做你的房客，住在敦化南路，早晚通电话，午后见面，晚上一起吃饭，这不是很好么？不要怕新闻记者，他们闹不出什么名堂，我们堂堂正正地相爱，怕什么？有我出面承当一切，绝不会使你受窘为难。1 月初，我离台北，剩你一个人受记者围攻，我实在很难过，这情况不会重演……（2 月 20 日晚 7 时）

在离愁笼罩之中的梁实秋，仍不失幽默感。他，居然还有心思在信中说笑话：

> 昨天报上有一段轶事：一个离婚男子与一离婚女子要结婚，证婚的牧师事前问他们一个问题，如回答为是，则愿为证婚，否则不愿主持其事。问的是："你们在没有选择余地时，肯不肯使用对方的牙刷？"双方甚以为异，考虑一下，答是。于是欣然成婚。使用别人用过的牙刷不是一件简单的事，必相爱到极点方能怡然自得地享用。清清，你给我的那把你用过很久的牙刷，我至今天天使用，我预备以后永久使用它，除非你给我换另一把你所使用过的……

在梁实秋的热情来信打动之下，韩菁清取消了"改变主意"的意见。

梁实秋写道：

> 你屡次来信告我："放心，我对你的爱心不变！"我看了好受感动，好舒服，好开心。菁清，我知道你爱我，我深信你的爱心永不改变。你不

> 说我也知道，你说出我更高兴。

梁实秋仍收到各方来信："千篇一律的，都认定我是一个童痴不如的糊涂虫，以为我是昏聩，以为我是没有眼睛，没有头脑，没有理性，没有判断力的白痴。苦口婆心，口口声声，要拯救我……"

梁实秋面对这些来信，客气点的，答复说"流言止于智者"，请他们以"智者"之"智"终止流言；或者，直告道："以后请看事实。"

在3月6日，梁实秋刚吃完中饭，打算午睡，突然有人敲门，送来一份电报。

电报是从台北打来的，全文只三个词：

"LETTERS DON'T WORRY"。

电报未署名，电文的意思是"见信勿急"或"随后有信毋急"。

发报人，十有八九是韩菁清。

她为什么会发出这样的电报呢？

原来，台北忽地有人谣传，韩菁清要发表梁实秋写给她的情书。于是，一位友人"急函"梁实秋，要他加以"阻止"。

其实，那纯属误传，人们风闻梁实秋情书频频，出于好奇，都想一觑为快。她的一位好友再三要看，她无奈，给这位好友看了几页。好友把此事外传，于是竟被误传成韩菁清要"公布"梁实秋情书。

知道有人向梁实秋写信"报告"，韩菁清生怕梁实秋着急，赶忙发去电报，请他"见信勿急"。

那几天，又正值韩菁清病了。

梁实秋深深被这电报所感动，写道：

> 我只是想念你病中无人伺候，实在太苦。我心疼你，其他的事我全顾不得了！你为了情书事打电报，想见你又是如何心疼我，我好受感动，我的小娃爱我无微不至，你好可爱！电报一纸，我已归档，这也是异日回忆的资料之一。

这样，误传引起的风波，终于平息。

然而，各报上的种种"新闻"以及种种流言飞语，仍在不断袭击着他和她。

在猛烈的"新闻风暴"之中，她又急又气，心乱似麻，曾一度无心给他去信。梁实秋也异常焦急，在3月19日一天之内给她写了两封信，其中的第二封写道：

小娃：

今天收到你两封信（56与58），你声明58是暂时最后一封，我心中有一种特别的滋味。看你的58号信，字迹特别地乱，我猜想你写的时候一定心情非常激动，是高兴是不高兴我也想象不出。你最后一句说要我多穿衣服不要受寒，我体会到你对我的关切与真情，我不觉的一阵心酸。

我早晨已经发了一信给你，第74号，现在我把你所有的来信取出来检玩，从第1号到58号，连同以前的五封最早未编号（分别以前的）的一共63封，厚厚的一叠，一个信封都没舍得丢弃，像宝贝似的放在我的手提包里。我不知道一个手提包如何载得起这许多的情爱！

……

下面是我的一个连娶两次洋婆子的学生黄曾鲁的信中的一段：

"在美有无数长者续弦之事，极为平凡。而这都是私人的事，与他人无关。加上年长需要伴侣看顾也当必然，望老师保重身体为先，勿中小人诽谤伤身。敬请道安

曾鲁拜上

3月16日"

这是善意的一封信[1]，但是没有搔着我的痒处。一般人都以为我需要的是有人照护我，都没能脱离"特别护士"学说的范围。我不是在追求特别护士，我是在爱情中，竟没有一个人了解到这一点！

我在想，爱情在这世界上大概是极珍贵、极稀罕的东西，一般人大概从来没有亲身体验过什么叫做爱，所以有眼无珠，一旦遇见有人在爱，

---

[1] 当时梁实秋收到许多友人、学生的信，其中反对这桩婚事的居多。

也不知道他是在爱。更有人把爱形容为盲目的痴情，以为是"情人眼里出西施"——以为情人是不可理喻的疯子。他们亵渎了爱，他们不懂爱的崇高境界。我认为人在爱中是最接近神的境界。

独处的韩菁清

爱！你怎么把我比做"圣贤"？我离圣贤的地位远去了。过去若干年间就一直喜欢佛书，尤其是禅宗的一派。隔不多少天我总要取出一些高僧的文集诵读，以为是无上的清凉散。但是，讲到"情枯智竭"，我无论如何也办不到。我只是一个凡人——我有的是感情，除了感情以外我一无所有。这如何能成佛！我只想能永久永久和我的小娃相爱，人在爱中即是成仙成佛成圣贤！

我的小娃，你有无比的聪明智慧，你有醇厚而善良的心肠，我相信你无论做什么事都会得到第一。我愿看见你抛下了既往的灿烂的生涯，和我在一起另创一番新的事业。我愿做你的秘书、随从、顾问、发言人。爱，你不要忘记，你现在正是在最成熟最强壮的最有希望的年龄，莫辜负了你天生的禀赋。这几句话是我由衷之言，请你细心地想一想，不要怪我说这些迂腐的话。

你说我们秘密地举行婚礼，把法官请到家里，那当然好，我举双手赞成，但是法官能像医生出诊么？这一点需要打听一下。总之，我同意你的主张，一切以简单秘密为原则，决不招摇，更不能让人家耍猴子似的开玩笑。我决不顾外人的批评、建议与奚落，我行我素。我只要你满意就行，请你心里先盘算一下，我一回去唯一的急于处理的即是此事。有些事务方面的事必须先办好，例如我的户口簿及身份证必须修改，否则犯了"重婚罪"那是不行的。这就要跑大安区公所。然后法院方面也要去打听手续办理申请等。此外能简化的均可简化。例如登报亦可有可无，记者报道是不可避免的。

……

小娃，以后我当着外人喊你做什么？你喊我做什么？我反对"喂，喂"地叫，那太难听了。

叫"人"，也不好。你说怎么办？虽小事，亦不可不想办法也。你想想看。我想："清清""秋秋"好了，既是原有的名字，又显着亲热，而不俗，你以为如何？事实上我口头喊你"清清"已经很久了，"秋秋"则是你最近的发明，我好喜欢。

李方桂太太来信，她就是我们在圆山饭店和田叔叔喝咖啡的那一次我所遇见的那一位，他们今秋返台小住一年，8月里去，赶不上吃喜酒，故特道贺云云。看样子，想吃喜酒的还不在少数。

梁实秋

3月19日晚8时

处于"风暴"之中的梁实秋，一派"大将风度"。这位散文高手，每日洋洋洒洒地写数千言情书，而他的情书又是一篇篇清丽高雅的散文。在这封信中他谈了他的恋爱观，如他所言："我不是在追求特别护士，我是在爱情中。"

他的"情书"将近20万字了！

自从韩菁清暂停给梁实秋写信，他们的通信变成了"单行道"。据韩菁清对我说，她暂停给梁实秋写信，为的是使他尽早回到她的身边——她的沉默会使他愈加思念。

果真，梁实秋那"单行道"信件，写得更勤了——从一日一封，到一日两封，以至一日三封！

3月19日晚才写罢那封长信，翌日"上午7时"他又握笔写信给他的"清清"了：

> 自从知道你停止寄信，我反倒定下了心，无需在窗前守候绿衣人（在美国是蓝衣人）。我的归期一展再展，真是对不起你，现在支票拿到，兑现换票还要几天工夫；又赶上周末，又加上律师不时地度假，所以行期简直无法预定，急死人……你看到这里，大概又想吼我一顿。我的河东狮，你吼罢！
>
> 茶花怎样了？几番风雨，不成样了罢？我恐怕来不及去欣赏了，憔悴一天涯，两厌压风月！（厌读如淹，贺铸词句）我想我们两个一定是同样的感触。
>
> 李易安词："寂寞梧桐深院锁清秋"。我们婚后"深院锁清秋"那是一定的了，不过并无梧桐，更不寂寞耳。

他，居然有闲情去谈论茶花、梧桐，而且赋予"寂寞梧桐深院锁清秋"以新意——那"清秋"不正是"清清"和"秋秋"么？

信，装进航空信封中寄走了。他忽地记起了什么，又赶紧写一封信，郑重其事地"更正"道：

> 爱，上午一封信，"寂寞梧桐深院锁清秋"是李后主词，我误写为李易安，该打，信发了之后才想起来的。记忆力不算太坏，总算想起来了，合行更正。

他收不到韩菁清的信，为了安慰自己，"哦，我有办法，我把你的旧信，58封加5封，拿出来温习一遍，事实上是温习一部分，整个看一遍非三五小时不行"。

大抵是"温故而知新"。他从读旧信中，寄托对远方"亲亲"的无限思念。

他的信太多、太长，为了减轻信的重量，以免超重，他用薄薄的打字纸写信。"哦，我用的信纸是打字纸，剩下来这么些张，没想到也快用完了。假如一封信2000字，我写了将近20万字了。"这位莎士比亚专家，快成"情书作家"

1991 年，上海人民出版社出版了叶永烈编选的《梁实秋·韩菁清情书选》

了！

情书"高产"，还只是梁实秋一腔深情的一个侧面。最为令人惊叹的，他居然自编自写，为韩菁清办了个《清秋副刊》——刊登他写的一系列小品，专诚地寄给韩菁清。

这《清秋副刊》只发行一份，读者只有一个，从未对外透露。

现据韩菁清女士提供的原件，披露若干：

"秋秋"在 1975 年 3 月 15 日致"清清"函中，有一段类似"发刊词"的话，谈及创办《清秋副刊》的缘起：

"新添《清秋副刊》一栏，像逐日集记报刊时事，专为我的小娃一人阅览消遣而写。我写的信有时一页，有时四页，纸短情长，不容羼入杂事报道，故特辟一栏，希望我的小娃在无事时看看，好歹是我亲笔编写的，也算是一项服务。爱，你欣赏么？"

就在写这封信的同时，由梁实秋一人写稿、一人装帧、一人主编、一人抄写、一人发行的《清秋副刊》"创刊号"问世了。

以下是"创刊号"中的两则短文：

贾波林爵士

最近，英国的电影明星贾波林（Charlie Chaplin）[1]蒙女王授予爵士勋位，这在电影界也算是异数，尤其是贾波林生于 1889 年，现达 86 岁高龄，

---

[1] 又译卓别林。

所演电影绝大部分是无声的，居然在老迈的时期获此荣誉。他已不能行走，上路坐轮椅入宫受勋。可是他穿上了条纹裤、燕尾服，戴大礼帽，一点都不含糊。按照英国旧俗，女王持剑加在贾波林的肩上，赞礼者在旁高呼"贾波林爵士！"依旧俗，受勋者应跪在地上受之。贾波林则坐在椅上受之，微笑，女王亦微笑。后来照相时始勉强扶持站起。礼毕女王和他亲切谈话一小时余。

贾波林是英国人，其电影事业原在美国，但他从未归化为美国人，一度思想左倾，为舆论所不满，终乃离去美国永不复回。结婚四次，轰动一时。第四次娶戏剧家奥尼尔之女，直到如今家庭安乐，其妻比他年小二三十岁。

贾波林的喜剧，皆含有深刻人性之描写，且多讽刺，非浅薄之滑稽，故感人至深。例如：《淘金记》（The Gold Rush）、《大独裁者》（The Great Dictator）皆不朽之作。描写细微之动作，出之以严肃之神情，表演技术尤称独步一时。

以食为天

一个移民富婆，不喜美国食品，天天在一老乡开设的餐馆用膳，因开阔马路该餐馆被铲除。

人皆为该富婆的食处担心，她说我自有安排。三日后她安详地死在床上了，死因不明。

在恋爱时为情人办这样的"副刊"，一期接着一期地编下去。这样的"梁式恋爱"，世所罕见。

在1975年3月21日早6时给韩菁清的信中，梁实秋这么写道：

《清秋副刊》发行了四期，也不知读者欢迎不？假如这也算是一种刊物，当是世界上有史以来拥有读者最少的一种。只有一个人读，但对我而言，这一个人抵得800多万人！我给你寄去五本书，是平寄的，所以现在才寄到，其中有两本是你没有看到过的，那么，你这些天可以抽空翻翻了。我写的东西，我愿意你看，因为你可以更清楚地了解我的思想、态度、性格。凡是我写的，每一个字我都要你看，盼你仍能不失掉读者的身份。我拥有你这样的一个读者是我最大光荣、幸福、骄傲。

柳条刚刚染上些微黄色，玫瑰刚刚吐出一些紫芽，春寒骤降，三十几度[1]，植物怎么受得了？爱，你那里一定也很冷，千万多穿衣服，不要着凉了，一切小心，我时时刻刻在惦记你，晚上早些睡，勿熬夜。

这一天，他一连写了三封信给韩菁清。晚间的信，他像林黛玉一般，对落花残红发了一通感慨：

今天早一信，下午一信，现在是晚饭后，又来和你笔谈了。适才一阵暴雨，挟有大块冰雹以俱来，好吓人。这地方的天气就是这样。许多人家的茶花比房檐高，好大好大，红花千朵万朵，如锦如簇，樱花也有绽蕊的了，经此一阵寒雨，怎生得了？我爱花，但是我看不得残红遍地的样子。杜工部有一首诗："不是爱花即欲死，只恐花尽老相催。繁枝易谢纷纷落，细蕊商量慢慢开。"我也有此等心情……

才写罢一日三信，次日晨起，梁实秋又伏案写一信。他的这封信，写得诚挚感人，捧出了心：

爱：

又糊里糊涂地睡了一觉。我很想打长途电话给你，但是我不敢，因为我听了你的声音我会激动得说不出话，只有哽咽的份儿。再则我们的时间不对，怕扰乱了你的睡觉，同时也不定能打得通，你很可能不在家，或虽在家而拔了插头。所以还是不打电话为宜。在电话里我能说什么呢，在那短短的三分钟？写信都觉得纸短情长，电话更不要说了。可是，清清，

---

[1] 指华氏温度。

我多想听你说话的声音啊!

今天是星期六,又是要命的周末,一切停摆,我只能静待到星期一,看看有无动静。莎士比亚说:"情人永远走在时间的前面。"这一回我却走在时间的后面了。一拖再拖三拖了,现已到了月底!

有时我想,我们二人是天地间最幸运的人,也是最可怜的人。最幸运,因为我们终于相遇,终于相聚,终于相爱,终于互相觉得满足,一切都十分美好;最可怜,因为受命运的拨弄,相聚45天之后继之以两个多月的别离,吃尽了两地相思之苦。别离是一种考验,考验我们的爱是否真实可靠。天啊,我们已经考验及格了,请勿煎熬我们这两颗赤诚的心!

这两个多月来,我过的是修道士的生活,修道士一心归主,我是一心归我的菁清。我不但心里没有第二个人,实际生活中也没有第二个人。白昼、夜里,我不时地轻轻呼唤你的名字,爱,你能感觉得到吗?

你说你爱我的狂,我何曾有过一点点的狂?我只是痴,只是呆,只是傻。文蔷对我说:"你现在感情崩溃,你此去我很不放心。"我不知她何所见而云然,我也没有追问她。我不承认崩溃之说,我只觉得我的丰富的感情一天比一天旺,全部全部地奉献给我的清清。这能说是崩溃么?

我愿你这几天家里热闹,免得寂寞使你难过。亲亲,我不知道我应该怎么爱你——把你锁在金屋里,还是任你自由地翱翔?你告诉我。

你的唯一的人。

秋秋

六四、三、二十二晨 6 时

就在这封信发走的当天中午,"风暴"强烈地袭击着梁实秋。他"几乎晕倒"!

原来,有人为了拆散梁韩之恋,竟从"某一机关"所存的档案中翻出一堆材料,公诸报端,历数韩菁清从"民国五十一年"(即 1962 年)直至这次与梁实秋相恋的"旧账""新账",极其刻毒。难怪,韩菁清没有再写信来——她在台湾正承受着极大的舆论压力。

这,不能不是一次对梁实秋严峻的考验。他在当天下午写给韩菁清的信中,他表明了坚定不移的态度——他对她的爱是"无条件的，永远的，无保留的，不惜任何代价的"。

这封至关重要的信，全文如下：

我的爱人：

今天一早发了一信，心里难过得很。午觉醒来，文蔷送来一大卷复印品，是一位自命为好心的友人快信寄来的，都是剪自台湾报纸有关于你的种种报道。文蔷问我要不要看，我说要。

当时我就躺在床上略翻一遍，从四十九年[1]2月14日起，历经五十一年、五十四年、五十六年、五十七年、六十二年最后到六十四年我们俩的新闻为止。

虽然是一些剪报，但并不是私人收藏的，是某一机关所存的档案中摘录下来的。我看过之后，心血沸腾，痛苦，痛苦万分，起立之后几乎晕倒。

清清，你没隐瞒任何事情，你对我是忠实的。你应该记得，你有一天细诉你的过去的不幸，我请求你不要再讲下去，因为你的不幸即是我的不幸，旧事重提我受不了，当时我抱着你哭了起来，你也落了泪。我下了决心以后永远不要再提这些事，让过去的成为过去。今天文蔷面色凝重地送来这批东西，我不得不违反我自己的决心又来重新自苦一番。清清，你知否我的心，我的痛苦？你所受的诬蔑与侮辱，都是直接刺入了我的心！走笔至此，泪涔涔下。清清，新闻记者的笔是刻薄的，只知道撰写轰动的新闻，不顾别人的名誉，同时一般看报的，也以看热闹的心情来听取别人的隐私。人心之坏，实在可怕。更有一部分人口口声声说是爱护我，不断地困扰我，而以今天这一卷筒（引者注：似应为剪）报的人为最。

我略为翻过之后即还给文蔷，我告诉她："其中没有什么新鲜，我知道的比这个多。"我这样的回答好像使她吃了一惊，但是我坚决的态度，她明白了。

---

[1] 指"民国四十九年"，下同。

写至此，我想到你看了此信一定要受刺激，说不定血压高，所以决计不寄此信，留待以后再当面交给你，这样也可避免破坏我们此时快乐相忆的气氛。

　　菁清，我再重述：没有人，没有什么事情，过去现在未来都算在内，能破坏我们的爱情与婚姻。我爱你，是无条件的，永远的，纯粹的，无保留的，不惜任何代价的。

　　我今天看了这一批资料，一部分是以前没见到过的，我只感觉到我对你的爱又深了一层，我感激寄资料的人，他使我更爱你，更同情你，更了解你，更死心塌地地决心与你婚后厮守一生。我这样的反应可能不是他初料所及的罢！

　　爱，我写这信，心情十分激动，也许我的心每一次搏动都引起了你心弦的弹动，我相信你的心是很亲很密地和我心心相印。菁清，你是我所最爱的唯一的人。当然，我也是你所最爱的唯一的人。

秋秋

六四、三、二十二下午 3 时半

其实，所寄的那些材料，无非是关于她过去的两次恋爱，如此而已。

那两次恋爱，诚如台湾《皇冠》杂志第 34 卷第 1 期所描述的：

第一次，对象是泰国一家银行的总裁。影剧圈人品杂、是非多，有些交际

虽是相交不久，但韩梁二人知遇情深、心心相印

应酬韩菁清非去不可，可是情人眼里容不了沙子，他就是受不了，韩菁清只得顺从他。由于男方已有妻室，始终未能摆脱家庭的桎梏，这次恋爱的收场是黯然分手。

其后，她下嫁一位菲律宾籍的男士，却因志趣不合，生活习惯不同，时常发生误会，终在"民国五十六"年[1]秋天仳离。

除此之外，那就是她曾成为轰动一时的新闻人物，即"二十八万风波"，又称"台银事件"——我在后面会详细写及。

韩菁清非常坦率，对梁实秋毫不隐讳。早在她和他相识不久，她就把详细记述那"二十八万风波"和"曼谷八年恋情"的两本杂志送给了他。

在梁实秋1974年12月7日写给她的情书中，曾写及此事：

> 你昨晚去后，我本应遵嘱立刻就睡，但是心里七上八下，想看你留下的那两本东西。二十八万风波，我早已知悉，算是又重温一番，可是介绍你在曼谷八年的那一段，图与文，对我来讲刺激性太大了，甜酸苦辣，浑不可辨。今早醒来，又看一遍。亲亲，我同情你，我尊敬你，像这样的记述文字，你以后不要故意给我看，也不要故意不给我看。不给我看，我想看；给我看，我受不了。写到这里，我流下了泪……

看了那些关于她的往事的报道，他反而说"我同情你、我尊敬你"。

这一回，看了台北航寄的那一大卷剪报，他说："我更爱你，更同情你，更了解你。"

知遇情深。他和她，已不是任何挑拨离间、恶意中伤所能分开的。

一个在美国西雅图急得直跺脚，一个在台北躲在屋子里生闷气。

所幸，他和她都富有个性，都曾经历过人生道路上的风风雨雨，他们的意志是坚强的。

梁实秋的一生，诚如他的挚友刘真所言："不随波逐流，不曲意阿俗，不怕寂寞，不畏攻讦。"（见台湾《传记文学》第51卷第6期）而台湾《传记文学》

---

[1] 即1967年。

主编刘绍唐则称他是"一个我行我素、独来独往、特立独行的人"。

此处按下众所周知的梁实秋不表。

那些反对梁韩之恋的人，用"刻薄的"笔攻击韩菁清的过去，韩菁清究竟走过了怎样的人生道路？行文至此，该追述一下本书女主角韩菁清的往昔……

第四章

一代歌后

出生在财大气粗的"韩四爷"家

上海，灯红酒绿的南京路最繁华的地段附近，有一条闹中取静的短小的马路叫"Mandiay Road"——孟德兰路（今江阴路）。

在这条马路最西端路南，有一幢用青砖、红砖镶嵌砌成的英国式三层楼房。楼房有几十间房间，四周有二亩大小的花园。在那黄金地段，有这么大的花园，已是很不错的了。

据当地老居民回忆，这幢华丽的花园洋房，始建于20世纪20年代。

倘若说，北京内务部街梁宅是典型的中国式四合院，这幢房子则是上海典型的"海派"建筑，铁皮屋顶，涂着漂亮的油漆。

房主原本姓庄，是上海银行的老板。在1937年8月13日，日军进攻上海，淞沪战争爆发之后，庄老板忽地失踪，后来才传出消息，说是他被吴世宝绑架。

吴世宝又名吴云甫，江苏南通人。此人又高又胖，肥头鼠目，满脸横肉。他早年不名一文，在上海公共租界跑马厅当马夫。后来他又当汽车夫，给上海丽都舞厅老板高鑫宝开汽车。当他结识了特务、流氓头子李士群之后，一下子飞黄腾达、不可一世了。

吴世宝绑架庄老板，为的是要钱，他扬言要价60万大洋（银圆）。

庄老板无奈，只得把孟德兰路的花园洋房开价60万银圆，急急寻求买主。

有人去看过那幢花园洋房，想买，可是一见到花园里栽着一棵桑树，摇头了，因为桑与"丧"同音，非吉兆也。那时候人们颇为讲究这些。譬如，梁实秋便回忆，北京梁宅后院种了一棵大榆树，以"后边有榆（余）"而图个吉利。

一位湖北巨贾，全然不顾什么"凶"呀、"吉"呀，当场拍板，爽爽快快以60万大洋买下了这幢英式洋房。

此人姓韩名惠安，又名道惠，湖北黄陂人氏。他排行第四，人称"韩四爷"。

韩惠安善经商。他做盐的生意，从黄陂来到汉口，到北方、到南方，渐渐发了大财，成了大盐商。他出任湖北纱、布、丝、麻四局的总经理，另外，还担任了汉口市商会会长、湖北省参议会参议长。

韩菁清的父亲，人称"韩四爷"的韩惠安

"韩四爷"有个癖好，那便是有了钱喜欢买房子。在黄陂、汉口，他买了几百间房子，还有汉口法租界的汉口大舞台（现在的人民剧院）及东方大旅馆。江西的庐山，是达官显贵、富商巨贾的清凉世界、避暑胜地，他在那里的庐林新五号建造了英国式的别墅，与林森（当年的国民政府主席）别墅相邻。这次买下上海孟德兰路的洋房，使他在十里洋场有了立足之地。

那时节，钱多太太多，"韩四爷"前前后后有八个太太。

大太太姓陈，名福善，原是韩家童养媳。陈福善生一子。按照韩家"道德光前劣，延安建元勋"取名顺序，韩惠安（韩道惠）是"道"字辈，下一辈为"德"，故取名韩德厚。大太太先是住在黄陂，后来住在武汉。

二太太姓唐，名慧贞，是苏州人，12岁便成为"韩四爷"的妻子，年岁稍长，主持家政。二太太先是住在武汉，后来迁往上海，成为孟德兰路洋房的女主人。

二太太没有生养。

三太太姓杨，山东青岛人，医师，姣美而有文化，在汉口日租界开设诊所。当年，上官云相（国民党第32集团军总司令）、何成浚（湖北省主席）、徐源泉（国民党第26集团军总司令）等都找她看病。

韩惠安常去看病，也就看中了她。

杨小姐提出，韩家要明媒正娶，她才愿相嫁。于是，韩惠安在武汉璇宫饭店和杨小姐举行婚礼。消息传出，唐慧贞怒不可遏，率一批人马奔往璇宫饭店，大打出手。"韩四爷"不得不把杨小姐"转移"至庐山，安置在他的别墅。

在风景如画的庐山，在庐林新五号，杨小姐怀孕，"韩四爷"闻讯，十分欣喜。重阳节那天，杨小姐生下一个女儿。"韩四爷"给女儿取了个男性的名字韩德荣——他原本希望生个儿子。

这位韩德荣，也就是韩菁清。她属羊，生于辛未年（民国二十年），亦即

童年韩菁清

公元1931年。辛未年重阳节（阴历九月九日），用《一百年日历表》对照，亦即1931年10月19日。

杨小姐生下韩德荣之后，不愿再在庐山过着"偏居"的生活，遂远走高飞，不知所往。

此后时过境迁，"韩四爷"绝口不提杨小姐，直至后来在台湾高雄演唱时，韩菁清才从父亲的好友上官云相将军口中得知自己生母的点滴情况，连生母的名字也不得而知，未曾寻到生母一张照片。

在杨小姐离去之后，唐慧贞因自己无子无女，在亲友们劝说之下，把韩菁清接回武汉家中抚养，由一位山东奶妈照料。

韩菁清长得酷似其父，深得韩惠安喜爱。

在杨小姐之后，韩惠安又娶过五位太太，据说其中日本籍太太生过三个男孩，却因中日战争带着男孩子们悄悄离华回日本，不知去向。

这样，韩惠安太太虽多，却只有一子一女。在韩惠安四兄弟之中，女孩儿唯有韩菁清一个，全家视若掌上明珠。

韩菁清之兄韩德厚比她年长20多岁。韩德厚的大太太姓李，名梦兰。李梦兰生二子：大儿子奶名"大毛"，大名韩述祖。韩述祖论辈分乃韩菁清之侄，按湖北习惯喊她"小爹"，实际上韩述祖年龄比韩菁清还稍大，如同兄妹。小儿子奶名"二毛"，大名韩绍初。

韩德厚的另一位太太姓张，名顺英，生下"三毛""四毛""五毛""六毛""七毛""八毛"（"七毛""八毛"营养不良早夭）。

后来，韩德厚在香港奔丧时又有一女子为他生下了"九毛"。

韩菁清便是出生在这么一个财大气粗而又错综复杂的家庭之中。

荣登上海"歌星皇后"宝座

韩菁清是怎样走上歌星之路的呢?

韩家向来与音乐无缘。

韩惠安身上并无"音乐细胞",只是喜欢京戏罢了。他在汉口开设了一家大舞台,常带幼年的女儿去看。这么一来,给了她音乐的感染。她从小便学唱京剧的青衣和小生,最拿手的是唱《白门楼》《醉酒》《罗成叫关》《大登殿》。

在韩惠安的太太之中,有一位广东籍的,韩菁清喊她"广东妈妈",这位"广东妈妈"是京戏名伶。

韩菁清7岁那年,随父亲及"苏州妈妈"(即唐慧贞)从汉口前往上海。

他们坐的是韩家自购的轮船,抵达上海之后,坐的是韩家自购的轿车。用韩菁清的话来说,如此长途跋涉,鞋底都不曾脏过。

宽敞的楼梯,红漆地板,如茵花园,孟德兰路的新居成了韩菁清快乐的天堂。楼里六个厕所,五间澡房。楼侧一排平房是厨房,有中餐师傅(分荤菜、素菜),还有西餐师傅(分上灶、下灶)。家中几辆轿车。

那棵桑树给韩惠安的心灵投下了阴影。积善是德。韩惠安成了上海静安寺的大施主。

静安寺位于南京西路,离孟德兰路不远,是上海千年古刹,相传始建于三国吴赤乌年间。

少年韩菁清在上海江阴路韩宅

虽说上海的龙华寺规模盛大，玉佛寺也颇有特色，但是毕竟静安寺坐落在黄金地段，香火格外昌盛。韩惠安成了静安寺的大施主，也就与那里的僧人过往甚密。韩惠安尤其敬佩静安寺主持持松法师。

持松法师乃湖北荆门县沙洋人氏，与韩惠安算是大同乡。他俗姓张，取名持松。此人曾专攻经史小学，颇有学识，又擅长书法。韩惠安让女儿拜持松法师为师，取法名"众佩"。

持松法师以《三希堂法帖》为蓝本，教韩菁清习字。

幼时，她最喜欢的课程是国文。迄今，她仍保存有当年的作文本。现摘选内中两篇，可看出小小年纪的她，已颇具文才：

花开花落

在这三、四、五月的春光里，百花齐开，百鸟齐喧，大自然界中布满了一切新的气象。在杭州游玩的人们，实在比在都会里的游戏场中嬉戏的人们感觉到舒畅快乐得多。哦！西湖的游子们真多极了。老老幼幼男男女女，成百成千地来游赏西湖春光。苍蓝色的天空浮着缕缕浓烟似的白云，碧绿的大地上映着五颜六色的花呵！花开得多茂盛呀！她带着微笑望着游子们，表示她太年轻美丽了。笑！含情甜蜜的笑。对着春风，春风轻轻吹着她柔软的身体，她袅娜地摆动着绿叶的裙儿。在这青的一片毯上跳舞，显出得意洋洋之状态，使人见了真是说不出的美慕。

唉！在同时又有不幸的事，有许多可爱而秀丽的花谢了。一片片地落到地上，带着哭泣可怜的样子看着人们，好像叫人去挽救她，扶她起来。但这是无法来救她的，我只有对她表示同情。韶光易过人易衰，这些"花开花落"的景象，很值得我们爱怜。我们的青春哟！还不是这般吗？我看了不禁为我的青春着想。我弱小的灵魂啊！我会否像花落般的渺茫，随风飘荡？

我现在正如花开时般的年轻艳丽，而我不希望花落般的将我之青春溜跑。青春哟，青春！我愿你永远存在，永远在我身边，使我永远能过我青春时代的生活。花呀，花，我希望我永远像你那般的温柔洁丽！

她，既赞美青春，又感叹青春易逝。正处于青春的她，显得深沉，隐隐透着忧伤。她的老师给了她92分，并作批语："文情绮丽，感情深微。但愿春常在，花常好……不过毕竟是件不可能的事！还期及时努力，切莫辜负了这大好春光！"

她所写的《她病了》，得了94分。这篇作文，她写了自己的表与里，健康与病容，写得细腻传神：

她病了

她绝对不敢相信，那镜中的人儿就是她自己。以前她明确地记得，站在镜子前面，镜中总映着一个可爱的倩影，圆润丰腴的苹果脸，颊上浮着两朵鲜丽的红云，黑而明亮的眼珠，细而长的弯眉，加上一个匀称的鼻子和樱红的小口，更添增了她的娇艳。脆嫩的面庞，清柔的歌喉，尤其是她那盈眸一笑，引起人们的爱慕。不但她的爱娇的面庞惹人怜爱，就是她那绰约窈窕富于曲线的身材，也何尝不令人赞美啊！不但异性爱恋她的美貌，就是同性也喜欢她这一副天真活泼美丽的态度。就是她自己也觉得她是可爱的。每当对镜临装时，她总是凝视着对面的自己，盈盈作笑，抿嘴送吻，低声情语，镜中人儿好似能完全了解她的心情。她更加爱她自己了，她觉得她在镜中映出她的确是爱美的影子，她高兴得简直说不出口了！

啊！老天爷也真会作弄人，那美丽娇艳的人儿竟会要她生病。她结果被病魔缠住了，她经不起病魔的摧残，终于睡了下来了，她的娇容憔悴得多了。她的眼眶也渐渐地变得深凹了，那白嫩细滑的面庞竟成了面黄肌瘦的样子。唉！真可怜极了。她在床上躺着的那凄惨的神气，没有从前那样的艳丽了。她拿了一面镜子再照照自己的芳容，她简直要哭出来了。整个的人已大大地改变了。她哭泣，她悲伤，只有面对镜中的人儿，是她的唯一的知己，向她略表同情，希望她恢复美丽，永远不再生病！

老师阅罢，批道："文笔空灵，堪称竭尽描写之能事。"

韩惠安在上海，仍常去看京戏，也常带女儿去上海大舞台捧场。她比男孩子还顽皮，居然到后台把包公那大花脸上的月亮擦去；演《四郎探母》时，她在台下大喊演员手中抱的娃娃是她家的洋娃娃，惹得全场大笑；她甚至因跟侄子韩述祖打打闹闹，推倒了舞台上的屏风，使《三气周瑜》变成了"四气周瑜"。

在京剧圈子里滚，生、旦、净、丑，她样样都学。

知道女儿喜欢唱唱跳跳，韩惠安给她买了一架留声机，从此，她成了"留学生"——留声机的学生。

最初，她留在留声机旁，谛听着从"百代"公司唱片上发出的京剧名角的唱段。

渐渐地，她的兴趣转向歌曲唱片，一边听，一边哼。她天生一副好嗓子、好记性，听几遍，她就学会唱一支歌——她真的成了"留学生"！

她喜欢周璇那动听的"金嗓子"，也爱听白光、姚莉的歌。她最喜欢的歌星是李香兰，学习并模仿李香兰的唱法。

有一回，父亲带她去看电影。那是周璇主演的片子，其中有一首插曲《秋的怀念》，是歌星都杰演唱的。她听得入迷，要父亲给她买唱片。她跟着唱片哼，学会了唱《秋的怀念》。

不久的一天，父亲和母亲唐慧贞带她步入南京路上新新百货公司。"新新"和"永安""先施""大新"齐名，号称上海南京路上四大公司。

"新新"取义于"日新又新"，大楼高七层。新新百货公司开业比"永安""先施"晚，财力也不及它们。为了招揽顾客，"新新"在大楼里开办了一个广播电台，日夜为"新新"以及"新新"的商品大做广告。这个广播电台设在六楼一间四周用玻璃装饰的屋里，取名"玻璃电台"，又称"凯旋电台"。

韩惠安带着妻女来到"新新"六楼的"新都饭店"饮茶，正值"玻璃电台"在举办儿童歌唱比赛，报名者有几百人，韩菁清也去报名。她唱起了那首《秋的怀念》，竟一举夺魁！这时，她只有7岁。

这一曲《秋的怀念》，成了她一生歌星生涯的起点。

"真想不到，后来我嫁给了梁实'秋'，而他后来又在'秋'天去世，我如今一直陷于《秋的怀念》之中！"她回忆往事时，如此感慨万分。

在儿童歌唱比赛中获胜，这使韩惠安感到高兴，夸奖自己的独生女儿聪颖。她呢？则是越发喜欢唱歌了。

不过，当她在父亲面前甫露将来想当歌星的心愿时，父亲立即吹胡子、瞪

多年以后，韩菁清还一直喜爱书法

眼睛，斥道："你是大家闺秀，怎么可以去当歌女？！"

父亲的话是很有分量的。在家中，她属于"父亲派"。她毕竟不是唐慧贞亲生的，这位"苏州妈妈"动不动就要打她、罚跪。由于没有母爱的温暖，渐渐地，她养成了倔强的性格。

她11岁的时候，偶然从报纸的分类广告中看到上海"百乐门"招考歌星的消息。她想去报名，知道父亲势必反对，跟母亲又无话可说，只得求助于嫂嫂张顺英。

张顺英比她大10岁，由于是她的嫂嫂的关系，那时不住在孟德兰路，而在上海四马路（今福州路）另住。张顺英是上海浦东人，对上海很熟悉。她请嫂嫂陪她去报名。

"百乐门"名震上海滩。在爱狄密勒著的《上海——冒险家的乐园》一书中，这么写及"百乐门"：

> 百乐门饭店是上海一所最大与最豪华的舞场。在其中，中国的上流社会和欧美的上流社会会面……中国人与外国人在一块儿喝酒、吃饭、跳

少女时代的韩菁清

舞、谈笑，但是酒杯里泛出合同上的细字，餐盘旁放着成约，舞拍间响着数钱的铿锵声，而谈笑中则充满着讨价还价的争论……

眼下"百乐门"要招考歌星，是因为原先在那里唱红了的一位歌星嫁给了"百乐门"的小开，从此不再登台，于是，歌星空缺。

这消息使3000名上海姑娘动心，赶往"百乐门"报名。韩德荣在嫂嫂陪伴下到了那里，才知道报名还有一个条件——年满16岁。

"她虚岁16，实足15。"她的嫂嫂替她打了"埋伏"。

"虚岁16，怎么长得那么小呀？"招考者朝德荣打量了一眼。

"我家贫寒，营养不良。"嫂嫂继续"胡编"。

"营养不良？长得又嫩又白，一表人才，很不错呢！"招考者答应给予报考，转头向韩德荣问道："请问小姐芳名……"

"菁菁。"韩德荣早就为自己取好艺名，以便瞒过父亲。

她步入考场，面对众多的评委，唱起了从留声机里学来的歌。

初试，她以一曲《卖糖歌》通过。

复试，她以一曲《夜来香》闯关。

进入决赛了，她引吭高歌，以一曲《海燕》力挫群芳，竟夺得榜首！从此，她的歌星之梦化为现实。她在鼎鼎大名的"百乐门"登台了，并博得一阵又一阵的掌声。

她考"百乐门"时用的是艺名"菁菁"。由于报考者之中好几个人也用"菁菁"这名字，她在正式登台时改用艺名"韩菁清"。

听说"韩菁清"便是女儿韩德荣，父亲闻讯赶来了。

她连忙躲起来，避而不见。

父亲非要找到她不可，她只得走出来见他。

"你跟我回家去！"父亲用命令式的严厉口气对她说。在他看来，女儿登台当歌星，实在有失他的面子。

"爸爸，我已经跟12家饭店签了合同，没有办法不登台。等合同期满了，我回家。"她向父亲解释道。

父亲看了看她签的合同，只好随她去。

"你还是回家去住，每天夜里不能超过11点。"父亲的脸色依然铁青。

她回家去住了。可是，夜上海正是歌星最忙碌的时刻，她怎能不超过夜里11点呢？回家晚了，家中大铁门紧闭。

无奈，她住在四马路嫂嫂家。

不久，她用唱歌得来的钱，在哈同路（今铜仁路）的"皮球公寓"典了房子，跟嫂嫂张顺英住在一起。那时，嫂嫂与她同进同出，替她收钱、管钱，保护她，使她不受男人的欺侮。

"那时候，我们俩钱花得痛快，日子也过得快乐。"后来住在武汉的张顺英回忆当年情景时，如此这般对我说道。

韩菁清小姐成了上海滩上的忙人。每天晚上，她忙于赶场子。她买了一辆崭新的绿色三轮车，雇了一个车夫，奔忙于南京路霓虹灯下。

她在百乐门饭店、国际饭店、金门饭店（今华侨饭店）、南国饭店、康乐饭店、金谷饭店、南华饭店登台；

她在"国际""米高梅""维也纳""七重天""大都会"登台；

她在"时懋""新仙林""新华""大华""大东""丽都""华厦"登台。

韩菁清与当年陪她在上海出去演唱的嫂嫂

1946 年韩菁清在上海获得"歌星皇后"桂冠

她成了上海歌坛新星。从此，她过惯了夜生活——据她自云，小时候在家，就善于熬夜。

日子过得飞快，她的演唱技艺也日臻成熟。

1946 年 8 月，上海戈登路（今江宁路）"大都会"斜对过的新仙林花园夜总会人头攒动，歌声飘逸，竞选上海"歌星皇后"正在那里进行。

这是由上海市政府为了发动救济苏北水灾难民而举行的，同时举行的还有"评剧皇后"和"上海小姐"竞选，主持者为杜月笙、吴开先、吴国桢、王先青。

上海歌坛明星荟萃，韩菁清也加入了角逐。

有了多次登台的经验，韩菁清不慌不忙走上舞台。在深深地一鞠躬之后，吸足一口气，她唱起了最拿手的《萝蔓娜》，四座为之惊服。

她真幸运，才 14 岁，便荣登上海"歌星皇后"宝座。

获得"亚座"的，是名歌星张伊雯。

上海鸿翔时装公司的老裁缝，像求婚似的半跪在地上，为她量体裁衣，赶制了镶着一颗颗"明星"的礼服。她穿着星光闪耀的礼服上台领奖——皇后冠，一块金牌，一个银杯，一只手镯。至今，她仍珍藏着这四件"歌星皇后"奖品。

当时获"评剧皇后"的是言慧珠，亚后为曹慧麟。

"上海小姐"第一名为王韵梅，第二名为谢家骅，第三名为刘德明。

走红之后的喜悦和烦恼

韩菁清走红了。上海大报、小报纷纷刊载"歌星皇后"韩菁清的照片，各方聘请她登台献歌。

报纸上的报道，记录了她当年的足迹，虽说那些报纸已经泛黄了。

《吉报》上一篇短文，这么用三言两语评论韩菁清，颇为风趣：

> 女歌手中，活泼当推郑霞与兰芩，秀丽则属韩菁清，而其私生活之严肃，足与逸敏同，顾逸敏实无其秀发耳。
>
> "韩菁清"三字，我终病其如古遨轩之书卷气太重，"韩菁清"不如"韩清清"，而"韩清清"不如"柳青青"也！

一篇署名"青子"的《记韩菁清》，谈的也是"韩菁清"其名，其中写及韩菁清的妙答，令人忍俊不禁：

> 韩菁清为近世歌人中之佼佼者，天真无邪而复爱娇万种，余称张兰芩之歌美盖江南，则韩菁清之色，当是艳绝尘寰矣。一夜，与韩菁清共饭于酒家，酒酣耳热之际，韩忽笑谓众人曰：
>
> "菁清"两字，有人以为不美，菁字从草，谐音与人争吵；清字从水，则象征了眼泪水。两字联系在一起，便是与人争吵，斗不过人家时，则落下了眼泪水来矣。妙语若此，出诸一天真无邪之如花少女口中，其情趣又为何如耶？菁清读书甚多，言英吉利语尤流利可听，旧时为好莱坞影片之迷，故所制服装，皆依好莱坞杂志之女星照片所剪裁，娟美无伦，为态真不可方物也。

说及韩菁清的服装，一篇署名"契文"的《韩菁清行头多得木佬佬》的文章，介绍颇细。"行头"，上海话为衣服之意，而"木佬佬"即多得不得了之意：

今日论女歌手行头之多，应推韩菁清了，韩小姐现在行头，计240余件。

言慧珠的行头（引者注：言慧珠为上海京剧名角），总算多了，但也不过140余件，而且连戏装一起在内，韩小姐则尽是旗袍大衣之类。

不但她的旗袍大衣多，而且未曾成件的绸料，也多得不可计数，这些都是追求韩小姐的男士们所赠送的礼物。他们送起来，至少6件，多则12件，更多者24件，这就无怪韩小姐行头之多。

单是旗袍的式样，长袖、短袖、低领、高领、有花的、无花的，颜色分红、黄、蓝、白、黑，这些行头，即使韩小姐自己，也记不清楚了。

所以她每月最大的一笔支出是裁缝工资，为其裁剪衣服的是上海数一数二的名裁缝朱裁缝，这一位朱裁缝，专为上海的阔太太、小姐制衣，每月可照韩小姐的牌头，凡百万金。

女歌手而有这许多行头，也真可以值得骄傲了。

这位朱裁缝是无锡人，手上戴着一只名贵的独粒钻戒，号称"裁缝大王"。据韩菁清云，这位朱裁缝有两大特色：一是出手快，今朝量体，明日交衣，甚至上午交料，下午送货——他手下有一批小裁缝，会连夜赶制；二是衣服合身，裁好后他常用糨糊黏合，让她试穿，再进行修改，这才缝制。尤其是她成为他的老主顾之后，对她的爱好、尺寸等一清二楚，做的衣服也就更为合意。

初入上海歌坛的韩菁清

随着歌声飞扬，韩小姐的名气越来越响。父亲仍一直持反对态度，他对她说："你把我的脸都丢光了！我的朋友知道我的女儿成了歌女，叫我怎么见人？我每月给你二两黄金做零用钱，你给我待在家里！"

她依然故我，我行我素。舞台已成为她的生命，她离不了舞台，离不了歌声。她不稀罕父亲的黄金，她用自己的歌喉维持自己的生活，维持自己的独立。

终于，上海电台也垂青她，邀她演唱。据

当时一篇署名"秦吉"的报道透露："韩菁清在上海电台的一档节目，外传其待遇为150万元，其实尚不止此，而确数是200万元。"

随着无线电波，她的歌声传入千家万户，整个上海滩变成了一个大舞台，她的知名度在社会上大大提高。

她成了上海滩的名人，不断接到歌迷们的来信和电话。下面是韩菁清当时发表的《听众给我的信》一文，从中可看出她当年与听众之间的种种交流：

电台里常接到听众的电话与信，除了"点唱"以外，她们写信来，多数是要讨张照片。

照片既不想随便送人，只能拣着其中写得较好的几封信给以答复。

住在王家沙花园的李国梅小姐来信说："每次走过路马厅前，我一定站在中国照相馆的大橱窗外，看看你的照片，我希望有一天会认识你，那些认识你的人是幸福的。能不能寄一张亲笔签名的照片给我？"

斜桥弄的谢冰如小姐则说："曾在'绿屋夫人'遇见你几次，我认得你，可惜你不认得我。你时装的式样考究，在'绿屋夫人'裁衣服时，我几次要他们照着做。现在我希望得着你最近的一张新装的照片。"

感谢她们的厚爱。

有几位小姐的信，写得太

韩菁清成为蝶霜广告模特

好。自然小姐们也作兴有好的文笔，但她们的字太老练了，不能不使人疑心是男子们所假托的。

看来，韩小姐虽然年纪轻轻，"警惕性"倒是颇高的。

她出名之后，走在马路上，常被行人认出来。这不仅仅因为她常常登台，不仅仅因为上海几家大照相馆在橱窗里陈列她的大幅照片，不仅仅因为大报、小报登她的照片，而且因为她常常应邀担任广告模特儿。

她的照片被印在上海家庭工业社生产的"蝶霜""无敌牙粉"广告上，走在上海的马路上，隔一二十米，便可在电线杆或墙头见到这样的广告。

她手持折扇或团扇、油纸伞，则成了上海王星记扇庄的广告，也四处张贴。

她还成为绒线衫模特儿。她的侄媳王月珍不久前在朋友家见到一本1947年春出版的《培英毛线编织法》，赶紧借来给韩菁清看。在这本发黄的旧书中，登载着三幅充当毛线时装模特儿的韩菁清的照片，每幅照片之下，都印着这样一行字——"歌星皇后韩菁清小姐"。

她成功了。这时，就连父亲也不得不承认女儿的成功。她自称这是她"反封建的胜利"。

她不畏惧习惯势力。那时，就连女人骑自行车，也遭遇非议。但她不予置理，学会骑自行车，就上街了。

就在她成为上海滩红星之时，无聊男人的纠缠，使她的歌星生涯受到严重干扰。其中特别是一个姓陈的军人，无理取闹。虽说她是一个纤纤弱女子，却懂得如何制服这班无赖。

她急急跳上三轮车，直奔中正路（今延安路）。她久闻韩学章大律师的大名，此刻，她求助于这位韩大姐。韩学章虽与她同姓，并无亲戚关系。她是上海滩著名女律师，曾出庭为"七君子"之一史良辩护（1980年，在宣判姚文元时，她是姚文元的辩护律师，足见其资历之深）。她的丈夫顾维熊，原是她的老师（他们的女儿取名顾韩君，饶有趣味）。她和丈夫一起，当时在上海中正路1249弄8号开办律师事务所。

顾、韩两位大律师非常同情韩菁清，仗义执言，在上海《申报》等三四家大报刊登启事、通告，却不收韩菁清一分钱。

韩菁清一直保存着当年的剪报：

顾维熊韩学章律师代表韩菁清女士郑重启事

据上开当事人韩菁清鬻艺舞榭情非得已凡稍具同情感者似应怜惜之不惶乃近有人挟势迫人时加骚扰值此天日重光纲纪复振之际军阀作风岂容存在况我政府对于肃正官××（引者注：因年月久远剪报上两字不清）来已具决心以身试法者应知容有未便弱女子盖可欺而亦不可欺也烦请贵律师代为登报启事等语前来据此合代启事如上事务所中正路1249弄8号电话60588号

另一通告全文如下：

顾维熊韩学章律师受任韩菁清女士常年法律顾问通告

兹受上开当事人聘任为常年法律顾问嗣后如有侵害其名誉信用权利及一切法益者本律师当依法负保障之责特此通告

事务所中正路1249弄8号　电话　60588号

顾、韩两律师的"启事""通告"见报后，果真发挥了威慑之力。骚扰者见韩小姐背后有大律师庇护，不敢轻举妄动，韩小姐安然于歌坛舞榭之中。

关于此事前前后后详细经过，当时报上有署名"班香"的《紧张·热烈·惊险·香艳　找寻"安慰"，抢夺韩菁清》一文，现照录原文于下：

在上海欢场中跑跑的人，大概都知道韩菁清吧？她是依靠喉咙卖唱的姑娘，先后在各酒家与舞场中，站在麦克风前引吭高歌。她的歌喉相当"美妙"，而歌唱的姿态更加动人，而且含有强烈的迷惑性，尤其是她的服装，推陈翻新，今天红大衣，明天绿"马甲"，式样之"新奇"，夸张地说，好莱坞电影女明星也要甘拜下风哩！

"歌喉""姿态""服装"三项优超的"武器"，使韩菁清在上海交际场中占据着不败的地位，无论怎样有人说到她"过去的身世"，可是总不能减少她的"收入"，相反的正因为可怜的身世与不幸的遭遇而怜惜她，

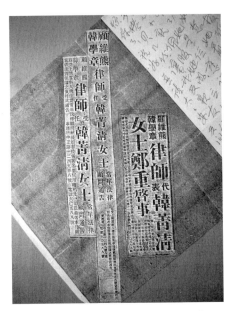

韩学章大律师为韩菁清伸张正义的启事

而同情她。

于是韩菁清天天在男人们的包围中，天天应付男人们的"袭击"，凭她的聪明智慧，虽然难免也会吃亏，结果总是化凶为吉得到胜利，好像我国受日本侵略，当初虽稍有损失，结果得到大量物资。

不过最近她却碰到一件使她麻烦的事情，用尽她的"武器"，还是不能解除麻烦，于是她不得不聘请律师，扛出法律来抵挡，前天报上就有《顾维熊韩学章律师代表韩菁清启事》广告出现。原文如下：

"据上开当事人称，菁清鬻艺为生，声誉为重，乃有人视弱质为可欺，以骚扰为能事，本人工作以此受阻，而捏词侮辱，情尤难堪，长此以往，非但本人生计骤生问题，而名誉损失，更属不赀，迫不得已，烦请贵律师代表启事，嗣后再有人对本人毁损名誉，妨害自由者，唯有依法办理，借此自卫等语，据此合代启事如上。"

当然这数行广告，引起好事者的谈论。据接近韩菁清的朋友，从半官方面探知事实之真相，原来那倒是一幕紧张，热烈，惊险，香艳的英雄美人的故事。

据说有一个穿黄衣裳的青年，抗战八年，精神枯燥，以劳苦功高的神气，到上海找寻"安慰"，他发现了韩菁清，灯红酒绿之间，并肩欢笑，有灯有月之夜，横溢热情，这些交际场中平凡的动作，在久战沙场的韩菁清看来，平淡无奇，"做 ×××[1] 数"，"当伊呒介事"[2]，然而那青年，少见多怪，认为这是春天，这是温暖的春天。等到韩菁清发觉他的"不落檻"[3]

---

[1] 原文字迹不清。

[2] 上海话，意即不当一回事。

[3] 上海土话，不得体之意。

多年以后，叶永烈（左）陪同韩菁清（中）看望为她伸张正义的韩学章大律师

后，立即明白表示态度，拒绝他的要求。可是那个青年却非要得到她的"爱情"不可，先是软商量，不行，后来摆出抗战的手段，想以"特殊"的方法，占到他的爱情的胜利品，几次三番发生摩擦，结果韩菁清奇峰突起，请律师登广告来对付她的欢喜冤家。

广告刊出后，那个青年恐怕事件扩大难以收拾，在"好男不与女斗"的理由下，一笑了之，停止他的抢夺手段。韩菁清也以为他已经放下武器，不再"瞎搅"，也就收兵，所以有人问她，那个青年的姓名及履历，她笑笑不肯说出。她的意思说，这是热情的冲动，我很原谅他，不过他以战场上的手段，用到爱情场中来，因此失败了。

包围韩菁清的人们，请注意她的谈话，在情场争爱，应该攻心第一，才可占据美人！

打从这一次获胜以后，韩菁清意识到法律的威力。此后她又打过好多回官司，屡屡手握胜券——这是后话。

第五章
星海沉浮

春归人去未归还

1949年初，上海吃紧，父亲迁居香港，这年4月14日，韩菁清也来到香港。

父亲希望她读书，从此"改邪归正"，不让她再当歌星。她虽说在上海道中小学、启秀中学、大同附中都读过书，却一张文凭也没拿到过。母亲唐慧贞要她去台湾读书，于是她乘盛京号轮船来到台湾，在台湾大学读法律系。可是，那法律系课程在她看来，枯燥无味。她没有兴趣学法律。

她回到香港，进入万国美专。

那时，先拜万国美专的院长刘君任先生为师学画油画。

她写生，画农妇，画叫花子，画锄头，画破罐子，她的油画，总是充满阴郁的气氛，悲暗的色彩。

她后来又跟刘君任的太太周世聪学国画，画山水，画墨竹。

她的绘画作品，在家里挂不了几天便不见了——被来客索走了。然而，她却没有沿着丹青之路走下去。不过，学画使她懂得色彩，懂得构图，为她日后成为电影演员打下美学基础。

她又进入香港圣约翰英文书院学习英语。她驾驭语言的能力很不错，从小会讲一口道地的湖北话、上海话、国语（即普通话），到香港后迅速学会粤语，如今又会讲流利的英语。

女儿埋头读书，使父亲颇为高兴。遗憾的是，1950年10月22日（阴历九月十二日），父亲在香港去世。

她的哥哥韩德厚前来香港奔丧，不久，他从香港回到武汉，在那里死去。

接着，她的"苏州妈妈"唐慧贞又去世。

她成了无父、无母、无兄之人，独自住在香港德兴街七号二楼。楼下是正心幼稚园。

孤独之感袭上她的心头。

韩菁清的油画作品

她埋头练字。马师曾（著名粤剧表演家）常来看她，跟她一起练字，想合开一次书法展览，后来因马师曾与红线女回内地而作罢。

她填词，填《蝶恋花》，填《浪淘沙》，填《玉楼春》，填《浣溪沙》……她填的词，模仿那个"寻寻觅觅冷冷清清凄凄惨惨戚戚"的李清照，她不像在上海时那么活泼、欢悦，写的词流露出心中无限的伤感。

她的词，选载如下：

才女韩菁清

浣溪沙

花开花落惜亦难，
春归人去未归还。
东风又把梦吹残。

梦里浮生何可已？
孤衾独耐五更寒。
泪珠点滴皆辛酸。

玉楼春

微风吹度夜阑干，
梅影凄凉独自看。
蜡炬有心心缭乱，
多情化作无情叹。

春来不带春消息，
万缕情丝欲系难。
幽思无从寄远梦，
人间到处是关山。

浪淘沙

欹枕未成眠，
怕见双燕，
孤灯相对不相怜。
花月良宵增惆怅，
往事如烟。

春也不缠绵，
无语青天，
芳影徘徊恨离间。
流水落花轻负意，
却又流连。

一剪梅

玉兔东升映小流，
一片浮萍，
围绕轻舟。
花间月下约重来，
对影徘徊，
独上空楼。

燕自双飞人自愁，
万里相思，
千种烦忧。
情深百计未能除，
一忽低头，
一忽回头。

蝶恋花

燕语莺声断肠处，

红杏枝头，

相隔何时遇。

一曲清歌春已暮，

年华似水难留住。

写满花笺珠泪雨，

浪逐浮萍，

莫作酸辛聚。

惨绿愁红无定数，

柔情应送东风去。

她，"一忽低头，一忽回头"，她的词，写出了心中的哀怨和"泪雨"，尽管她二十出头的年龄，似乎不应有那"千种烦忧"。

她的诗——即她的歌——倒比她的词要热烈一些，写下了对于纯真爱情的追求：

情深似海，

水静如夜。

情深似海，

天赐我们相爱。

青梅竹马，

两小无猜，

月下花前共待。

烦恼有青天来遮盖，

万物已为我们安排。

无忧无顾忌的相爱，

快乐逍遥多自在！

青梅竹马，

两小无猜，

月下花前共待。

天赐良缘，

同心永爱，

我们情深似海！

不见又何妨？

你好比太阳，

我好比月亮，

虽然朝夕难相见，

你我同在天上。

太阳最辉煌，

月亮最明朗，

虽然朝夕难相见，

你我同照四方！

不管地老天荒，

哪怕山远水长，

只要你我心一样，

不见又何妨。

你好比太阳，

我好比月亮，

只要你我莫相忘，

不见又何妨！

　　她把自己的诗词寄往美国，请韩家世交顾一樵先生指教。

　　也真有缘，顾一樵是梁实秋的挚友、清华大学同班同学。正因为这样，后来当韩菁清与梁实秋相爱时，她曾请梁实秋给顾一樵写信，以了解她的家世背景——顾一樵既是韩家世交，又是梁的密友。

　　顾一樵乃江苏无锡人氏，生于 1902 年 12 月 24 日，比梁实秋早 13 天来

顾一樵教授

到人世。顾一樵本名顾毓琇，号古樵，笔名一樵、蕉舍，以笔名顾一樵闻名于世。他在清华学工，却酷爱文学，加入文学研究会。赴美后，他入麻省理工大学电机工程科学习，1928年获博士学位。他是正儿八经的电机专家，1929年回国后任国立浙江大学工学院电机科主任，1931年任中央大学工学院院长，1932年任清华大学电机工程系主任，后兼工学院院长。

顾一樵1938年任教育部政务次长，此后又兼任国立音乐学院首任院长（他亦通音乐），抗战胜利后任上海教育局局长。1950年，顾一樵经香港赴美国，出任麻省理工大学客座正教授，1952年任美国宾夕法尼亚大学正教授。

这位电机专家多才多艺，是一位多产的诗人、作家。早在1923年《小说月报》第14卷第3号上，他发表了剧本《孤鸿》，从此一发不可收，一连创作了剧本《荆轲》《项羽》《苏武》《白娘娘》《岳飞》《西施》等，又写了长篇小说《芝兰与茉莉》、诗词《蕉舍词五百首》《蕉舍诗歌一千首》，等，还出版翻译小说《牧羊神》，甚至写起《禅史》来。台湾商务印书馆在1961年印行的《顾一樵全集》，达12册之多。

韩家和顾家，究竟是怎样的交情？

原来，顾一樵的胞兄顾毓琦，学医，曾任上海同德医院院长。韩惠安迁来上海之后，家中不论谁有病，都上同德医院诊治。韩惠安遂与顾毓琦过从甚密，顾毓琦常来孟德兰路韩府做客。后来，当顾一樵任上海教育局局长时，也来韩府拜访，认得韩菁清。

顾一樵十分喜欢当年上海"蝶霜"广告上所印韩菁清彩照，保存了一张。后来，连韩菁清自己都没有那张广告，顾一樵便送给了韩菁清。梁实秋见到这张"蝶霜"广告，视为家珍，请人专门做了一个镜框装裱，挂于家中客厅。

当顾一樵收到韩菁清的词，即给她回信道："这些词是你真情的流露，我不能改一字！"

"所遇非人"

她在孤单苦闷之中，读起女作家谢冰心的散文来。心血来潮，她也写起散文，投寄于香港《中声晚报》等报刊，竟不断地登了出来。

她的这些散文小品越写越多，后来，竟积成一集，于1955年5月由香港东南印务出版社出版发行，书名为《韩菁清小品集》。这时，她不过24岁而已。

也真巧，梁实秋亦擅长散文小品，以《雅舍小品》著称于世。

《韩菁清小品集》共收入她的82篇小品。

她为这本书写了《自序》，抒发了自己文学创作的感受：

> 我出版这本小品集的动机，并不是想卖弄一下自己的文笔，来满足发表欲，也不是自我陶醉地想借此遣兴一番。我读书不多，自知在文学上毫无根底，其实哪里够资格谈呢！
>
> 过去，在那些文化界的朋友们的怂恿之下，我随意地写了些杂七杂

年轻时的韩菁清喜欢读冰心的散文，只是那个时候她还不知道未来的夫君梁实秋一生中与冰心多有交集。图为写作中的冰心

八的东西，被刊载在报端与杂志上。我正处于学习的地位，想不到居然能够得到读者们的爱戴，无论是本港的朋友，或海外的侨胞，都纷纷来信诚恳地指教，热情地鼓励，希望我能够多多致力于写作工作，他们更希望中国的文坛上，多几位女作家。

做个女作家，并不是随随便便，那么容易的事，幼稚浅薄的我，自不敢作非分的幻想，这本小品集，是我出版单印本的开始，内容不丰富，也不精彩，但它却是我旅居香港六年来的心声。"天有不测风云，人有旦夕祸福"，这些不成句章、不成体统的文字里，有时充满了欢笑和愉快，有时包藏了凄怨和诅咒，写作受了不同的环境支配，在不同环境的支配下，我也就产生了这些不同的情感。虽然我没有生花妙笔，写得尽善尽美，不过，我可以告诉读者，我已尽了我的能力做到了第一步"真"字，我将整个的喜、怒、哀、乐，在这薄薄的小品集上，献给了我最亲爱的读者们。同时，我要将这本小品集留给无数关怀我的友人们，作为友谊的纪念。假如你们正在惦记我，我可以即刻出现在你们的眼帘，这里有我的笑容，也有我的哭脸！

不管咫尺天涯，或地北天南，我希望我能活在爱护我、关怀我者的心中，永远！永远！这便是我出版小品集的主因。

当读者们看完了这本小品集后，请多多指教，小品集是在发芽之期，要开好的花和结好的果，是要大家灌溉栽培的。今后，我当尽我的本能努力，埋头在书本上多学习、多吸收、多消化、多产生，然后，再谈收获与成就！

她的散文小品，与众不同。

她喜欢写成奇特的系列。诸如，《书中人》《梦中人》《镜中人》《影中人》《途中人》《意中人》《车中人》《病中人》等；又如，《爱的寂寞》《爱的凭寄》《爱的迷》《爱的梦寐》《爱的憧憬》《爱的幻影》《爱的休止》《爱的学习》《爱的眼泪》《爱的幽怨》《爱的诉述》《爱的偏见》《爱的影踪》《爱的日记》等。

她写的《爱的寂寞》，抒发了自己对于"希望的人"的希望——虽然她正处于"爱的寂寞"之中：

人究竟是有情感的，在灰色的环境中，我还是有爱，而且，我相当明白，没有爱，等于灵魂肉体的毁灭，良心的丧亡。

我的爱，正如原野里的"星火"，始终蕴藏在寂寞的心房中，给自己情感的锁所扣住，它至今还不曾尝试过"燎原"的滋味。

等到几时才可以使"星星之火"来"燎原"呢？

那不是春风，不是夏风，也不是秋风，更不是冬风！只要我有一天将情感之锁打开，也许会疯狂于熊熊爱火之间。我知道这一天势必来临，因为我还有"希望"，一切的消极与寂寞，总是存在那希望之中。

我相信有"希望的人"，是不会寂寞消极的。

然而我的"希望"呢？几时哟，他才降临？

我准备做着爱的燔祭品，把"希望"看作神权，一切的所有，都燔祭在他的眼前！阿门！

她写的《爱的憧憬》，叹及自己在情场上"所遇非人"：

看过了一部分充满热情的浪漫电影之后，脑海和心灵总是感到空虚，说得直爽一点，就是因了电影的故事，勾起了自己在情场上的感怀，历年来的遭遇，不是在重重失意之间，便是和愿望距离得太远了。

过去也算接近过爱的边缘，唯是我的灵魂并未坠入爱河之中，感情间的隔膜，使我没有办法接受对方的一切。同时，对方也没有开启我的心扉的钥匙，以致两人虽有爱的外表，却没诚挚的内在，这种所谓爱的场合，很快就消逝去，像石沉大海一般，再不会浮起什么景象，使我惋惜又缅怀！

最近我又看过《魂断蓝桥》的电影，美慕着那女主角的死生缠绵。他们都有将生命向爱神作赌注的勇气，他

开始憧憬爱情的韩菁清

们的热恋又是那么使人仰慕，于是我就奇怪着自己对于爱的陌生与平凡，并且憧憬起过去所谓爱的经过。

我实在是没有接受过爱的温暖，由憧憬中告诉我，事实不是我寡情薄义，而是我"所遇非人"！

她终于在《终身大事》中，敞开自己的心怀，直率地谈及了自己的"终身大事"：

许多人问我："韩小姐，你怎么还不结婚？"

其实当是"女大当嫁"的旧观念在作祟，在他们眼里我是已臻结婚年龄的人了。

林语堂先生还荒谬地说过："女人的最好职业是嫁人。"20世纪60年代的女性不该奉为圭臬，我不想以嫁人为职业，目前比结婚更重要的是事业，如果我在社会上有所成就的话，才会考虑到"终身大事"。

前些日子，外传先父掌握着我嫁谁的主权，否则早已结婚了。当时付之一笑。目前先父弃养，我仍可谓"小姑独处"，足见我并不需要结婚，迫切需要的只是在社会上有所成就而已！

她写得明明白白，在她看来，事业比结婚更为重要。

就在她丧父、丧母、丧兄之后，埋头于书法、绘画、诗词、散文之际，一桩偶然发生的事，打破了她的沉寂，使她进入热闹非凡的电影世界……

从影又歇影

大抵是上帝的安排，她的住处正好在电影圈之中，她家的大门正对着电影导演莫康时的后门。

导演见她年纪轻轻，终日闲着，愁眉苦脸，便跟她攀谈。一谈起来，导演发觉，她对电影竟是那么的熟悉，能够滔滔不绝地讲出一个又一个电影故事。

"韩小姐，你一定是影迷，看过不少电影。"导演这么说。

韩菁清嫣然一笑，未肯道出其中的奥秘。

她，固然从小爱看电影，可是她能绘声绘色描述故事的许多电影，其实她未曾看过。

从影之初的韩菁清

没有看过电影，她怎么能够娓娓道出这部电影的故事来呢？

这一"秘密"，直至今日，她才愿道出底细：

原来，她的父亲在上海的时候，夜间常常外出与女友幽会，为了不使唐慧贞生疑，外出时，他必定带着女儿，说是看电影去。

"怎么天天晚上看电影呢？"唐慧贞觉得奇怪。

为了试探真假，每当父女俩回家，唐慧贞便问韩菁清今晚看什么电影，故事怎么样。

韩菁清居然每天都能讲出一个电影故事，讲得头头是道，如同真的看过一般。

其实，父亲带她外出，并没有去看电影，他只把女儿安排在西餐馆里，让她独自吃西餐，他抽身去幽会女友。不久前，当韩菁清在台北步入一家西餐馆，那里的一位厨师来自上海，笑着对她说："你还认识我吗？小时候，你父亲常带你上我的餐馆，给你一叠钞票，让你一个人坐在那里慢慢吃西餐！"

父亲除了安排她吃西餐之外，总是塞给她一张电影说明书。那是父亲从电影院买来的，他让她细细阅读，回家之后，面对唐慧贞的追问，她居然会把电影故事讲得有头有尾，连唐慧贞也听得入迷。

如此这般，在全然无意之中，却培养了她的演绎电影故事的能力。

万万想不到，那位电影导演看中了她的这一"特长"，请她编电影故事。说定编一个电影故事大纲，给她1000元。

她居然也就编起电影故事大纲来，跟电影界有了交往。这是在1953年。

她姣丽的脸蛋儿帮了她的忙，被新华影业公司制片人张善琨看中，应聘担任电影演员。这样，她"故态复萌"，从上海歌星变为香港影星。

她应聘担任《樱花处处开》一片演员，这是她头一回登上银幕。《樱花处处开》是一部粤语片，她，居然能用一口纯正的粤语对白。

接着，她主演了粤语片《一夕缘》。

片约不断。她又主演或参演了国语故事片《女人世界》（光华公司李英导演）、《近水楼》（新华公司张善琨导演）、《王魁与桂英》（华达、启华公司屠光启导演）以及粤语片《天堂美女》等。

聪明好学的她，很快就学会了自己编剧、自己导演，就连影片主题歌的歌词也自己写，自己演唱。她甚至自组荣华影业公司，担任制片人。

一个女人组织一家影业公司，这在香港是少有的。当时的影业公司流行"×华"，如"光华""新华"，而她的"荣华"，那"荣"字来自她的本名——韩德荣。

荣华影业公司先是拍了一部《大众情人》，上座率不错，还获得了教育部颁赠的奖金4000余元港币，韩菁清也因此博得了"大众情人"的美誉。

接着，她着手编织一个以歌星爱情风波为内容的故事大纲——《一代歌后》。当时的报纸这么介绍此片："歌坛风光　多角恋爱　曲折奇情　歌唱巨

韩菁清在拍摄电影《大众情人》的时候

片。"颇为有趣的是，韩菁清给剧中人起名时，用了"黄毓琇"和"何冰心"。

"黄毓琇"之名，来自顾毓琇（顾一樵）；

"何冰心"之名，来自谢冰心。

那时的她，崇拜顾毓琇、谢冰心，也就把他们的名字用作剧中人的名字。

她做梦也未曾想到：顾毓琇、谢冰心都是梁实秋的老朋友！

在《一代歌后》中，韩菁清扮演主角、歌星于琴，又同时扮演于琴之妹、歌星何冰心。她原本是歌星，如今在银幕上同时扮演两位歌星。

由韩菁清执笔的《一代歌后》本子，是这么写的：

歌星于琴，美艳动人，歌艺超群，受某埠电台之聘，播唱名曲，一曲高歌，风靡全城，听众无不倾倒，报章竞刊其事。

埠中某中学女生何冰心，甚喜其歌，上课之际，亦念念不忘。音乐教师杨步方，方授民谣，而冰心竟唱出时代曲，杨责之，不顾也。下课后，同学群论于琴事，佥谓冰心与于琴相似，怂恿往相见，冰心亦作此想。

翌日，冰心生辰，举行生日音乐会，邀集男女同学及友人。中有陈彼得者，爱慕冰心已久，唯冰心则暗恋其表兄黄毓琇。会中，有倡议邀于琴来歌唱助庆者，众皆和之，唯苦不相识，其后陈始谓其叔父为电台主任，可转约，乃由陈邀得于琴来，皆大欢喜。

于琴当庭一曲，黄毓琇为之倾倒。黄本已喜其歌恋其人，是时得相见，益慰，向之献殷勤。

冰心因倾慕已久，亦向于琴推崇备至。冰父何国桢，以于琴明艳可人，且貌与冰心相若，亦以上宾之礼待之。于琴作客他乡，获此殊遇，亦觉异常喜慰。

实则于琴与冰心固为姐妹也。初，何国桢与于琴母相恋于内地，已论婚嫁，母怀孕，何不知也。其后忽

韩菁清的电影扮相

遇战乱，二人分散。母于流亡中产琴，母女二人，历尽艰苦，母亦再嫁，欲觅何，唯人海茫茫，无法寻觅。20年来，母已绝望，疑何死矣。

实则何自与母分散后，辗转至某埠，且以别名行世，发迹后，亦以为母已死，乃另娶土生女，生冰心。土生女且病死，何亦不再娶，但与其女相依，故此次母及于琴来埠，但闻何名，为埠中殷商，而不知即其夫也。
……

如此悲欢离合，曲折跌宕，全片以八首歌贯穿，韩菁清大展歌喉。

此片由莫康时导演。

《一代歌后》上映后，韩菁清又获"一代歌后"的美誉。

接着，韩菁清又领衔主演了《香格里拉》（陈蝶衣编剧作词）和《我的爱人就是你》，均由荣华影业公司出品。

其中《我的爱人就是你》，是由她自编、自演、自己写歌词、自己唱、自己担任制片人的"五自"片。她，显示了各方面的才华。她的形象，她的演技，受到了观众的赞许。她主演的《我的爱人就是你》，获得了"金马奖"的"优秀演员奖"。这次获奖，把她的影星生涯推上了巅峰。

老子云："祸兮，福之所倚；福兮，祸之所伏。"她在影坛上走红之"福"，忽地引来了一场飞祸。

那是1960年初，台湾举行《我的爱人就是你》首映式，邀请该片制片人、编剧兼主演的她飞往台北。她兴冲冲地登上飞机。当她抵达台北机场时，在记者们的簇拥下，真的成了"红星"。

就在她抵达台北之后不久，一桩出乎意料的"桃色新闻"，使她无端受屈，极度不快。

关于此事，台湾《皇冠》杂志第

电影《我的爱人就是你》广告

34卷第1期是这么记述的：

> 韩菁清在香港拍好《我的爱人就是你》之后，决定到台湾随片登台。因为台湾人地生疏，所以临行之前，一家报社的编辑介绍她到台北拜访一家广播电台的节目主持人，请他协助一切登台事宜。
>
> 这位广播员果然不负朋友之托。在他主持的节目中，每天有一段影评，这部《我的爱人就是你》他给了四个钟声，评价之高，唯有《乱世佳人》可以比拟。
>
> 一天夜晚，韩菁清无意中应邀到他家里小坐，约摸过了五分钟，一个咖啡女郎匆匆闯进来又匆匆而去；两天后那个女人跑到妇女会陈情，指责韩菁清抢她的"爱人"，她尚且振振有词：他们被她当场"捉奸"。韩菁清后来才知道咖啡女郎是那个广播员的女友。
>
> 到底韩菁清和他有没有瓜葛？
>
> "没有，"她斩钉截铁地说，"一点都没有。"

事情上了报，闹得满城风雨。韩菁清不甘平白受冤，向法院提出诉讼，最后获判胜诉。

说及这段往事时，韩菁清告诉我："这是我第二回请法律保护我的清白，我的名誉。在上海，由于得到顾维熊、韩学章律师的帮助，使我懂得法律的力量。正因为这样，1960年我在台湾遭到不白之冤，我求助于法院，又一次胜利了——因为那个咖啡女郎，纯属造谣污蔑！"

官司虽然胜诉了，可是韩菁清的兴致也没有了，她从台湾回到了香港。

她原本还想继续过水银灯下的生活。然而，这时电影正在由黑白时代进入彩色时代。一种苦恼的病症影响了她的发展，她的皮肤对油彩敏感，脸部一上油彩，就会浮肿。拍黑白影片还可以对付，当电影进入彩色时代，她实在受不了那油彩的刺激。

她不得不离开了影圈。

已经而立之年的她，不能不考虑终身大事。可是，她却颇为不幸：先是与那位恋爱长达八年的泰国银行总裁分道扬镳，接着又与那位菲籍华裔男士志趣不合，1967 年秋日终于分手。

婚恋失败，她又陷于无限的孤独之中，无法重返银幕。在茫然之中，她为自己的前途、事业担忧。

就在她徘徊、彷徨之际，一位台湾朋友邀她前往台湾"重操旧业"——当歌星。她抱着试试看的心情，踏上飞往台北的班机……

红极一时

对于韩菁清来说，这一回是第四次去台湾了：除了 1949 年在台湾短暂的求学和 1960 年从台湾败兴而归之外，在 1956 年她曾去台湾作过短期演唱。这一回，能不能在台湾站稳脚跟呢？不得而知。

作为歌星，她毕竟有着在上海多年的登台经验。当过几年影星之后，她更具风采，此次来到台湾当职业歌星，第一炮便打响了：1968 年，台湾电塔唱片公司灌制了她的第一张唱片《一曲寄情意》，一下子风靡台湾，发行了 100 万张！

她一下子便成了台湾的走红歌星。从此，她在台湾落脚、定居。

最初，她唱国语歌、英语歌。很快，她学会了"台语"，演唱"台语"歌。

她的歌声甜美，唱的绝大部分是情歌。她成了"爱神"的化身。她真的成了"大众情人""一代歌后"！

她的惊人之举，是站在一个巨大的花篮里，那花篮从二三十米高空用钢丝索渐渐放下，而她如散花仙女翩翩下凡，一边

韩菁清一边演唱，一边"从天而降"

下降，一边歌唱，那夜莺般的歌声赢得满座掌声。

她常常出现在台湾电视屏幕上，梁实秋最初便是从电视中"结识"她的。

她曾用一首日本长崎的歌曲，填上自己写的歌词，写成歌曲《传奇的恋爱》。梁实秋从荧屏上看过她演唱《传奇的恋爱》。当时，梁实秋的身边，正坐着他的妻子程季淑。他一点也没想到，后来这位屏幕上的歌星，会跟他发生"传奇的恋爱"。

也真巧，那《传奇的恋爱》的歌词，仿佛是她专为梁实秋写的：

> 是谁让我们两人忽然在一起？
>
> 两人本来就是两个天地。
>
> 是巧遇还是安排？
>
> 事到如今我已记不起。
>
> 树上小鸟歌唱，
>
> 风吹樱花香，樱花香。
>
> 河边春色好风光，
>
> 漫步在小河旁。
>
> 一段传奇的恋爱，
>
> 不断在生长。
>
> 情绵绵罗曼史，
>
> 听其自然勇往直前，
>
> 不顾一切恋爱至上。

她还演唱由她自己作词的《我等你》《我俩何时再重见》《春夏秋冬都爱你》《我的爱人就是你》《惜春光》《泪》《难忘的梦》《多谢你的黄玫瑰》等。其中《多谢你的黄玫瑰》是电影《一代歌后》插曲，颇受台湾听众欢迎。

她演唱《采槟榔》时，特地模仿周璇的唱法。这是当年周璇唱红了的歌。

她非常敬佩周璇，最初，她便是周璇的"留学生"。在香港时，她结识周璇。有一回，她到九龙太子道一位姓郑的潮州人家中拜访周璇。记得周璇住在三楼，蓝布衣服，非常朴素，没有半点大明星的架子。那天她俩谈得很融洽。告别时，

韩菁清在演唱

周璇送她下楼，直至她坐上计程车开走了，周璇这才回身上楼。正是出于对周璇的一片敬意，她一次又一次地演唱《采槟榔》。

她还演唱许多流行歌曲，其中有《遥远的寄托》《早晚都想你》《青春舞曲》《珊瑚恋》《绿岛小夜曲》《泪洒爱河桥》《相思河畔》《快走到我的面前来》《夜诉》《镜中的你》《阳春的台北》《我的家在台湾乡下》《我还是永远爱着你》《星夜的离别》《奇丽的夜晚》《时时刻刻都想着你》《镜花水月》《情人再见》《握别》《满园春色》《几度花落时》《就这样爱上你》《恋爱的路多么甜》《高山青》《昨夜梦醒时》《月儿像柠檬》《爱情似火焰》《我在你左右》《月满西楼》《爱苗》《爱的心声》《我俩曾梦相随》《相思恨绵绵》《等你一天又一天》《四月在台北》《春风野草》《再吻我一次》《过去的春梦》《有缘千里来相会》《时光不停留》《我的幸福在这里》《爱你入骨》《你骗我》《沙里洪巴》等。据她回忆，她演唱过的歌，有1000首以上。

她也用"台语"演唱了许多"台语"歌。

有一回，她在演唱"台语"歌《苦恋之歌》时，想到自己在恋爱上的痛苦，进入了"角色"，伴奏乐队在奏过门，她闲在台上，忽地用"台语"叹了一句："韩菁清，你好可怜哪！"不料，此言通过话筒，传到台下，一片笑声，一片掌声，乐队指挥以为奏错了乐曲，急急走上前台，还闹不清出了什么事。

不料，从此这首歌被改名为《韩菁清好可怜》，成为她的"保留节目"。

消息传入作者那卡落耳中。这首歌的词和曲，都是那卡落作的。听说韩菁清"篡改"了他的作品，他悄然买了一张票去听。

当韩菁清唱罢，听人说那卡落先生来了，急去找寻，已不见踪影——大约是他也不介意，听罢就走了。

韩菁清是湖北人，怎么学会唱"台语"歌的呢？

据她告诉我，她往往先买"台语"唱片，听熟了，也就会唱——她依然做

"留学生"。

歌星的收入颇丰。她笑着对我说："有人说我嫁给梁实秋是贪钱，其实，我当歌星时，每夜的收入，超过梁实秋一个月的薪水！"

她全然靠着自己的奋斗，在台湾站稳了脚跟。

她的大名和照片，不时出现在台湾报纸的娱乐版上。

有时，在捐款赈济贫困的新闻里，也提到她的名字——虽然她非大亨，但她热心于慈善之事。

诚如《中国电影五十年》中《第一位女制片家韩菁清》一文中所写道：

这位出身世家的歌后制片人，心地善良，又富同情心，她济助过不少朋友，如八七水灾，她曾率先捐款1万台币响应救灾。默片时代老明星杨耐梅穷困潦倒露宿香港街头，她也曾慷慨解囊救济。"银坛霸王"王元龙在台北病逝，她也捐赠了厚仪。刘安琪将军主持的三军庆生晚会，她曾当场捐出了一枚钻石戒指、金练十字架、名贵珊瑚。1968年她在台北豪

韩菁清且歌且舞

华酒店为《苦酒满杯》本省作曲家姚赞福的遗族举行义唱，自己也曾掏出钞票1万台币。

交响乐团本省籍残疾提琴家林朝梁逝世，她捐了万元。

捐款救济因台风抢救丧生的本省籍警察罗顺田遗族，由警务处副处长代表接受。

捐款救济计程车司机廖本义遗族，交民族晚报转。廖司机是在台北新生北路三段河边救外国旅客而丧生。

她在香港星马各地，也常参加慈善机构的救济演唱，在助人方面，她是最热心的……

她总算过了几年安定、顺心的生活。自从1960年那回她借助于法律之威，制服了造谣中伤者，好事者知这位弱女子不好欺，也就不敢对她惹是生非，虽然她所在的娱乐圈是常常把女歌星当成羔羊随意欺凌的。

在她的身上，只有1970年冬，爆过一回社会新闻：那是她在台北金龙饭店演唱时，手上所戴的名贵钻石戒指忽然不翼而飞。那戒指是她父母结婚时的

韩菁清赴台演出，在台北机场受到欢迎

纪念品。戒指的失落，使她颇为痛心。记者们报道此事，一时间，她成了台湾新闻人物。

不过，这一新闻很快就过去了，她的生活又恢复了平静。

万万想不到，过了两年多，她忽地在一夜之间，成为台湾上上下下议论的焦点，她不得不第三回求助于威严的法律……

无端蒙尘

梁实秋从电视荧屏传出的甜美歌声认识韩菁清。然而给他印象最深的，莫过于韩菁清"台银事件"——尽管他那时在美国西雅图，但还是从美国的报纸和电视上看到关于她的连篇累牍的报道。

韩菁清的大名震动台湾，说实在的，是由于那飞来横祸——"台银事件"——一下子使她成为新闻人物。她变得家喻户晓，老老少少都在议论着她，那影响远远超过了她的演唱。美联社多次加以报道，使此事变成了"世界新闻"，不仅港台新闻媒体连日传播，就连美国、日本、英国、法国也都登载了这一新闻。

这场意外的风波，发生在1973年2月13日。

事情是这样的：韩菁清受父亲"传染"，养成买房子的习惯。这主要是因为物价上涨，金钱容易贬值，买房子能保值。她在香港买了房子，也在台北买了几处房子。当时，她向国泰公司买台北忠孝东路的房子，分期付款，已在1972年底付了首期6万元台币。接着，要付第二、第三期的款子。为了缴买房子的钱，她提了3000美元。

12日，忽地传出消息，美国宣布美金贬值10%。那么，台币和美金的兑换率会不会随之改变呢？台湾当局因刚收到消息，还来不及作出反应，而一般的人估计台币会升值。于是，13日上午台湾各银行门前排起了长队，人们纷纷拿美金去换台币。韩菁清得讯，赶紧在表弟梁家庆的陪同下，来到台北市重庆南路台湾银行国外部，把 3000 美元换成台币。

那里人头攒动，秩序混乱。上午 11 时多，韩菁清在第 58 号窗口，用 3000 美元按公价换得 12 万元台币——在第二天，台湾当局果真调整兑换率，1 美元只能换 36 元台币，而那天是 1 美元换 40 元台币。

当天下午，韩菁清向国泰公司交了两期房款 11.4 万元台币，然后去洗头，再去台北市银行缴了预扣的电费、水费 3000 元台币。

当晚，她登上飞往香港的班机时，身边只带着 2500 元港币。

她去香港，是早就决定了的，在好多天前已办好赴港手续及预订了机票。

第二天晚上，韩菁清正在香港茶楼饮茶，一位朋友见到她问道："今天的报纸你看了吗？"

"我刚回香港，还没来得及看报。"她答道，"有什么新闻？"

"关于你的重大新闻——今天香港各报差不多都登了！"

"关于我的新闻？"韩菁清感到很奇怪。

那位朋友下楼去买了一份报纸，递给韩菁清看。那醒目的标题是《歌星韩菁清冒领台币 40 万逃港》！

身陷"台银风波"的韩菁清成为港台媒体的焦点

她怎么会"冒领台币 40 万"，而且"逃港"？——她在办理赴港手续时，压根儿还未发生美金贬值。

一看报道，她顿时又气又急，脸色煞白：原来，那天台湾银行台北重庆南路国外部由于以美元换台币的人极多，异常忙乱，乱中出错，发觉少了 28 万元台币。一查原因，那"58"号窗口的出纳小姐在忙乱中，把传票号码"6181"错编了两次，据云，韩菁清应是"6180"号，而出纳小姐错写成"6181"。这样，"6180"空号，而"6181"成了"双包"。又据云，韩菁清用"6181"号领走了另一个"6181"号的40万元台币，而她本应领12万台币，于是造成28万元台币的差错。这么一来，韩菁清被说成"冒领"。

韩菁清连忙去买别的香港报纸。有的报纸竟说"歌星韩菁清顺手牵羊回香港"。

韩菁清回到家中，电话铃响个不停。各报记者纷纷打电话找她，有的急着向她要照片，以便明日见报；有的则作电话采访，请她谈事情经过。

韩菁清清清白白，她在电话中告诉记者们：

"我本来准备下个月到美国去一趟，现在决定不去了。

"我一个侄子在美国求学，他是我哥哥韩德厚的第九个儿子，小名九毛，大名韩光荣。韩光荣出生在香港，他出生不久，我哥哥就不幸离世，是由我培养成人的。这次我去香港，原本是为了下个月去美国出席韩光荣的毕业典礼。如今，灾祸突然降临我的头上，我首要的事，就是洗清泼来的污水，还我清白！

"等到我处理完香港的事，立刻回台北。我要公开告诉大家：我没有在台湾银行多拿28万元钱！"

在台北的韩菁清的表弟梁家庆，也成了记者们追踪的对象。

梁家庆很明确地答复记者：

"我表姐不是那种人！绝不可能多领了钱，就偷偷溜走。平常，我表姐在报上看到有人很可怜时，常会自动捐钱给人家。她怎么会做这种事？"

港台报纸纷纷报导韩菁清和梁家庆的答记者问之后，紧接着又爆出新闻：台湾银行在案发后第三天，向法院起诉影歌星韩菁清，控告她多领台币28万元。

这下子，事情越闹越大。本来，银行出错，已是一桩热门的社会新闻，而"冒领者"又是颇有名气的影歌星，使这一社会新闻更引人注目。于是，

韩菁清在香港

港台报纸接二连三地跟踪报道这一社会新闻，诚如当时一则报道所写的那样："好戏连台，步步进入高潮；闹剧闹大，影星误陷警局。"

才女终得清白身

就在发生"台银事件"的半个月之后，2月28日，韩菁清急飞回台北。

一下飞机，她便被记者们包围。

韩菁清戴着一副太阳镜，穿着衬衫、长裤，围着一条花丝巾，头戴香港记者在她离港时所送的红花，很自若地在台北机场向一大群记者发表谈话：

"我根本没有多领28万元台币，所以我很坦然地回到台北。我是来面对这种不名誉的挑战的。我认为这已不是个人的得失了，这是一个老百姓如何来维持自己的名誉，以及一个银行如何来保持银行信誉的事情。事关大体，我将尽一切努力，为自己说清诬陷。"

台湾银行起诉韩菁清，由台北市警察局城中分局移送台北地检处，由检察官王玉成承办。一场"官司"打起来了。用台湾记者的话来说，这是一场"有钱的银行和有名的歌星之间的官司，格外地吸引人"，自然也就成为上百名记者争相报道的"热点"。

处于"热点"之中的韩菁清，倒很冷静。

她对于这场官司，充满必胜信心。她尚在香港时，便打长途电话到台北，请张福康、姚冬声两位律师在报上为她登了批驳谣言的启事。如今，她在律师的帮助下，做了充分的准备，要在法庭上跟台湾银行较量。

3月5日，韩菁清收到要她出庭的传票。

3月6日上午，这一"闹剧"进入高潮——台北地检处正式开庭侦查。

当韩菁清在律师的陪同下前往台北地检处时，外面有成千人围观，比她举行歌唱晚会还热闹。

她很坦然，几十架照相机、电视摄像机的镜头对准了她，她脸不改色心不跳，从容步入法院，与台湾银行对簿公堂。

王玉成检察官宣布开庭。出庭的有原告台湾银行职员周××和陈××、证人林××，被告韩菁清、梁家庆。

刚一开庭，原告便出示重要凭证："6181"号的"水单"上，有韩菁清亲笔签字。这表明误领者确实是韩菁清。

可是，韩菁清的律师一反驳，使原告在第一回合中便输了："原告出示的凭证，只是表明韩菁清那天确实曾向台银领款而已，但是，'水单'相当于发票，可要也可以不要。何况水单上并没有写明金额。水单未拿，怎能以此断定韩菁清所领的是40万台币呢？"

台湾银行

物证无效，原告推出证人林××的证词。证人在发案时正在现场。在警讯中，曾做证道："我当时确定看到周××先生付出新台币40万元，是这个男士（指梁家庆，警讯时韩菁清尚在香港）与一个女的两人所领去，我确在场看得很清楚。"可是，这次要证人面对韩菁清当场做证，并宣布倘若做伪证要处以七年以下有期徒刑时，证人改口了："当时我等着领，旁侧有一男一女，是否韩菁清和梁家庆，我记不得了，我说的是一男一女，并未指这两位。"

物证不灵，人证又失灵，原告顿时处于劣势。

这时发生了戏剧性的一幕：

台湾银行职员、当事人周××说从来不认识韩菁清。这次在法庭上依然如此说。

可是，韩菁清却说她认得周××。2月13日那天，人很挤，韩菁清曾叫了一声："周先生！"她的意思是想请他关照一下。可是，周××回答说："你今天叫也没用，大家忙得很，没有办法！"

一个说不认得，一个说认得，究竟哪一个对呢？

事先，律师曾请韩菁清回忆，她是怎样认得周××的，有何证据。

韩菁清的记忆力不错。她记得，几年前有一次她从香港飞抵台北松山机场。

当时，韩菁清打算叫一辆计程车回家，发觉身边没有带台币。她来到机场服务台换钱，值班者正是周××。

她拿出 20 美金，请周×× 换成了台币。

周×× 这时对韩菁清说道："小姐，面孔好熟呀，好像见过。"

"见过？"

"对啦，在电视里见过。小姐好漂亮呀，能不能送张照片给我？"

才说了几句话，就讨起照片来，韩菁清道："我身边没有带照片，你给我留个地址吧，以后给你寄去。"

那位先生当场写下了姓名、地址。她记得他姓周。

真巧，2 月 13 日那天，她在一片混乱之中见到了他，当即喊了声"周先生"……

律师要求韩菁清找出周×× 亲笔写的条子，韩菁清翻箱倒柜寻找。她有个习惯，凡歌迷、影迷的来信，一般都保存。她终于找到了周×× 写的条子："周××，台北木栅脾腹路 × 巷 × 号。"

她在法庭上当场出示周×× 写的字条。

那字，确是周×× 的笔迹。可是周×× 却说："我住在和兴街，不住在脾腹路。"

所幸法官事先做过调查。和兴街在几年前叫脾腹路，因路名不雅，后来改了路名，门牌号也随之改变，如此而已。

这么一来，韩菁清又赢了一个回合。

接着，韩菁清向台湾银行提出一系列反问：

第一，台湾银行指责韩菁清用别人的号牌"冒领"别人的钱。须知，取款时光有号牌还不行，取款人必须向银行职员清楚说明取款数目，与银行作业单子上的数目完全吻合，才可拿到钱。韩菁清并不知道别人取多少钱，怎可"冒领"别人的钱呢？怎么可能"顺手牵羊"40 万台币呢？

第二，据银行职员说，给韩菁清的钱，是装在一个大牛皮纸口袋里的（相当于四个普通信封那么大）。当时最大票额是 100 元。12 万元台币，即 1200 张100 元的台币，怎能装在那么大牛皮纸口袋里？法庭上当场用那大牛皮纸口袋装 12 万台币，无法装下。何况，据说韩菁清"领"的是"40 万台币"，倘若

10万元一捆的话，就是四大捆，体积之大像四个椅垫子，要用麻袋装。试问，韩菁清当时倘若领了这么多的钱，怎么走出银行的大门？

第三，台湾银行的柜台上清清楚楚写着"钞票当面点清，离台概不负责"。退一万步说，即使韩菁清"冒领"，她早已离开柜台，已经到了香港，理应"离台概不负责"。韩菁清风趣地说："这'离台概不负责'的'台'，即便说成是台北的'台'也没用了。我不仅已离开了柜'台'，而且已经离开了'台'北，真可说是'离台概不负责'！"需要"负责"的是台湾银行自己——好好查一查为什么作业那么混乱？为什么会一个号码编了两次？为什么会少了28万元台币？

这下子，"有钱的"台湾银行输了理，哑口无言，而"平头百姓"韩菁清占了上风。

6天之后——3月12日下午——台北地检处承办检察官王玉成又一次主持开庭，正式宣布：

> 侦查终结后，以证人的证明力异常薄弱，亦缺乏其他具体证据，不能证实韩菁清溢领28万元台币，予不起诉处分。

泼在韩菁清身上的污水，终于洗清了！

港台报纸纷纷报道此案最后结论。报上登出这样的新闻标题：《返台维持公民权　检方处分不起诉　才女终得清白身　台银从此不多言》。

在报纸的"舆论法庭"上，台湾银行成了"被告"，记者们指责它："28万难交差，抓个羔羊来消灾！"

还有的揶揄道："看！影歌星韩菁清如何指导台湾银行3000乘40等于12万而非40万！"

3月13日，韩菁清以胜利的姿态，举行记者招待会。她特地穿了一件艳丽的衣服，面对台湾各报几十位记者，侃侃而谈：

"从2月13日我到台湾银行换钱起，迄今刚好是一个月，在这段时间内，首先有人不分青红皂白说我冒领，自此以后，常常有人背后指指点点怀疑我，香港报纸甚至说我'顺手牵羊'。我是非常愤怒的！

"如今，整个事件已有定论，我一个月来的积虑这才一扫而空。

"我平静下来，我认为自己演完了一部很辛苦的《木偶受冤记》！"

说到这里记者们都大笑起来——她到底三句话不离本行。

韩菁清接着说：

"我一开始确实像一个玩具木偶一样的木然无知，压根儿也不知道这飞来的是非会闹到公堂对簿的地步。

"后来，事情越闹越大，我决心为自己，也就是为每一个和银行打交道的人，好好打一场官司。

"有人说傻人有傻福，有时真有点道理。总算我这个傻乎乎的木头人，还有一点运气。尤其是我花了整整一个星期，找到了周某人留下的一纸地址，后来在法庭上起了很大的作用。

"这次事情，给了我很大的精神刺激。我愤怒的情绪，现在总算安顿下来。这些不愉快的往事，从现在起，我将一股脑全部忘掉，再也不愿想了。"

韩菁清毕竟胸襟开阔，她反而规劝起台湾银行来：

"台湾银行此次无端地发布此一无中生有的事，除了令我难堪之外，还涉及以后每一个台湾银行职员和客户之间的交易及安全问题，因此，希望台湾银行能妥善研究，加强计划，找出一个良好的改良方法，以防止以后再有类似的事情发生。至于我这个人受损之事，如何善后处理，这还是其次的事。"

韩菁清举行记者招待会说明"台银风波"真相

这桩公案，终于以台湾银行败北降下了大幕。

消息见报，人们纷纷谴责台湾银行。

台湾历史学家吴相湘教授仗义执言，在报上发表谈话说道：

"几十年了，一些'官方'机关的传统'认识'似乎还没有改变：公家不错，错在人民……大家在'官方机关'做事就以为是做'官'，太不重视民众的基本人权。拿'韩菁清案'来说，台湾银行自己办事错误，且无充分证据，如何可以报案？而警方竟然'照转'地检处，似亦失之草率。"

台湾大学研究经济学的退休的杨教授看了报道，记起了那个周××，记者记述了杨教授关于周××的印象：

"这位研究经济学的老教授，在大学教过'货币银行'，台湾银行很多高级职员都是他的学生，他们愿意给老教授方便，让他先取钱。但是他'不愿占先'，可是也不愿无理的'落后'。然而很不凑巧，他偏偏常常'落后'。柜台那个职员（指周××），不仅办事无效率，而且总是先捡熟的人给，他的钱到了柜台，办事的人也看不见。前一次他忍无可忍，质问那职员的名字，对方不服气地说：'我叫×××。'老教授说，像他那样做法，早晚要出错。果然，在'韩菁清案'里，'给错了钱'的就是他！杨教授认为目前银行的工作程序和制度都有改进的必要……"

面对种种批评，台湾银行这才收敛了一些，做了些改进。

韩菁清经受了这场风波的考验，反而因祸得福——知名度大大提高。

历经风风雨雨，韩菁清的神经变得益发坚强起来。诚如一句俗话所说："雷公打豆腐——拣软的欺。"女人仿佛天生便是"软"的，尤其是女歌星、女影星。从上海滩那姓陈的青年的无理纠缠，到1960年初来台时无端"桃色"诽谤，直至这回猛烈的"台银事件"，三回风波，全落到韩菁清身上，而她都在律师的支持下打了胜仗。

谁知刚从一场新闻风波里出来，跟梁实秋相爱又闹出一番新闻风波——原本只是梁韩两人正常的恋爱，却偏有那么多好事者说长道短，在报端兴风作浪。有人甚至说："韩菁清就是喜欢闹新闻风波！"

"我喜欢闹新闻风波？"韩菁清痛加驳斥道，"哪一回新闻风波是我'闹'出来的？分明是有人要欺侮我，硬是'闹'到我的头上来！"

第六章
终成眷属

知遇情深　返台践约

在梁韩相恋风波最盛之际，梁实秋订好机票，决定从美国飞回台北——此行为了与韩菁清正式举行婚礼，以使这场风波早日平息。

1975 年 3 月 29 日，离开台北两个多月的梁实秋，戴着一条花领带，拎着一只塑胶小箱，花费 13 个小时飞越太平洋，悄然出现在台北机场。

虽然这位 72 岁的老人没有显赫的"官衔"，甚至没有一个人随行，但他的到来，却为台湾新闻界所瞩目。

韩菁清"封锁"了消息。她只告知"中视"（即"中国电视公司"）和《中央日报》两位要好的记者。在一片夜色中，韩菁清在机场迎接"教授"。

翌日，"教授"到达台北的消息在《中央日报》醒目刊出，在"中视"播出电视新闻。别的报社和电视台记者气得跳脚。那两位抢到"新闻"的记者，据云，竟因此获得 4000 元奖金。

现原文照录 1975 年 3 月 30 日《中央日报》的报道——这是梁韩之恋一篇"历史性"的记录：

相识五个月　相思六十天

梁实秋返台践约

将与韩菁清结婚

（本报记者胡有瑞专访）是欢跃，更是激动，梁实秋教授昨天夜晚回到了台北，实践他与韩菁清所订下的"春暖花开"的婚约。

接到了梁教授归讯的电报，韩菁清就极为兴奋，她悄悄地约了干妈和好友到机场，虽然才是 20 多分钟的等待，可是，一股焦灼和紧张时时涌现在那张溢满笑意的脸上。

台湾报纸刊载梁实秋回到台湾的消息

梁教授是搭乘泰国班机从东京来的，就在韩菁清的期盼中，梁教授喜气洋洋地出现了。他紧紧握着韩菁清的手，两个多月的思念，60多天的离愁，此刻全散了。

韩菁清说："我们本来选定 3 月 29 日结婚的，可是为了报所得税，梁先生回来的日期由 3 月 1 日延到了今天。"

问他们为什么选青年节结婚，韩菁清说："因为梁先生认为他还是'青年'。"

就因为这个原因，梁教授真的赶在青年节回来了。他幽默地说："现在天都黑了，结婚可来不及。"

说起佳礼举行时间，两人只是互望着作会心的微笑，韩菁清只是一连地说："今天是不行，总得等天亮啊！"

穿着灰色的厚呢大衣，系着一条白底蓝、红花格的领带，虽然是经过了十多个小时的旅程，他的精神可真好，那份洋溢着无比欢乐的神采，好让人看了美慕。

说到与韩菁清这份感情的滋长，梁教授说："跟别的人交朋友的程序一样，自然而悄悄的。"

去年的 11 月，离开国门三年多的梁教授，带着一份寂寞而哀伤的心境来到台北；那时，他打算利用两个月的时间与友人们盘桓，以慰思乡之苦。

就是那样的凑巧，梁教授为了出版纪念亡妻的《槐园梦忆》这本书，他直进了远东图书公司；在那里，影歌双栖明星韩菁清正为了找寻一本梁教授编著的字典，于是经由介绍，一段如诗的情谊就展开了[1]。

每天中午，梁教授必从下榻的华美大厦，抱着韩菁清爱吃的鸡翅膀、鸭肫肝等零食去看韩菁清，讲座文艺研讨人生。文艺和戏剧都是韩菁清所醉心的，而梁实秋所有的作品，她都早已看过、背过；因此，一份惊奇和爱慕，使得76岁[2]的梁教授不得不向这位红粉知己提出共同结伴度过未来岁月的请求。

1月初，当梁教授要返回美国时，两人压抑着离愁，韩菁清说："当晚，他忙着为大同工专写校名，一提笔就哭，情绪激动极了。"因此，第二天韩菁清不敢到机场送行，怕的是梁教授会舍不得走上飞机。

从分别起到现在，才只有两个月，但梁教授写给韩菁清的信已经有85封，而韩菁清写给他的也有60封。

在西雅图的梁教授，说好要写书的，可是怎写得下？他整天就忙着给韩菁清写信，一天两封，有时三封。韩菁清说："每封信都是密密麻麻的两大张，背面、旁边全写满了。"最使韩菁清感动不已的是："每天，他都要走很远到邮局发信，哪怕是冰雪满地，而他一天收不到我的信就坐立不安，连饭都吃不下。"

从梁先生走后，韩菁清就布置新居，以便接待梁教授的归来。她说："很多朋友反对我们；不过，更多的人支持我们。"陈之潘夫妇和侯榕生就极力鼓励梁实秋教授。

"和蔼、慈祥、具幽默感"，这是韩菁清对梁实秋的形容，而教授对朋友提起韩菁清总说："她是位正直、善良、热诚而慷慨的女性。"

对他们的情谊，梁教授也对朋友谈过："我知道，我们是属于两个不

---

[1] 此处关于梁韩初识经过，与韩菁清对我所谈稍有出入。

[2] 如前所述，梁实秋所计算的年龄比实际年龄大了几岁。

同圈子的人；可是，有什么关系，爱的力量超过一切。"

就基于这份信念，梁教授全心地要娶韩菁清，他只接受朋友的祝福，同时告诉人们："春暖花开时我们将举行婚礼。"

韩菁清只是以"缄默"来答复外间的一切误传和谣言。每天她就雀跃着督导工人布置新居，在60坪的公寓中，她在15坪宽的前后阳台上栽满了花，她说："他喜欢散步，这样，每天他可以借莳花作散步。"

此外，她还为梁教授布置了一间很小、很小的书房，在起居室和阳台间对面；这间书房的一面全用了大玻璃。韩菁清说："就像电视台的主控室。"这样，清晨的阳光可以盖满书房，梁教授看书、写作都方便。

他们的计划是：举行一个简单而隆重的婚礼，不惊扰任何人。梁教授说："我们希望过平凡而幸福的生活。"

在机场，问起他这次在国内是不是要长居，他看看韩菁清微笑地表示："会比三两个月更长点。"梁教授手中提着个大公文包，可真重。韩菁清说："那是我寄去的信，他怕托运会丢掉。"说完，她望着旁边的梁教授甜甜地笑了。

就在梁教授归来的前夕，他特别寄给韩菁清一首这样充满情意的词：

文章信美知何用，

漫赢得天涯羁旅，

漫说与春来，

要寻花伴侣。

《中央日报》和"中视"在台湾广有影响，两家新闻机构披露了梁实秋抵台以及梁韩紧锣密鼓筹备婚礼的消息，各报、各电视台岂能落后，急起"追、追、追"，争着报道这一"热点"新闻。

幸亏韩菁清在台北买了多处房子，可以"狡兔三窟"。

为了避开记者的追踪，那时韩菁清"隐居"在台北敦化南路300巷，而她把"教授"安排在另一处房子——敦化南路360巷"隐居"。

他们怎么能瞒得过记者？成群的记者"追、追、追"，把"教授"团团围住。

好在梁实秋见过大世面，不慌不忙地逐一答复记者的提问。各报竞登，一

梁实秋与夫人韩菁清在台北家中

时又卷起了一番"新闻台风"。

"梁教授,你在青年节[1]来到台北,是不是意味着在儿童节[2]和韩小姐结婚?"一位俏皮的记者,用俏皮的问话暗讽梁实秋越活越年轻。

不料,富有幽默感的梁实秋竟因此择定4月6日为结婚日——真的在"儿童节"结婚,未免太俏皮了些。4月5日是清明节,也不宜做大喜之日;那就"顺延"至4月6日吧!

力排众议永结百年之好

梁实秋和韩菁清定下了结婚日期之后,报上登出了一篇署名"千万"的《为韩菁清祝福》的文章,写得颇为真挚:

得知韩菁清小姐将与梁实秋先生缔结良缘,凡与韩妹相熟的朋友,无不为其祝福,我自然也是其中的一个。

由于这对有情人皆是社会名人,更因学者与歌后相配,故此特别受人注意和关怀。喜讯传出,不但儒林中人资为谈助,连报上也成为花边新闻。不过,从有些文字和谈话中,却发现不少耐人寻味的论调,这也许是

---

[1] 台湾规定3月29日为青年节。
[2] 台湾规定4月4日为儿童节。

不太了解两人个性的缘故，致有些错误的看法。

我与梁先生素昧平生，当然说不上什么。但就他文章和这次表现以观，他定是一位道学派中热情奔放的人，因为过去于教育圈子里面，又有一个恩情如海的老伴，自不能有所发挥，现在则不然，可过自由自在的生活，所以一天能写两封情书，倾吐积压心头的感情，给予自己所爱的人，对生活意义来说，是像黄金的，谁也不能否定。可是，晚年娶妻，有好几个学人可作前车之鉴，故他这次恋爱，宁说是也很冒险的，然而他却碰上了一个好对象，可谓险中得福。这是我与一般人看法不同的地方。

韩小姐是一位爽朗的女性，心田善良，手里又不缺钱。她出身名门，身份固不同于李清照，但她的阅历和贤淑，则堪与厌倦风尘之李清照媲美，一旦找到自己所爱的人，定能相依为命，"脱"发偕老。而且韩小姐又是一位好胜好强的人，嫁了梁先生，希望在她照顾之下，使他在文学上能写出一些更伟大的东西，与莎士比亚同垂千秋。总而言之，这对夫妻会很幸福的。

最后我要说一句笑话，愿梁先生"老而弥坚"，便成神仙眷属了。

另一报纸发表李蒙恩的《爱的报偿》写得活泼有趣，也作史料照录于下：

一个聪敏的女人，必须懂得被征服，被保护，被需要，达到被永恒的热爱。韩菁清说："由于他的无限柔情，使我与他共同在至爱的生命之中有一份愉悦，一份满足。"她的一生懂得运用女人的最高智慧——"善解人意"，再加上她懂得"创机""乘机""握机"。

30年前这小妮子飞上枝头做了凤凰，当选上海歌后……南来打天下，明知一世吃勿光，她却照样亮相歌唱，也就是说，"好赚总要赚，铜钱多点勿会愁，赚10万用5万，存下5万买房产"，实在愧煞男子汉。

菁清还有一个人所不及的优点：她有一间房间，置放着50只以上各种大小箱子。她要找一样东西，不出20分钟之内一定找到。每只箱子编号排列，每件东西依序登记，簿子拿来，翻开一看，一目了然。就凭这一

作家刘墉（左）向梁实秋、韩菁清送上祝福

点，这个英雄，非平凡之辈了。她外出同餐绝不拿别人当凯子[1]，点菜绝不
浪费，而且吃得精光，对熟朋友胸无城府。她曾经说过："你们不必替我
担心思，男人本来可以捞一把捡捡，不嫁则已，要嫁么总要嫁个响当当流
芳百世的人物！"照现在说起来，大妹子随梁教授学诗词，将来岂勿是像
李清照一样流芳百世了吗？但愿获得爱的报偿，蒙恩在此祝福。

这些好心的朋友，在报纸上为梁韩结为秦晋之好吹热风、吹春风、吹和风。

就在梁实秋定下结婚之日的时候，却仍有说客上门，极力劝阻他与韩菁清
结合。

这一回，梁实秋动气了："现在，连父母都不能干预子女的婚姻，学生怎
么可以干涉起我的婚姻？单身的我和单身的韩小姐，只要两相情愿，就有权利
登记结婚嘛！"

他把那些说客顶了回去。

报纸天天登他和她的照片、新闻，弄得他和她一出门就被人包围。为了置
办结婚用品，他和她拉开距离上街。进入百货公司，一个去一楼，另一个则上

---

[1] 凯子，源自闽南话，本义为"傻子"，现专指被女人骗了钱财又没讨到好处的男人。

二楼；一个上三楼，另一个则上四楼。歌迷们见到韩菁清就问："你是韩小姐？"她一边摇头，一边躲开。读者见到梁实秋就问："你是梁教授？"他一边摇头，一边走开。他和她不敢走在一起，因为在一起时被人认出，怎么摇头也无济于事，会处于围观的中心，许许多多人拿出笔记本请求签名。

有一回，他和她刚步入信托公司取钱。一走进去，扩音器里忽然传出了《婚礼进行曲》。

他和她刚在饭店里坐定，马上有人送上纸条——那不是菜单，而是请求签名留念。

他们巴不得早日结婚，以摆脱新闻困境。

事出意料，就在梁实秋到达台湾的第7天，亦即他和她择定的结婚之日的前一天，忽地台北发生"政治地震"——蒋介石在4月5日去世！

于是，原定4月6日的喜筵，只得取消。

梁实秋嘟囔道："'总统'死了，怎么我就不能结婚？"

没有办法，婚礼只得延期。那些日子里，台湾岛上黑纱白布飘拂，梁实秋却唱起了小时候在北京学会的童谣：

小小子儿，

坐门墩儿，

哭哭啼啼想媳妇儿，

娶了媳妇儿干什么呀？

点灯，说话儿；

吹灯，做伴儿。

那时节，他真的成了"哭哭啼啼想媳妇儿"！好不容易等到黑纱散去，哀乐止息，一个多月后——5月9日——台湾的"母亲节"，成了他和她结成伉俪的日子。不过，意想不到，这一天竟是国民政府秘书长国民党元老张群的生日（他1889年5月9日生于华阳），人们开玩笑说："先拜寿，再贺喜！"

《婚礼进行曲》终于响起来了，这一"传奇"的婚姻理所当然是台湾一大新闻。不论梁实秋还是韩菁清，在台湾都有众多的朋友，可是梁韩没有广邀宾客，只在台北国鼎川菜厅设两桌酒席，一桌至亲好友，一桌台湾电视台编导研究班同学。消息传出，各电视台、各报争着派人来访，只得增加记者的两桌。

新郎的礼服是新娘选定的——一身玫瑰红色的西装，橘黄色花领带，前胸插着一束花。新娘的礼服反而还不如新郎的花哨，一件黑马甲，一条黑裙，一件黑条子白衬衫，耳边和领口恰如其分地戴着粉红色缎花。

证婚者为台北市议会议长、大同公司董事长林挺生。梁实秋请他证婚，倒不是因为他有着"市议长"头衔，却是由于当年在台北中山北路德惠街1号大同公司宿舍两人有一段交情。

过年时，房东来向他拜年，临走时留下一红包。梁实秋打开一看，竟是他逐月所交的房租。

他追上去，还给房东，房东却说："梁教授，您是我敬重的人。从大陆来的人住在我的房子里，唯有你免收房租！"但是梁教授仍然将钱退回。这位房东由衷地佩服梁教授，他便是林挺生，台湾大学化学系的毕业生。他向梁实秋学英语，最佩服梁实秋的学识。就这样，这位大同公司的董事长，成为他的至交。

婚礼上最活跃的人物，居然是72岁的新郎！他自兼司仪，站在"喜"字前宣布婚礼开始，然后又自读结婚证书……他风趣的"演出"，引得宾客连连

梁实秋与韩菁清在婚礼上

梁实秋在结婚证书上盖章

大笑，都说新郎有颗年轻的心。

新郎致辞的时候，笑容可掬：

"谢谢各位的光临！谢谢各位对我和韩小姐的婚姻的关心！

"我们两个人同中有异，异中有同。最大的异，是年龄相差很大，但是我们有更多相同的地方，相同的兴趣，相同的话题，相同的感情。我相信，我们的婚姻是会幸福的、美满的。

"再一次地谢谢各位！"

他的话非常简短，却言简意赅，博得好一阵掌声。

台湾三家电视台在新闻节目里都播出了梁实秋、韩菁清婚礼实况，台湾、香港数十家报纸刊登了新闻报道，有好几家报纸以整版篇幅刊登婚礼照片，又一番引起轰动。

台湾中央广播电台向世界广播这一新闻，台湾中广公司每小时播送一次梁韩婚礼新闻。

婚礼之后，梁实秋和韩菁清走出了台北敦化南路的"隐居"之所，住进忠孝东路三段217巷的顶楼——那里原是每日中午2时梁实秋"仰望"的所在，如今成了新房。

洞房花烛夜，梁实秋不熟悉环境，况又近视，不小心头撞在墙上，她一把把他抱了起来。

梁实秋笑她是"举人"（把他"举"起来）。她呢，笑他是"进士"（"近视"之谐音）变"状元"（"撞垣"之谐音）。

他俩妙语如珠，笑得前仰后合。

梁韩婚礼把那些反对派们的冷言恶语压了下去。不过，也有人像预言家一般预卜这一婚姻的未来："短则三天，长则三个月，必定劳燕分飞！"甚至还有人下了赌注，赌他们的婚姻能维持几天。

梁韩二人果真会"东飞伯劳西飞燕"吗?

"我的爱人就是你"

梁实秋的大批藏书本来在3年前——1972年5月——从台湾运到美国西雅图，如今又一箱箱从西雅图寄回台北。邂逅韩菁清，使原想在美国度过晚年的他，又定居台湾了。

婚后，他和她非常融洽。"教授"笑着对友人说："别人结婚后度蜜月，我和菁清度的是'蜜年'！"

不过，有同也有异。他和韩菁清"同中有异，异中有同"。他和她共同相处的原则是"求同存异"。

论"异"，他和她相差的不光是年岁：

他是北京人，爱吃面食；她是湖北人生长在上海，喜吃泡饭、酱菜。

他患糖尿病，吃不得甜食；她喜辣，也爱甜食。

他早睡早起；她晚睡晚起。

他喜静，闭门译书著文；她爱交际，人来人往……

差异如此之大的他和她，却互敬互爱，和谐相处，从未高声地向对方说过一句不逊之言。

用梁实秋的话来说："彼此充分尊重对方，不去改变对方的生活习惯。"

用韩菁清的话来说："别无秘方，只是容忍。"

双方相识，各存其异，他和她相敬如宾，按照各自的习惯生活着：他晚上8时就上床，看上个把钟头书，就睡觉了，清早5时起床，外出散步，喝碗豆浆，吃根油条，带来糯米团子给她。回家之后，她睡得正香。上午是他写作的黄金时间，一口气写四五个小时。此时，她正梦见周公，家中一片雅静。中午，等她起来做好午饭，他笔耕已毕。于是，他吃馒头、面食，她吃糯米团、米饭。下午是最愉快的时刻，他和她或在家中会客，或外出悠游。晚饭之后，一起看报，看电视。长年的歌星、影星生涯，使她惯于夜生活。她消夜，他睡觉。如此这般，他和她按不同的时间表作息，却奇妙地统一于一个家庭之中。

他也有改变自己生活习惯之处：往日，他的衣服非蓝即黑，非灰即白。她给他买花花绿绿的衣衫，他高高兴兴穿了起来。他说，我还没有弯腰驼背，为什么不趁"年轻"时穿穿花衣裳呢？

她的出现，确实使他的外貌变得年轻，心灵变得年轻，文笔也变得年轻，见过他那些火热而儒雅的情书，谁都说即便是十八九岁的小伙子也未必写得出来。他的晚年，在舒畅的心境中，进入一生中的写作高峰。

家中，常常传出歌声的，倒不是歌星韩菁清，却是梁实秋。他的"保留

梁实秋、韩菁清婚后在寓所合影

节目"是两支歌，全是韩菁清作词的。那《传奇的恋爱》，他不知唱了多少遍，越唱越亲切，总说韩小姐此歌是为他写的——尽管当时他们不相识。

另一首他常哼的歌，是韩菁清当年编剧的《我的爱人就是你》的主题歌。他一遍又一遍地唱了起来：

> 你遇见我，我遇见你，
> 我俩相逢像传奇。
> 你靠近我，我靠近你，
> 我俩从此不分离。
> 远山在含笑，
> 绿水多情意。
> 我心儿中我意儿里我的爱人就是你。

他唱罢，又说韩小姐当年写的这首歌，是为他而写的，笑称："昔日韩娥之歌绕梁三日，今日韩菁清之歌绕梁30年！"

韩娥，中国古代的著名"歌者"。《列子·汤问》之中，描写韩娥善歌，曾在齐雍门卖唱，歌声动人，"既去而余音绕梁，三日不绝"，于是有了"余音绕梁""绕梁三日"的成语。梁实秋借用"韩歌绕梁"这一典故加以发挥，说"韩"即韩菁清，"梁"则是梁实秋也。

初嫁时，她不会榨橘汁，他总是亲手用机器榨好，盛在杯子里放在她床头，她一醒来就能喝到。

她每夜临睡前，用慢电锅煲一锅汤，或者煲牛尾，或排骨，或蹄，或牛筋，或牛腩，再加白菜、冬菇、包心菜、虾米、扁尖，让他清晨、中午都有香浓可口的佳肴。

为了记述他和她相亲相爱的生活，梁实秋曾写了一首小诗：

> 给小娃
> 我早晨挤杯柳橙汁，
> 为你午间起来喝；

梁实秋写给韩菁清的《给小娃》

你晚上送来热茶水，
怕我夜里醒时渴。
这可是琼浆？
这确是甘露。
胜似千言万语。
抵得祝福无数。

　　她呢？也常常写小诗，表达自己对丈夫的一片深情：

　　　　你说你不爱花儿，
　　　　因为花儿太艳丽，
　　　　且难以抵抗那芬芳扑鼻。
　　　　你说你不爱鸟儿，

143

因为鸟儿太调皮，

整天吱喳教人不能休息。

你却在我耳边细语：

你爱树，爱叶，也爱草地，

甚至于田原旷野也都如你的意。

我问你："为什么？"

你说你爱的那一片青青，青青，青青，

眼底，心底——青，青，青，

路远，路近——青，青，青，

充满人间天上——全是青，青，青。

　　她的烹饪手艺还不错，只是她切菜时常割破手指，不敢切细。他说她切的姜丝像棍子，他操起刀来，居然刀功不错，切得好细好细。不过，这么一来，他反而成了她的"下手"（他切菜，她炒菜），只是他忙于"爬格子"，难得一显身手。有空时，"教授"下厨，也烧得一手好菜。他总说，让韩菁清下厨，是把"千金小姐当作丫环使"。他，真有点"怜香惜玉"呢。

　　一天夜深，屋里漆黑，忽然发出清脆的指甲钳剪指甲的声音。他醒来，问道："菁清，你为什么不开灯？"韩菁清答道："开灯怕晃你呀！"他赶紧开灯，说道："你洗完脚，剪指甲，不开灯怎么行？会剪出血来的呀！破伤风病毒感染太危险了！"

　　第二天，他向她提出各住一房间，使她更方便些，因为他打呼噜说梦话，会吵她；夜里她爱听音乐，看电视，又怕吵他。"教授"总是那么善解人意，替她考虑，使她感动。

　　他和她，常常相辅相成：他很有条理，什么东西放在哪里，有一定之规，但没时间收拾干净；她大大咧咧，随手乱放，但是很爱干净。他和她一起生活，取长补短，变得整洁。他爱静，她好动。有了她，他常常走出书房，生活得以调剂；有了他，她有时间看更多的书。

　　大抵是演员习惯，韩菁清总是不断地更换衣服，而且很注意衣、裤、鞋乃至于提包之间的配色。自然，她也不断地给梁实秋更换衣服，讲究配色，尤其是注意领带的颜色。这样，她给梁实秋买了许多套西装和领带（当时的香港某报挖苦说，梁实秋有300套西装和领带，未免过分夸张）。入夜，她睡得晚，听罢天气预报后，给梁实秋配好翌日的服装。梁实秋曾笑着对友人说："现在真麻烦，衣服多了，领带也多了，我成了衣服架子。麻烦的还有哟，一到换季的时候，两个人就忙着晒衣服、装箱子。"说这话的时候，梁实秋一副得意、自豪的神态。

梁实秋曾试图自己配搭衣服的颜色。不过，韩菁清却说："你的配色水平，还不够60分——不及格！"

韩菁清并不近视，但她很喜欢眼镜。最初，她当歌星时，每逢外出，总要戴一副彩色、镜片很大的眼镜。其原因如她所言："一是怕人认出来围着请签名，二是因为化妆较浓，又戴了假睫毛，舞台下的人看了会不习惯。眼镜成了我的贴身朋友，帮了我许多忙。"这样，她开始买各式各样的彩色眼镜，成了眼镜行里的常客。到了台北，那儿十几家眼镜行都知道她有这癖好，来了新款式的眼镜，就打电话给她。她喜欢大镜片眼镜，偏爱黑、绿、黄三色。她，"上街

韩菁清在家弹奏钢琴

不能不进眼镜行，到眼镜行不能不试戴眼镜，试戴了眼镜不能不买下来"。久而久之，她的眼镜堆积如山，居然成了一位眼镜收藏家。台湾《时报》杂志第320期还特地刊载古威威的《眼镜纠结成的人生——韩菁清的眼镜收藏》一文，介绍了这位眼镜收藏家。

在与韩菁清谈恋爱时，梁实秋得知她这一癖好，特意"投其所好"，买了一副蝴蝶牌太阳镜送她。果真，此物博得韩菁清的欢心。她说："那是他送我诸多礼物中最贴心的一件。"

婚后，韩菁清以自己的癖好加于梁实秋，给梁实秋配了好多副眼镜。款式新颖的眼镜，使梁实秋变得年轻多了。不过，这也给梁实秋带来了"麻烦"：原先，他只有一副近视眼镜、一副远视眼镜；如今，眼镜一多，他要戴老花镜时，却抓了近视眼镜，他要戴近视眼镜时，却抓的是远视眼镜。

余暇时，她和他玩一种特殊的游戏：她翻开丈夫主编的厚厚的《远东英汉大辞典》，专挑一些生僻的英语单词，叫"大主编"说出中文意思。有时，"大主编"也被她"考"住，便说："你的'洋泾浜英语'[1]，谁懂？"也有时，她和他玩另一种特殊游戏：她出一种偏旁，然后两人一起拿出笔，默写出这一偏旁的字，看谁写得多。谁获胜，奖金一元钱。

论学问，当然"教授"比她多。不过，获胜者往往是她。因为她发现，"教授"在比赛时，总是先写那些笔画很多、很冷僻的字，写得很慢，而她反应快，总是写那些同一偏旁的简单的字。于是她规定比赛限定五分钟——倘若不限时间，"教授"会写出同一偏旁的许许多多的字，那一元钱奖金必属于"教授"了。

他和她在家中，也曾"吵"过，她称之为"荔枝风波"。她在一篇题为《斯文扫地》的回忆文章中（载于1988年8月2日台湾《联合报》，发表时改题为《流泪与搬家》），用她那生动风趣的笔调，记述了"风波"始末：

> 红了樱桃，绿了芭蕉，是古代诗人墨客的浪漫季节，"荔枝"正红，"小玉"适时，却是我的相思季节。记得每年端午节，都有许多出版商或你的

---

[1] 洋泾浜是上海一条河，原为上海美英租界和法租界分界河，后来"洋泾浜"成了租界的代称。"洋泾浜英语"指租界华人蹩脚的英语。

得意弟子送来大量的荔枝，我却总以"小玉"与你交换，告诉你荔枝太甜，糖尿病患者不宜吃，"小玉"则清凉解暑。你只好苦笑说："是的，是的，这些荔枝是人家孝敬师母的，不是送给我吃的。"我说："那么你不要去碰它！"你解开绳子绕几个小圈，打个小结存放好（你有保存绳子与塑胶纸袋的习惯），也不理会我，就打开礼盒，一颗颗地剥了起来，放在大盘子里。我大声吼道："叫你别碰，你偏偏剥了那么多。"你嬉皮笑脸说："小娃，我是剥给你吃的，你又没留手指甲怎么剥呢？真是不识好人心呀！"赶紧将剥好的荔枝往我嘴里送，我一口气吃了十几颗，我说："好了，够了，我吃多了会血压高，上了火，就容易发脾气，你不怕吗？"你连忙点点头说："对，对，我替你放到冰箱里去吧。"我知道你又要耍花样，眼睛直盯住你，你的确是打开了冰箱，不过却很快地塞了一颗荔枝到自己的嘴里。我急着大声叫你吐出来，你说："小娃怎么这样凶？难怪人家都说我有'气管炎'，又称我为 PTT 会长[1]。小娃确实凶，像只母老虎。"你又叫了我好几声母老虎，我把冰箱门打开将整盘荔枝都倒在地上，你虽然怕我，但也有点气了。又说："哇！怎么这样漂亮的韩大小姐一点也不斯文呀！"我看你可怜的模样，只得跑到厨房里去拿扫把扫掉荔枝，又好气又好笑地说："我不斯文，我就是不斯文，你看，我哪一点不斯文？我现在不是'斯文扫地'了吗？"着急、恐慌、畏惧的你，忍不住大笑起来，我也大笑。"荔枝风波"总算未让我们真正地吵架。剥荔枝，扫荔枝，一颗颗的荔枝都是爱！

两只碗，有时也叮当。一遇到这种时候，她就躲进卫生间，久久不出来。他呢，在外边唱起了《总有一天等到你》。她一听，气就消了。过了一会儿，他在外边压低了嗓子，装出悲痛欲绝的调子，唱起了《情人的眼泪》。这时，她打开卫生间的门，走了出来。他和她都笑出了眼泪。他年轻时唱男高音，如今虽然嗓子沙哑，唱得还颇有韵味。

3天过去了，3个月过去了，3年过去了，梁韩没有"分飞"，彼此的感情反而愈加深厚。

---

[1] 即"怕太太会长"。

梁实秋"引经据典"说道:"在南宋的时候,名将韩世忠娶女将梁红玉为妻,夫妻恩爱,人所皆知,可见韩、梁两家早就相亲相爱,我们继承了韩世忠、梁红玉的好传统!"

"教授"到底是教授,还考证出梁韩之恋的"历史渊源"呢!

每年的5月9日,成为他和她的一个历史性纪念日。每逢此日,他和她总是邀三五知己在饭店一聚,以示庆祝这一"传奇的恋爱"。

第七章
美满家庭

"混混儿"情歌

《古诗十九首》中有一句:"以胶投漆中,谁能别离此。"婚后一年,如胶似漆的他和她不得不小别,尝受别离的苦涩滋味儿。

那是因为他当时在美国有"绿卡",一年必须去美国跑一次,再则,他要看望次女文蔷、女婿士耀和两个外孙。1976年6月4日,他告别娇妻,飞往美国。

上了飞机,浓烈的离愁袭上他的心头,"不曾远别离,安知慕俦侣",他思念着他的"亲亲"。在太平洋上空,他吟成了一首《爱别离歌》,遥寄韩菁清:

爱,我愿你不要想念我,

梁实秋、韩菁清在台北寓所阳台合影

你想念我,你会难过。

你跳舞,你唱歌,

我要你尽情欢乐。

爱,我愿你不要忘记我,

你忘记我,我会难过。

你跳舞,你唱歌,

你忘记我,我会难过。

你知道我在做什么?

不要想念我,不要忘记我,

这矛盾的心情教我怎样来解说?

我愿你快乐,让我受折磨。

很难想象,一位73岁的老人,会写出青春如火的情诗,倘若配上乐谱，这首《爱别离歌》无疑将是一首脍炙人口的流行歌曲，难怪他的朋友们称他"老尚多情"。然而，他能献给妻子如此情意绵绵的《爱别离歌》，正是他和她两情融洽的写照。

在他哼成《爱别离歌》，正十分得意之时，空中小姐给旅客们送点心来了。看到点心之中有一块蛋糕，他乐了。他患严重的糖尿病，平日在家"妻管严"，不许他碰一点甜味，使他对甜食变得格外地馋，他认为如今太太不在旁边，可以痛痛快快吃块甜蛋糕了。他很得意地吃下了那块蛋糕。

不料，飞机尚在空中飞行，他便感到头晕——这不是晕机，而是糖尿病发作！抵达西雅图之后，他不得不赶紧给医生打电话。

医生给他看病时，那话使他脸红："你是教授，教授怎么不懂得糖尿病患者要忌甜食的道理呢？"

医生给他一大堆药，然后递上账单：400 美金！

从此，"教授吃了一块 400 美金的蛋糕"，成了笑话一桩。朋友们听说，笑他嘴馋，称赞韩菁清对他的关心、爱护。

不过，常人往往难以体会久不食甜的糖尿病患者的"馋"。每年中秋节，韩菁清不得不在家中"戒备森严"。因为朋友们送来一盒盒月饼，她稍一疏忽，看管不严，梁实秋会像顽皮的小孩似的偷食月饼，结果招来一场病。

有一年中秋节，梁实秋又发病了。韩菁清觉得奇怪，这一年的月饼全都锁起来了，他怎么会吃到的呢？一查问，梁实秋"老实交代"：他吃掉了她吃剩的一块月饼。

他每隔一年，总要去一趟美国；她呢，虽在台湾多年，但她持香港护照，每年也要回香港料理一些事务。每回小别，不过短短一星期，他和她总是函电交驰，书信不断。

他去美国给她的信中说："我们虽然现在隔着千山万水，我却无时无刻不在记挂着你，你知道么，清清？"

他在信中，常常附上几根美国生产的"OK 绷"，这是一种包扎伤口的橡胶布，当时台湾市场上还没有，韩菁清的"刀工"不好，他担心她切菜时割破手，一次次给她寄"OK 绷"。

她去香港，总是事先给家中冰箱备足粮草，她不断给他写信，要他注意休息，千万不可吃甜食。

她一走，他顿时陷入寂寞之中。他把她的一包包大照片拿出来，一张张看着，寄托自己的思念。家中的每一串钥匙的小挂件上，他都嵌进她的照片，他把自己对妻子的思念融进诗里，融进画里。他早年学过水墨，已荒废多年，在那些寂寞的日子里，他重执画笔，画旁题字题诗，以慰情思。他把这些水墨小品装入一只锦缎裱糊的匣子里，匣上写了"清秋戏墨"。这《清秋戏墨》，成了他一生中特殊的作品，妻子每次去香港小住，他就画下几幅，一次次小别，一次次作画，《清秋戏墨》竟日渐积多。

他画昙花。那是在她离家时，家中的昙花开了。昙花一现，等不得她归来，他用笔描下了昙花，让昙花在宣纸上永开不败，让妻子能够赏画观花。

他画鱼虾。那是因为她喜食海鲜，画毕，题上小诗一首："小娃小娃，爱吃鱼虾，看了此图，得无馋煞？"

他画石斛兰，因为那石斛兰是她送的。他题小诗："小娃贻我石斛兰，孤挺一枝花簇团。可笑高楼高百尺，何如秀色腐儒餐？"这位"腐儒"在画上落了个别号，曰"秋翁"。他还题了这样一首诗："斛兰已谢菊花开，何日娇娃海外来？寄语爱花成痴者，细芽已上一枝梅。"

他画蜡梅。他题上"冷艳"两字赠菁清，落款为"秋秋"。他以蜡梅象征妻子。

他画水仙。那是他的生日（腊月初八），家中水仙清香袭人，他题字："丙辰 [1] 腊八前数日水仙又开，菁清勤加培护之力也。"

他还画青菜、萝卜、香菇。那是因为"丙辰人日 [2] 菁清追荐母氏唐太夫人于十普寺，白圣大师餐以素斋，归来落墨，不知尚有蔬茹 [3] 气否？"

他的这些水墨小品，精巧隽永，耐人寻味。"亲卿爱卿，是以卿卿，我不卿卿，谁当卿卿？"《清秋戏墨》写出了"清秋卿卿"的高雅情谊。

梁实秋还精心抄写曹植的《洛神赋》，悬于床头，表达自己对妻子的感情。

梁实秋的画，从不送外人，只赠菁清；他的字，别具一格，索者甚众，他

---

[1] 丙辰即 1976 年。

[2] "人日"即阴历正月初七。

[3] "蔬茹"，即蔬菜，作素食解。

梁实秋给韩菁清的诗与画

也轻易不送人。于是，有人"走后门"，通过韩菁清向他索字。妻子的面子大，他只得从命，在他的笔记本上，记下这些索字者的姓名，上注"妻党"两字。韩菁清见了，大笑不已。

　　他虽说有两女一子，但都不在台湾。他忙于墨耘，她难免冷清，他便劝她养猫。他喜欢猫，最多时曾养过八只猫，而她从未养过猫。不过，他养猫，甚为"粗放"。头一天在门外拾来了猫，她主张好好洗一洗。他用他的土办法，买了一斤面粉，撒在猫身上搓洗。他穿着丝棉袍，弄得满身是面粉。她瞧他那模样，说是家中演了一出京剧《打面缸》，笑称他为"大老爷"。他从此给她取了个外号叫"小蜡梅"[1]。

　　她向别人请教，弄了一大堆猫药、猫食、猫皂，用"洋办法"养猫，她把猫洗得干干净净，他给猫取了"大名"叫"小白""小黑"。猫儿"妙乎"声，给这个只有两口的家庭带来了欢乐。

---

　　[1]《打面缸》中的男女主角分别为"大老爷"和"小蜡梅"。

梁实秋的精神变得年轻了，外貌也变得年轻了。在韩菁清的细心照料之下，他的种种病症明显减轻。他在65岁时外出讲课，已不能久站讲台，只能坐着讲；如今，他上楼时轻捷如飞，走路时脚板也不再在地上拖，人人见了都称奇。

他每天能写两三千字。他的思路还是那么清晰，不论译稿或创作，都落笔成文，写毕后改几个错别字，便可付梓，从来用不着写第二稿。他文稿字迹清楚，卷面干净，不像有的作家改来勾去成了大花脸一般。有时，小猫蹲在稿纸上，他不忍赶它，总是在一旁耐心地等着，直至小猫离去才重新写作。他平时用圆珠笔或自来水笔写作，为人题字才用毛笔。

为了使他有一个舒适的写作环境，她在五年内搬了三回家，她说："简直像吃了耗子药似的。"

他们先是住在台北忠孝东路三段217巷那"恋爱纪念地"，可是，那里顶层隔热不好，书房又西晒，酷暑难当。

于是，他们选中了台北四维路36号2楼。最初还算不错，无奈好景不长，那楼下开了爿汽车修理公司，从清早到深夜，叮叮当当、乒乒乓乓敲敲打打，没完没了，就连摘下助听器在那里专心致志写作的梁实秋，也听得见这嘈杂的声波，干扰了他的文思。

再搬！这一回，她吸取四维路的教训，来了个"高高在上"，以求远离嚣嚣尘世。她和他迁往台北辛亥路国际乡野大厦，12楼为卧室、客厅，13楼有着40坪面积的空中花园，14楼有着宽敞明亮的书房。她费尽心机，安顿好新家。这时，在14楼写作的他，却又得了一种怪病——"恐高症"。他不能透过玻璃往下看，一看就浑身出冷汗，唉，只能拉上窗帘过日子——此处非久居之地。

幸亏四维路那家汽车修理公司搬走了，于是，她和他演了一出"凤还巢"，重新迁回四维路。

古时有过"孟母三迁"，如今出了"梁韩三迁"。五年三迁，把她折腾得真够呛。他和她号称"万卷户"，那些书又厚又重，她，真是"千金小姐"当作"丫环"使，费尽气力搬书。不过，她毫无怨言，一切替他着想。她解嘲道："流汗好过流泪，流汗对身体有益，流泪则伤心伤神。"

梁实秋在《雅舍小品》三集《搬家》一文中，发出这样的感叹：

搬一次家如生一场病，好久好久才能苏息过来，又好久好久才能习惯下来。这一切都没有什么可怨的，只要有个地方以栖迟也就罢了。我从小到大，居住的地方越搬越小，从前有个三进五进外加几个跨院，如今则以坪计……如今我的家越搬越高，搬到了十几层之上，在这一点上倒是名副其实的乔迁……

我住的地方是傍着一条交通孔道，早早晚晚车如流水，轰轰隆隆，其中最令人心惊的莫过于丧车。张籍诗："洛阳北门北邙道，丧车辚辚入秋草。"我所听到的声音不只是辚辚，于辚辚之外还有锣、鼓、喇叭、唢呐，以及不知名的敲打吹腔的乐器，有不成节奏的节奏和不成腔调的腔调。不过，有一回我听出了所奏的是《苏武牧羊》，这种乐队车常不只一辆，场面大的可能有十辆八辆，南管北管、洋鼓洋号各显其能。这种大出丧，小出丧，若遇黄道吉日，一天能有几十档子由我楼下经过。有人来贺居问我，住在这样的地方听这种声音，是不是不大吉利，我说，这有什么不吉利，想起王荆公一首五古《两山间》，其中有这样几句：

我欲抛山去，山仍劝我还。

只应身后冢，亦是眼中山。

且复依山在，归鞍未可攀。

几番迁居，几番叹息，他和她，虽说都是台湾名人，但如同韩菁清所说："我们都是平凡人，过的也是平常的日子。"家中没有雇固定的女佣，只是每天请人来清扫一两个小时，按小时付酬，家庭的重担，压在梁实秋那支笔上。他自从到台湾以来，远避宦途，深居简出，只埋头著述，不求一官半职。1966年8月，63岁的梁实秋从台湾师范大学退休之后，更是安居书斋，日坐书城，几乎不参加社会活动。他与韩菁清婚后，定居台湾，台湾发给他的身份证上竟写着"无业"两字。

在家中，韩菁清原本叫他诨号"小土豆"，说起这诨号的来历，倒颇为"曲折"：梁实秋喜欢美国总统吉米·卡特。在跟韩菁清谈恋爱时，写给她的情书，他有时署"小吉米"。卡特家原是种花生的，花生在中国北方话中又叫"土豆"，这样，"小吉米"演变成"小花生"，又演变为"小土豆"。

后来，他对台湾"中视"所播映的电视连续剧《大地风雷》发生了兴趣，每集必看。剧中，刘明对金滔所称呼的"混混"，引起了韩菁清和梁实秋的共鸣。

于是，韩菁清对"无业"的丈夫，戏呼为"混混"，而不再喊他"小土豆"。

梁实秋呢，仿其道而行之，也称她为"混混"——她也"无业"。

两个"混混"，无以区分，韩菁清称丈夫为"大混混"，梁实秋则称她为"小混混"。

梁实秋万分感叹，在《清秋戏墨》中写道："余身份证职业项被填写为无业，北方呼无业游民为混混儿，菁清戏作《混混儿之歌》。"

梁实秋全文抄录了韩菁清的《混混儿之歌》：

大混混儿，

小混混儿，

谁不是到世界上来混一阵儿？

我俩同是天涯无业人，

云里来，云里去，

各自西东无踪迹，

不知是哪一阵风哪一股力使我俩混合为一，

就这样，

我俩混混儿，

混进了礼堂。

红烛点燃，

喜气洋洋，

无业人混得有名堂，

他混进了玻璃书房，

我混进了迷你厨房，

在七重天的小楼上 [1]，

飘出了书香、墨香、花香、菜香，

----

[1] 指他们在忠孝东路 7 楼。

156

《雅舍小品》最后的篇章记录了梁实秋与韩菁清在一起的生活

还有夜以继日的柴可夫斯基与肖邦。

大铁树苗长大了十三条叶，

小盆里迸出了并蒂紫兰，

混混儿的一天有甜有酸，

有苦有辣，

沾上泪水会咸。

大混混儿，

小混混儿，

就这样永远混下去——没个完。

台湾报纸称韩菁清为"名媛才女"，果真名不虚传，她的这首调侃戏谑的《混混儿之歌》，写出了他和她在台湾的真实心态和生活缩影。"倾城之恋"成了"混混儿之恋"，令人啼笑皆非，却又言之凿凿。

这里的"夜以继日的柴可夫斯基与肖邦"一句，很易使人误以为梁府琴声不绝。

其中的典故，1977 年 1 月 30 日出版的台北《生活》周刊第 14 期所载胡有瑞的《一对混混儿——梁实秋、韩菁清伉俪恋曲》一文，作了披露：

> 韩菁清笑着解释，每当梁实秋教授睡觉时，必定有鼾声："你们不知道，那声音高低有致，声音大时可以推得动门，就像柴可夫斯基的交响乐；而我，就如同肖邦的钢琴奏鸣曲，轻轻的。"

"小混混儿"跟"大混混儿"一样的幽默，一样的清高，一样的嬉笑怒骂，一样的傲睨自若，正因为这样，这对"混混儿"才会在思想上、生活上那么融洽默契——这是那些反对派们所无法理解的。

依照韩菁清的《混混儿之歌》，梁实秋写下了一首诗：

> 重阳何处去登高？
> 摩天楼巍巍峨峨，
> 也摸不到云霄。
> 崇山峻岭，
> 崔嵬崛崎，
> 有一环白云围上楼腰。
> 毕竟是穹冥下一抔土，
> 说不上什么碧天寥，
> 倒不如我们俩偎在七层楼上小鹊巢。
> 饥来烹菰米、煮藜蒿，
> 闲来歌一曲、唾壶敲。
> 两股柔情织成一绺，
> 向上飘，
> 飘到九霄云外，
> 这时节天上人间，
> 无与比高。

> 写给菁清以博一粲。秋秋

梁实秋还在《雅舍小品》三集的《职业》一文中，写下自己的感叹：

> 职业，原指有官职的人所掌管的业务，引申为一切正当合法的谋生糊口的行当，一百二十行，乃至三百六十行，都可以视为职业。纡青拖紫，服冕乘轩，固然是乐不可量的职业；引车卖浆，贩夫走卒之辈，也各有其职业。都是啖饭，惟其饭之精粗美恶不同耳……
>
> 退休给我带来一点小小的困扰。有一年要换新的身份证，我在申请表格职业栏里除原有的"某校教授"字样下面加添一个括弧，内书"退休"二字。办事的老爷大概是认为不妥。新身份证发下，职业一栏干脆是一个"无"字。又过几年，再换身份证，办事的老爷也许发觉不妥，在"无"字下又添了一个括弧内书"退休"。其实职业一栏填个"无"字并不算错。本来以教书为业，既已退休，而且是当真退休，不是从甲校退休改在乙校授课，当然也就等于无业，也可以说是长期失业。只是"无业"二字，易与"游民"二字连在一起，似觉脸上无光，可是回心一想，也就释然。《大戴礼记·曾子立事第四十九》："其少不讽诵，其壮不论议，其老不教诲，亦可谓无业之人矣。"我是道道地地的一个"无业之人"。

记者笔下的梁韩家居：你侬，我侬

梁韩婚后，依然是记者们关注的人物。台湾报刊上，常有文章报道梁韩家居生活。其中，台湾《妇女》杂志1977年第3期所载胡宗南之女胡为美的《梁实秋与韩菁清之恋》一文，写得潇洒真切，记下了当时梁韩生活的一个侧面。文章写道：

> 梁实秋与韩菁清结婚近两年了。他们的婚姻生活就像一条源远流长的小溪，任凭多少颗顽皮的小石子，最多也只能激起一些泡沫，一阵涟漪，

随着缓缓流过，却似乎是永无止境的水波，消失得无踪无影。

记者用女性的细腻笔触，记下这么一个很普通却又很感人的瞬间：

中山北路的车子在下班时间特别拥挤，我到的时候已经略略超过了约定的时间。我弯下腰来收伞，心里正在担心他们先我而到，猛一抬头，正好看见韩菁清挽扶着梁实秋从小巷口进来，那情景使我后悔自己没有带照相机。梁先生穿着一件带着帽子的蓝色风衣，低着头面带微笑地听着韩菁清在他耳边轻言慢语，那副满足的神情使人觉得世界上除了他和身边的人儿，没有任何人、任何事再能够引起他的关心，甚至多看一眼的欲望了。

韩菁清穿着厚厚的大衣，甜甜的笑容使她看起来像个小女孩，她的手紧紧地挽在梁实秋的臂弯里，脸上荡漾着只有生活在爱和安全感里的幸福女人才会有的安定和满足的神采。我望着他们神采飞扬地由远而近，想起他们决定结婚时外界对他们爱情的风风雨雨。其中最主要的原因之一是他们年龄上的差距，那时梁先生已经72岁了，韩菁清才40岁刚出头；他们的生活圈子也相差很远，一个是一辈子都埋在书堆里的人，另一个却是一直生活在娱乐圈的花花世界里，当时几乎没有人认为他们的婚姻会愉快而长久，但是当我站在这儿，看着他们向我走来的神情，我感觉到他们的满足与安详完全是发自内心的，不需要别人了解；任何人的任何言语在他们的感情里都是无足轻重的，他们有自己的感情语言，他们也满足于彼此的表达方式。

婚后的梁实秋和韩菁清

他们不是第三者眼中的 70 岁与 40 岁的恋人；他们只是一对平凡恩爱的夫妻与情侣，他们的内心世界是不会受到任何人的打扰的。

这篇报道，如实地记述了梁实秋的谈话。对于婚后的生活，梁实秋非常坦率地说：

我们的生活过得很简单。我习惯规律生活，我太太习惯过夜生活，在我们决定结婚以后，就有许多人来问我，像你们这两个在各方面，甚至连生活习惯都完全不同的人，怎么能够生活在一起呢？其实我们早就商量好，我睡得早，每天晚 10 点钟一定上床，她习惯迟睡，摸摸弄弄，不到夜里三四点钟不睡觉。我是习惯早起的，早晨也是我一天当中精神最好的一段时间，她却因为晚上睡得晚，总要睡到早上十一二点起身。这段时间我刚好可以用来做事，我的英国文学史和许多报纸上的杂文都是利用这一段时间写成的。等到中午她起身了，我们一起去吃顿午饭，我再回来困个中觉。她做做杂事，等到 4 点钟左右，我们就出门了，不是有朋友约了喝茶，就是有朋友请吃饭。要不然我们自己找个安静的地方喝喝咖啡，聊聊天，吃顿简单的晚饭。许多朋友听说我们经常在外面吃饭，都不以为然，觉得我们太浪费了。

其实不见得，我们一家一共只有两个人。晚饭我们经常有人请，每天花一大堆钱把菜买回来搁在冰箱里不吃不是也太麻烦、浪费了吗？我们在外面吃的花费也不多，100 多块钱也可以解决了，还不是等于平常人家的菜钱。也不用洗碗、洗碟子。我们都是怕麻烦的人，这样不是省事多了？

夫妻间也不用天天腻在一块，像我们隔段时间分开三五天[1]，不也挺好的吗？唯一的烦恼就是我不放心她，怕她一个人在外面出了什么事，尤其是香港，我还是不大放心她，要她每天打个电话回来，好让我安心。可是这样也不大好。

我耳朵不好，经常听不到电话铃声，我必须把电话放在耳边。我每

---

[1] 指韩菁清每年去香港一次。

天要工作，她经常都是晚上打回来，等她电话时我又会着急，生怕自己睡着了听不到电话铃声，只有把电话放在枕头旁边。这样精神上又实在太紧张，后来我只好跟她说，不要打电话回来算了，省得我每天晚上提心吊胆地睡不好觉。这样她又不放心我了，怕我每天起居没有人照顾，生病了也没有人知道，没人管，又急着要回来看我。所以后来想想，两三天的小别还可以忍受，分开久了，太担心事也不好。其实她不在台北，我每天足不出户，家里请了个女工也挺简单规律的；她又不成，怕我工作太辛苦了伤神，又担心。唉，她也真是的。

我唯一担心的就是自己年纪大了，还能够有多少时间陪她呢？所以我鼓动她发展自己的兴趣，人活在世界上总要有一个目标，有我在她身边照顾着她，她可以每天安安心心地过日子，也不用学这学那了。但是我总是要先她而去的，我走了以后，她一个人怎么办呢？为了将来着想，我希望她能专心选择一条路，努力朝这条路上发展，将来有所成就，心里也有个寄托。她那么聪明，学东西也学得快，现在开始努力也还是不晚的。

梁实秋如此长篇大论，向记者敞开心扉，说出一片真话。

梁实秋与韩菁清玩台球

韩菁清呢？她的话很简短，活泼而有趣：

> 我第一次婚姻失败以后，我以为自己不会再结婚了。认识梁先生之初，我也没有想到有一天会嫁给他。坦白地说，最先我还打算替他介绍女朋友呢，没想到他倒追起我来了。
>
> 我们的生活习惯和生长背景不同，我们的个性却有许多相像的地方，我们都倔强，好胜，不服输。当初别人愈反对我们，我们在一起的心意愈坚定。我觉得婚姻还是需要孤注一掷的勇气和果断的决心的，许多事情是不能想太多，一想多了可能就没有了。当初如果我多犹豫一下，可能我们今天就不会结婚了。

在结婚近两年之际，梁、韩两"主角"的各自心里话，表明了他和她对于自己的婚姻抉择毫无憾意。相反，通过两年朝夕相处，他和她相知愈深，也就相爱愈深了。结婚不是爱情的坟墓，而是爱情的深化。

幸福的"五口之家"

他和他，组成两口之家，此外，猫成了他们的家庭成员。

最初，他和她养了一白一黑、一雌一雄的两只猫，分别命名为"白猫王子"和"黑猫公主"。

梁实秋曾如此谈猫：

> 你若问我为什么爱猫，我也说不出道理，大抵娇小玲珑的动物都可爱。猫若是大得像一只老虎，我就不想摸他。猫一身的温柔滑润的毛，或长或短，摸上去非常舒服。有人养天竺鼠，有人养小乌龟，各有所好。
>
> 本来由我给猫买鱼，后来菁清看我不胜负荷，这份差事由她揽过去

梁实秋、韩菁清夫妇以及他们的"白猫王子"

了。给三只猫刷洗清洁喂药都是菁清的事，她甘之如饴，若没有她独任艰巨，我不可能养猫。

这里，梁实秋提及三只猫，那是在"白猫王子""黑猫公主"之后，又增加了"小花子"，称之为"花花公子"。

"小花子"原本是只野猫，白毛，大块的黑斑，耳朵是黑的，尾巴是黑的，背上疏疏落落的有三五大块黑，显著粗豪，但不难看，很脏，也很胖，也许本是家猫而被遗弃，也许它善于保养而猎食有道。

这只野猫忽然光临大楼门口，韩菁清看见了，动了恻隐之心，俯下身子摸摸这猫，怪可怜它，想收留这"流浪者"。可是，梁实秋却摇头。他的话也不无道理：

"我们家已经有'白猫王子'和'黑猫公主'，其饮食起居以及医药卫生之所需，已经使我们两个忙得团团转，如果善门大开，寒家之内势将喧宾夺主。"

韩菁清依他之言，"拿一钵鱼一盂水送到门口外，就像是在路边给过往行人'奉茶'的那个样子"。

"小花子"从此每天必来，领受那份"奉茶"。

忽然数日不见，"小花子"不知去向，韩菁清为它担忧。终于，它又出现在大楼前，"尾巴中间一截血淋淋的毛皮尽脱，露出一段细细的似断未断的骨头"。

菁清非常同情这只野猫，请它上楼，在自家门口给它"奉茶"，为它梳洗，还在门外放了一条棉絮，让"小花子"安身。

这么一来，"小花子"跟他与她越来越亲密。他最终取消"禁令"，让"小花子"进屋，成为家庭的新成员——尽管"白猫王子"曾对新朋友不逊，发出吼声。

从此，变成"五口之家"。菁清爱猫，也真巧，她原先有个"波斯猫"的雅号。

梁实秋很满意朋友们给菁清取的这个雅号，因为波斯猫白白胖胖很可爱。

在"白猫王子""黑猫公主"和"花花公子"之中，最得梁实秋宠爱的是"白猫王子"。

每年，当"白猫王子"的"生日"到来，梁实秋要为"他"（梁实秋向来以"他"称"白猫王子"，而不用"它"）写祝寿文章，载于报刊。这么一来，"白猫王子"的"名气"越来越大，成了台湾的"名猫"。特别是1980年台湾九歌出版社出版梁实秋的散文新创作集，以《白猫王子及其他》作为书名，封面上赫然印着"白猫王子"的彩照，可以说这只"名猫"出够了风头。

"白猫王子"最初的"小名"叫"野猫子"，在"他"1周岁的时候，梁实秋写了《白猫王子》一文：

> 白猫王子是菁清给它的封号……
>
> 白猫王子到我们家里来是很偶然的。
>
> 1978年3月30日，我的日记本上有这样的一句："菁清抱来一只小猫，家中将从此多事矣。"缘当日夜晚，风狂雨骤，菁清自外归来，发现一只很小很小的小猫局局缩缩地蹲在门外屋檐下，身上湿漉漉的，叫的声音细如游丝，她问左邻右舍这是谁家的猫，都说不知道，于是因缘凑合，这只小猫就成了我们家中的一员……

它浑身雪白（否则怎能赐以"白猫王子"之嘉名），两个耳朵是黄的，脑顶上是黄的中间分头路，尾巴是黄的。它的尾巴可有一点怪，短短的而且是弯曲的，里面的骨头是弯的，永远不能伸直。……

"白猫王子"的出生日期无从考证，梁实秋遂以"他"来到他家的那一天——3月30日——作为生日。

他们年年为"白猫王子"祝寿。梁实秋在《白猫王子五岁》一文中，这般写道：

　　"花如解语还多事，石不能言最可人。"猫相当解语，我们喊他一声"猫咪！""胖胖！"他就喵的一声。我耳聋，听不见他那细声细气的一声喵，但是我看见他一张嘴，腹部一起落，知道他是回答我们的招呼。他不会说话，但是菁清好像略通猫语，她能辨出猫的几种不同的鸣声。例如：他饿了，他要人给他开门，他要人给他打扫卫生设备，他因寂寞而感到烦躁，都有不同的声音发出来……

　　白猫倏已5岁，我们缘分不浅，同时我亦不免兴起春光易老之感。多少诗人词人唤取春留驻，而春不肯留！我们只好"片时欢乐且相亲"。愿我的猫长久享受他的鱼餐锦被，吃饱了就睡，睡足了就吃。

在"白猫王子"9岁那年，梁实秋又为之"祝寿"：

　　我家的白猫王子今年9岁了，他老早在我心目中是我家中的一员，不仅是宠物，资深的宠物到时候自然会升等。我如今不仅喜欢他，还尊重他。他要卧在哪里，就由他卧在哪里……

　　冬夜他喜欢钻进我的被窝，先是蜷伏脚下，继而渐渐上窜，终乃和我共枕而眠。

猫，成了他和她生活中不可缺少的一部分。尤其是在她一年一度回香港料

相敬如宾的梁实秋与韩菁清

理事务之际，照料猫的"重任"便由他来肩负。

　　韩菁清女士把梁实秋一封没有发出的信交给我——此信原是她去香港时他给她写的，只是当他正要发信时，她回来了，便没有发出。她未见到过，直到梁实秋去世之后的某一天，她找东西时，喜出望外地发现这封没有发出的信。

　　此信是日记式的，多处写及猫，从一个侧面反映他晚年的日常生活。征得韩菁清女士同意，将此信首次全文披露于下：

　　菁清：

　　　　你这回去港，一周才能回来，对我来说这段时间好长啊！我本不怕寂寞，这一回却觉得独居很不自在，也许是我老了吧？下面是我简单的日记。

　　　　3月11日星期一　你晚间匆匆出门，有一方形提包忘了拿。丘彦明[1]陪我去吃客家菜，其实是我陪她。吃了380元[2]。回家吃水果，她吃了一个大苹果，半个葡萄柚。看完电视新闻，我欠伸欲眠，她遂去。是夜我起来

　　————————————

[1] 台湾女作家，韩菁清请她来临时照看梁实秋。

[2] 指台币。

三次，照顾猫。鸡肝没买到，连日雨，摊贩未来。

3月12日星期二　早7点才起，头昏昏然。未食早点，11时剩鸭汤下面，果腹而已，三猫均乖。小花有些讨厌，但他很巴结我。小黑可怜。5点半陈秀英[1]来，说是你叫她来的，你不放心我，可是她一来把我打扫剩菜的计划全部打翻了。丘彦明又来了。三人去川园餐厅，吃了950元，剩牛腩打包带回，够吃两顿。8时散。

3月13日星期三　等林挺生未来，耗去我一上午。你有挂号信在邮局，天雨未去取。未吃早点，11时吃牛腩下面，剩下半碗汤，明天再吃。不知你在港如何，惦记得很。我看书无心，写稿也无趣，唯对空咄咄而已。陈秀英说："有事打电话给她。"我说："若能打电话，便是无事，若无电话，可能有事。"她大笑。

晚丘彦明又来，同去吃粤菜，虽不高明，尚新奇，未尝不可一试。吃了300元。丘彦明开门不慎，小花窜出，晚9时返回，大概是饿了……夜晚出去买鸡肝，仍未买到。冰箱里存鸡肝，十天也吃不完。小黑很合作，烤得焦焦的，它也吃。

3月14日星期四　连两夜大猫[2]陪我睡，他好乖。赴邮局取挂号信，不出所料是你的大同支票。雨一直未停，省我浇花。但是阴冷。大猫吐得一塌糊涂，不知是隔夜鱼不新鲜还是受凉。我心里好难过。午饭吃剩牛腩汤饭一大碗。晚陈秀英来，带来许多食物：

烤鸡一只（葱、酱、饼）

馅饼六个　泡菜两小包

自制肉燕[3]一包（可吃四次）　烤面条两盒（可吃两顿）

法国奶粉一罐　拉面一包

正要吃饭，丘彦明又来了，三人坐下来大吃一顿。看完电视新闻，陈秀英回家，丘彦明说要看电视剧，9点才走。

我打扫残局，伺候三猫，10时就寝。

---

[1] 台湾师范大学学生，福建籍。

[2] 即"白猫王子"。

[3] 即福建风味的燕皮馄饨。

3月15日星期五　早起吃馅饼一个，肉燕五枚。今天是你去港第五天了，也许晚上有希望能看见你回来。

　　煮鱼，几乎烧焦！午饭吃馅饼一个，肉燕十枚，打扫剩余葡萄。

　　小花不吃隔夜鱼，大猫替他吃光。小黑突然失踪五小时，后来听到声音，她原来藏在浴室洗脸盆下柜橱内。太淘气了！

　　晚正准备饭，丘彦明来了。去吃半分利[1]，300元，同去买鸡肝，60元。她送我回家而去。卖鸡肝的问"梁太太如何没来？"等你到9点，你没来，锁门睡觉。

　　3月16日星期六　晴，上和平东路菜市场买猫鱼480元，笋及豆皮120元，又为小黑买鱼干二两60元。我希望你今天回来，准备了一锅发菜等你来吃。

　　哈哈！《我总有一天等到你！》[2]。你今天回来了，我好高兴。我今夜要平平安安地睡一大觉！

秋秋

七四、三、十六夜

　　这封梁实秋的没有发出的信，生动地勾画着他对妻子小别（不过6天而已）的殷切思念，而且篇篇日记都提及"家庭成员"——那三只猫。

　　写这封信时——1985年——他和她的结合已经10个年头了。

别离33载终于父女相会

　　秋公八十春不老，

---

[1] 指他家附近的"半分利"小吃店。

[2] 这是韩菁清过去常唱的一支歌。

敦厚温柔国之宝。

雅舍文光垂宇宙，

窗前喜伴青青草。

　　这是作家彭歌（姚明）写的祝寿诗。梁实秋度过了八十大寿。那"窗前喜伴青青草"，当然指的是韩菁清。

　　有了"亲亲"，他的晚年生活舒畅安定。然而，乡思乡愁常常困扰着他。年老之际，叶落归根之念日重，他思念故乡北京，思念阔别多年的儿女。他曾填词，抒发心意：

平生意气销磨尽，

双鬓压青霜。

谁知我者？

古典头脑，浪漫心肠。

自从丧乱，

几番指点，

梁实秋"喜伴青青草"

橘绿橙黄。

归期难得，

鲈莼休想，

且共倾觞。

尽管"归期难得"，毕竟中美《上海公报》发表，大陆子女可以写信到美国文蔷处，由那里转台湾，终于互通信息。他巴望着一晤子女。

最初，这位文坛耆宿竟然不认识女儿文茜信中的字，因为文茜在大陆习惯了简体字。他不得不写信给文茜，请她学写繁体字。

他，并不知道女儿文茜正处于人生的低谷之中，艰难困顿之极。

1948年12月13日，对于梁文茜来说，是一个永远难忘的日子。北京已经处于大动荡之中，包围圈已经形成。梁实秋仓促登上火车离京前往天津，由那里坐船转往上海。文茜不愿放弃学业，何况她已结婚，于是决定留在北京。她在火车站送父亲。如她所回忆的那样：

爸爸含泪隔着火车的窗户对我招手，只说了一句"保重"，隔着眼镜我也看见爸爸眼睛红红的流下泪珠。火车开动了，越走越快，这时我忽然想起还有一句话要说，便拼命地跑啊跑啊追火车，赶上去大声喊："爸爸你胃不好，以后不要多喝酒啊！"爸爸大声回答说："知道了。"火车越走越远，一丝青烟，冉冉南去……

原以为只是短暂的分离，几个月而已，谁料从此人生不相见，"山远水远人远，音信难托"。一道海峡阻断了父女相见之路，鱼雁绝，音信杳无。

1950年，文茜从北京大学法律系毕业，担任法院的审判员。最初，她的心情是舒畅的，她的日子是舒坦的。

在大陆，阶级斗争的弦不断地拧紧。梁实秋的名声变得越来越臭，诸如"反动文人""丧家的资本家的乏走狗""资产阶级作家"，等等。作为梁实秋的女儿，文茜也随之贬值。

1957年，梁文茜被划入"资产阶级右派分子"之列。这顶帽子使她再也

梁实秋（后排右二）和学生在船上留影

无法留在法院的审判员席位上，她被弄到房屋管理局去当会计——做着与法律专业毫不相干的工作。

就连她的丈夫王立也受到株连，他原是1937年加入中国共产党的老资格干部，也被开除了党籍。

"文革"狂澜乍起，中国大陆陷入了一场空前的浩劫之中，梁实秋的女儿，"理所当然"成为红卫兵"革命"的对象。她从北京被赶到丈夫老家——河北省安国县农村——成了种田、养猪的农民，连一分钱的工资也没有。

1971年，由于丈夫王立在北京半身不遂，需要人照料，她这才获准回京照料丈夫。这时的她，不仅成了"无业游民"，而且连北京市的户口都没有，成了"黑人"。

正在这样的人生低谷之中，忽然收到父亲的信，她在欣喜之余，双眉又紧锁——她不能不把父亲的来信列为"绝密"，因为父亲名声之"臭"众所周知，张扬出去说不定又会给她带来新的灾难。

她不得不关照父亲，写给她的信，信封上均写"王政收"。王政，她的儿子，梁实秋的外孙。

生怕父亲的海外来鸿会丢失，她常常站在街上等候绿衣人的到来，以便从邮差（大陆叫邮递员）手中接过父亲的信。

她给父亲的信中总是说"我一切都好"，他居然也以为长女"一切都好"。

直至 1976 年 10 月，大陆发生了"十月革命"，终于给那十年浩劫画上了休止符，梁文茜的日子这才慢慢好起来。

"梁实秋"在大陆不再是可怕的名字，中国大陆出版的《中国文学家辞典》，在印行"征求意见稿"时不见梁实秋的名字，而公开、正式出版时列入了"梁实秋"条目。不仅梁实秋主编的各种英汉辞典出现在大陆书店里，而且他的作品也开始在大陆印行。

随着梁实秋的名声在大陆日渐由"臭"到"香"，作为梁实秋的长女，也慢慢由"臭"到"香"，历尽艰辛困苦的梁文茜，终于学以致用，在北京出任副主任律师，负责海外经济方面的律师工作。

再也用不着提心吊胆地在街头等信了。往日，人们在背后指着她的脊梁，用鄙夷的口气说："瞧，那就是梁实秋的女儿！"如今她出席各种会议，主持者用尊敬的口气当众介绍说："这位是台湾著名作家梁实秋先生的女公子。"

星换斗移，"梁实秋的女儿"由"贬值"转向"升值"了。堂堂正正，手持父亲梁实秋的亲笔信，梁文茜前去办理出国探亲手续——梁实秋渴望一晤长女，韩菁清也为安排父女会面出了大力。

1982 年夏初，梁实秋从台北飞往美国西雅图。不久，文茜由北京飞抵那里。

一晃，33 年。22 岁的文茜姑娘，已成了 55 岁的"初级老太婆"。

父女阔别重逢，文茜见到父亲，惊诧道："父亲，你一点也不显老！"

文茜知道这是韩菁清细心照料之功，给韩菁清写去热情的信。虽然文茜年纪比她大，但文茜亲热地喊她"妈妈"。

文茜真诚地说道："妈妈，谢谢你无微不至地关怀爸爸。爸爸变得好年轻哟。我感谢你！如果我的生母在天之灵知道你使爸爸的晚年如此美满，也一定会深深感谢你。"

文茜说的是心里话。文茜的话，使韩菁清得到莫大的宽慰。

见到了文茜，使梁实秋益发思念故乡北京，期

梁文茜

望有朝一日重饮故乡的豆汁儿，重游北京东安市场、太庙、厂甸……乡思萦绕在他的心头。

后来文茜回忆：

> 30多年的离别之苦，一时就化为流着眼泪的欢乐……爸爸已经是80多岁的老人，远涉重洋由台北到西雅图，坐十几个小时的飞机，但他精神还那么好，依然是早起遛弯儿看报，晚上9点以前必上床看书就寝，我暗暗祝福老人家健康长寿。我带给他一幅老舍夫人写的"健康是福"四个大字，他很喜欢，拿回台湾在《联合报》上刊出了。短短两周时间，转眼即逝，这次却是爸爸送我上飞机。飞机快起飞了，我们像有许多话哽在喉头说不出来。爸爸一直送我到机舱门口，再不能进去了，他手扶着飞机门框，又沉重地对我说了一句"保重"。这是我最后听见爸爸的声音，充满了感情的声音，我永远不能忘记的声音。

从西雅图归来，韩菁清发觉梁实秋的心境格外好，因为他终于见到了日夜思念的长女，了却一桩心事。

爱的传奇

1985年5月9日，梁实秋和韩菁清在欢呼雀跃中度过这一天——他们传奇式的婚姻10周年纪念日。台湾的报纸纷纷发表文章，庆贺他们以坚实、稳固的爱战胜了10年前满城流言飞语。他们的爱，经受住了时间的严峻考验。

82岁的他给菁清写下了这样的话，回顾10年爱的历程：

> 我首先告诉你，自从十年前在华美一晤，我就爱你，到如今进入第十个年头，我依然爱你……十年来你对我的爱，对我的照顾，对我的宽容，

对我的欣赏，对我所作的牺牲，我十分感激你……菁清，愿你幸福长寿！

他的爱，始终如一，他感谢韩菁清"对我所作的牺牲"。确实如此，这"牺牲"二字，高度概括了他对韩菁清的赞颂和挚爱。

暮年之中的他，听力日衰。韩菁清求助于电话公司，给他装了特殊的设备：一来电话，家里所有的灯都会随着铃声而连连闪烁，听不明而看得清的他见到灯光"信号"，便去接电话。电话的耳机上也装着扩音设备，使他得以听清。

步入晚年的梁实秋，却在韩菁清的精心照料之下，笔耕不辍，"著作无虚日"，迎来一生的著作高峰期。

梁实秋的散文，别具一格。用台湾关国煊先生的评语来说，他的散文"温柔敦厚，谑而不虐，谈言微中，发人深省"（《梁实秋先生传略》，载台湾《传记文学》第51卷第6期）。

在我看来，他的散文大都具有"十"字形结构，即纵线（古今）与横线（中外）交错，他信笔而写，往往从古时候如何如何，忽地跃到现今怎样怎样，又

梁实秋与韩菁清在台北家中

从北京如何、台北如何，再道及美国怎样、英国怎样。如此这般纵横捭阖，却又是那样自然，这是由于梁实秋具备了丰富的阅历和广博的学识：

一、漫长的人生，经历了多种历史时代；

二、有着中国大陆和台湾以及美国"三度空间"生活经验；

三、幼时打下良好的中国古文基础；

四、精通英语，熟知西方文化。

他学贯中西，博览古今，写起散文来自然而然纵横交贯，形成自己独有的特色。

他的《雅舍小品》是他的散文代表作，第一集出版于1949年（写于1939年），续集出版于1973年。倘从写作时间来算，前两集时间跨度为24年。

步入暮年，他写出第三集（出版于1982年）和第四集（出版于1986年），表明他虽年已耄耋，文思却非常活跃。

据韩菁清告诉我，梁实秋写文章（包括《雅舍小品》）一般是不打草稿的。他事先构思，打好腹稿，然后一气呵成。他的文稿字迹清楚，一般在写毕后，个别处做点小修改，便可送去发表。他写作散文，颇为欣赏苏东坡的几句话，即行文"如行云流水，初无定质，但常行于所当行，常止于不可不止，文理自然，姿态横生"。

迟暮之年的他，倦于应酬，而且糖尿病日重，力避甜食，却在纸上设宴，写起《雅舍谈吃》。

也许因为梁实秋的父亲跟北京厚德福饭庄掌柜陈莲堂先生有过深情厚谊，梁实秋从小便受中国饮食文化的熏陶。厚德福饭庄是北京前门大栅栏附近的老牌河南馆子，生意兴隆之后，在上海、洛阳、西安、青岛、重庆、香港等地方开设分号。梁实秋的父亲是厚德福饭庄老主顾，于是，梁实秋耳濡目染，也就精于饮食之道，成为美食家。

《雅舍谈吃》并非"菜谱说明"，而是梁实秋熔历史、文化、食道、知识于一炉，篇篇皆小品，是梁实秋"吃"的回忆录。晚年能有这样的兴致，津津乐道于"吃"的文化，倒是反映出他心境的宽松和心情的愉悦。

他还写了《雅舍杂文》以及《雅舍散文》上、下集。

他从他和韩菁清的名字中各取一个字，写出《清秋琐记》。那一段段窠语，是一段段散文"小小品"（载台湾《联合文学》1987年第5期）。

他晚年的浩大工程，乃是致力于写作近200万字的《英国文学史》，分三卷，由林挺生的"协志工业丛书出版有限公司"印行。另外，还编成与之配套的三大卷《英国文学选》，前后耗时七载有余。诚如他在《英国文学选》序言中所写："迟暮之年，独荷艰巨，诚然是自不量力。历时七载有余，勉强终篇，如释重负。"

他写这套巨著，原因在于："我在学校讲授过几遍英国文学史，累积了若干讲义札记，久已想加整理，编写为一部中文的英国文学史……"

一位年逾古稀的老人，能完成如此浩大的工程，不能不归功于那"传奇的恋爱"。

他壮心不已。在完成了用中文写《英国文学史》和编《英国文学选》之后，还要着手另一浩大工程：用英文写《中国文学史》和编《中国文学选》。

1986年10月，刊登在香港《星岛晚报》上的一篇文章，使他兴奋不已。那是上海老作家柯灵写的《回首灯火阑珊处》（《中国现代序跋丛书——散文卷》导言），文中为半个世纪前对梁实秋进行的"抗战无关论"的错误批判予以平反。这清楚表明，大陆对于梁实秋，正在实事求是地给予公正的评价。不久，他对台湾《联合文学》主编丘彦明发表的谈话《岂有文章惊海内》做出了反应："最近在报纸上看到柯灵先生为文给我的'抗战无关论'的罪名作了平反，实在不胜感激。平反也者，是为冤狱翻案，是为误判纠正，当然是好事……"（见台湾《联合文学》第3卷第7期）。

柯灵是资深的中共党员，中国作家协会上海分会副主席。1978年，第一个在香港《新晚报》上发表《怀傅雷》一文，公开为傅雷拂去历史的冤尘的，也是他。此后，他又第一个站出来，为定居美国，原在上海的女作家张爱玲讲了一番公正话。当然，柯灵的文章虽是以个人名义发表的，但也不全然是代表他个人的意思。他为梁实秋的"抗战无关论"平反，在大陆及海外反响颇为强烈。据柯灵告诉我，据他所闻，大陆文学界除了一个人对他的文章表示

柯灵

事实上，时过境迁之后，梁实秋早已放下与鲁迅的恩怨，梁、周两家达成和解。图为梁实秋、韩菁清夫妇与鲁迅孙子周令飞夫妇

保留不同看法之外，其余的人差不多都赞成替梁实秋的"抗战无关论"平反。

柯灵的文章，表明大陆在一定程度上为梁实秋恢复名誉。

白先勇先生在 1987 年 11 月 4 日的台湾《联合报》上，也曾这样说："前不久，我到中国大陆，有人特别提及，现在中国大陆已经开始研究梁先生的作品了。以前因为他与鲁迅吵过架，对他很压抑。"

梁实秋的作品在大陆开禁，对他的评价也在重新估量，这无疑使梁实秋坐在书房里更加舒心，埋头于创作新作……

第八章

长相思　泪难干

生死边缘

生而老，老而病，病而死——这"生、老、病、死"乃大自然的规律，无人能够例外。梁实秋垂垂老矣。

1987 年 1 月 7 日，台湾报纸刊载朱孝慈的报道以及陈义雄所摄梁实秋、韩菁清近影。这是梁实秋最后一次庆寿。

报道全文如下：

愿年年有今天岁岁有今朝

梁实秋欢度 86 大寿

"愿年年有今天，岁岁有今朝"，梁实秋教授 6 日欢度 86 大寿。夫人韩菁清女士与梁教授手心连着手心，共同许下了心愿。

梁实秋教授的寿诞是腊八，即农历十二月八日，文艺界人士胡品清教授、蔡文甫夫妇、董阳孜女士、朱白水、杨小云女士、痖弦、胡有瑞女士、张宝琴女士、高信疆夫妇、范我存等多人在环亚饭店为梁实秋教授暖寿。

梁教授在生日会上幽默地说："最近一年进步很多，原来别人讲话听不见，现在自己讲话也听不见了。"引来一阵笑声，不过随后他补充说："可以听见一点自己说的话，也可以听到别人讲话了。"

韩菁清女士说，梁教授近年来仍维持每天早起写稿五小时的习惯。

报道中所说"86 大寿"，实际上是"84 大寿"。

已经垂垂老矣的他，不愿人家称他"梁老、梁翁、梁公"。他反驳说："在英语之中，哪有称人'oldmister'（老先生）的？"

虽说他不喜欢"老"字，但是他毕竟老了，头晕，腿痛，种种老态日渐显露。

他亦不时言老了：

韩菁清（左四）与朋友一起为梁实秋（左三）庆寿

　　我想人的一生，由动物变成植物，由植物变成矿物，亘古如斯，其谁能免？！

　　每年我看秋天的枫叶，我心里就难过。红叶即是白头，死亡的现象。不过树木还有明年的新生，人则只活一辈子而已。

梁实秋读起郭璞的《葬书》、司马光的《葬论》来了，写了《风水》一文，收于《雅舍小品》第四集，谈及了葬地：

　　葬地最好是在比较高亢的地方，因为低湿的地方容易积水，对于死者骸骨不利；如果地势开阔爽朗，作为阴宅，子孙看着也会觉得心安……

他已经意识到来日不多，预立遗嘱，只是悄然而写，连韩菁清也不知道。对镜自顾，他写下"老之将至"之诗：

　　好花插瓶供，

　　岁岁妍如新。

可怜镜中我，

不似去年人。

最令人毛骨悚然的话，是1986年12月26日，他对来台看望他的女儿文蔷所说：

> 人在沙漠中饥渴至死前，躺在沙中，仰望天空中徘徊翱翔的兀鹰，在等他死后，来吃他的尸体……

他，仿佛已经见到兀鹰在自己的头顶上盘旋。

不仅他自己意识到生命的列车已经接近终点，记者们也看到了这一点。记者们抓紧机会上门访问，挖掘他头脑中丰富的历史矿藏，以给后人留下珍贵的回忆。他却力避记者，把记者们嘲为"鹰派"。

不过，记者真的上门了，他还是给予热情的接待。虽说他知道这样的采访，是为了在他身后留点纪念文字，他的心境是不愉快的，然而他不得不承认，自

本书作者叶永烈夫妇在青岛梁实秋旧居凭吊。梁实秋的二女儿梁文蔷就出生在这里

己确实已经日薄西山。

　　果真，在他离世之后，一批这样的文字便见于报刊。此处摘录 1987 年 11 月 4 日台湾《中央日报》所载林慧峰的专访《洋溢书香的默片——梁实秋最后访问记》，是处于"最后"日子里的梁实秋的一幅生动的剪影：

　　　　梁先生家在二楼，我们登上楼梯，铁门锁着，但里层木门早已开妥，梅新隔着铁栅门夸张地挥舞着双臂好吸引视力衰退的梁先生开门。梁先生原已端坐在正对门口的沙发"待命"，看到梅新的手势，笑眯眯地缓步趋前。才开了门，开场白便溜口而出：

　　　　"我的耳朵不行啦，脚也不行，人老了，机器也该坏了！"

　　　　我们知道他近年发过糖尿病，身子不比从前，顾左右而言他，都说他看起来"气色挺好"。

　　　　他反应极快，一下子戳破真相："什么都不好啰，只好说'气色好'——看看我，一口气还在嘛，怎么能不好？"梁先生幽默解语，赤子心情犹在，也加入我们的笑声，享受他自己制造的笑料。

　　　　我们一眼瞥见了电话机旁矗立的庞大照明灯，对它的用途十分狐疑。梁先生指指自己耳朵："电话响了，我听了只像远方的嗡嗡声，装了这个，铃响了就亮灯，不必朋友久等，怠慢人家。"他不但特设了"信号灯"，话筒及耳腔都装了扩音器，但仍只是"聊胜于无"而已。

　　　　梁先生晚年的生活真正有如默片。

　　　　梁先生明白我们的来意后，颇觉"来者不善"，顺着话题"数说"了几位文化界的朋友。他说，自从行动不便以来，访问、座谈、演讲、餐会，一概婉拒。尤其是餐宴，二三人小叙犹可，十几二十人围坐一桌子，耗上三四个钟头，他的腰、腿全挺不住，他不管那叫"吃饭"，得叫"受活罪"。

　　　　另外，虽说婉拒一切访谈，新闻界、文化圈内熟朋友太多，有时也难免自愿"受骗上当"。

　　　　有一次，时报的季季就随同梁先生一位忘年之交登门拜访。"无事不登三宝殿"，季季扎扎实实准备了 20 道题"考"梁先生。梁先生援例"声明"不接受访问，但是他却"肯"说。

隔几天，季季整理了洋洋洒洒数千言上了报。恶例一开，梁先生不免"晚景堪忧"，联合报的丘彦明、新闻局的丘秀芷全找上门了。这些也全是他的好朋友，禁不住一再"蘑菇"，或写或说，他也全应命交差了。当天，面对梅新的央求，梁先生打了个譬喻："我现在好比老母牛，没奶水了，你们还要拼命挤，很痛啊！"而且除了疼痛，梁先生说还有老母牛"失节"的感觉。

　　梁先生说，年纪大了，很少出门，除了新闻界的朋友之外，偶尔造访的大半是忘年之交，60岁以上的老朋友，恐怕也都老得走不动了。梁先生对待朋友概不分年龄、阶层，"来者即为友"，也从不把自己定位为"长辈"。这是他交友的秘诀。至于禁忌呢？他"郑重"地说："少交新闻界的朋友！"

老态龙钟的梁实秋，自称"老牛破车"（1987年8月致《中国时报》编者函）。

这位"著作超身"的老作家，其最后的译作，竟是《生死边缘》。

那是美国女作家马克·帕丁金（Mark Patinkin）在1987年5月21日美国西雅图《泰旺士报》上发表的一篇文章，原标题是 A Edge of Death，梁实秋很喜欢这篇马克·帕丁金的新作，译成中文，标题为《生死边缘》。

其实，译这篇作品之际，译者正处于"生死边缘"！

他还自嘲"老掉牙"：1987年春节初一（阳历1月29日），咔嚓一声，他在吃饭时掉了一颗门牙（假牙），大年初一便"老掉牙"，他自以为不是吉兆，尽管他向来并不迷信。

对于他来说，1987年是艰难的一关。

他在1987年2月7日曾说："卜者谓'（19）86是一关'，我正在过关。"

其实，1987年他84岁。而卜者所言，也并非"（19）86是一关"，恰恰是"84是一关"。

卜者所言，倒也有根有据。常言道："73是一关，84是一关。"

其根据是：

孔夫子生于公元前551年，死于公元前479年，终年72岁，以虚龄计73岁。

孟子生于公元前372年，死于公元前289年，终年83岁，以虚龄计84岁。

于是，中国自古传言："73是一关，84是一关。"

梁实秋面临着人生的"关"。

大约是日日逼近"生死边缘"，韩菁清在夜深人静时，常常听见梁实秋在说梦话。

使韩菁清惊讶的是，"教授"梦中呼喊的人的名字，都是早已故世者。最先是常喊妈妈。后来，她听见他喊"俞珊"。俞珊，赵太侔之妻，"南国社"的著名演员。梁实秋曾说"赵太侔是一个整天不说话的奇人"（见《谈闻一多》），与他有过同窗之谊。在青岛时，赵太侔是他的密友之一。赵太侔之妻俞珊的弟弟，便是俞启威（后来改名黄敬），俞启威即江青的第一个丈夫。梁实秋记得，江青曾向他借过两角钱买酒心巧克力，借去之后未曾还过……

她听见他喊"业雅"。业雅，即龚业雅，《雅舍小品》之"雅"，便来自龚业雅的名字。正因为这样，《雅舍小品》的《序》，便出自龚业雅之手。龚业雅是梁实秋妹妹亚紫的同学。

他还听见他喊"季淑"。他深深地怀念前妻。每年4月30日，亦即程季淑的祭日，他总要写诗、写词悼念前妻。程季淑12周年祭日，他写的《长相思》，最为感人：

梁实秋与原配夫人程季淑

长相思，在天边，当年手植山杜鹃，红葩簇发倚阑干。花开花谢十二度，无由携手仔细看。

槐园州绿应依然，岁月催我亦头颁，往事如云又如烟。梦中相见无一语，空留衾枕不胜寒。

长相思，泪难干。

他既深深地怀念前妻程季淑，又深深地爱着续弦韩菁清。他是一个很重感情、忠于爱情的人。他的这种怀念前妻之情，与他对韩菁清的挚爱，其实是一种统一的感情。

韩菁清听到最多的，是他在梦中不断呼唤着"妈妈，妈妈"……

他在梦中不断呼唤着已经到了另一个世界的人的名字，似乎表明他不久也要到那个世界去了……

历史的遗憾

就在梁实秋在梦境中不断呼唤故人的时候，落叶归根，思念故乡之情，也不断袭上他垂暮的心头。"羁鸟恋旧林，池鱼思故渊"，当年，陶渊明也是怀着"田园将芜，胡不归"的思乡之情，写下这样的诗句。

梁实秋怀念北京内务部街的故居，怀念自己的旧家园。他发出这样的感叹："纵使我能回去探视旧居，恐怕我将认不得房子，而房子恐怕也认不得我了。"

梁实秋怀念北京的豆汁儿——这种"与阶级无关"的土产。"我小时候在夏天喝豆汁儿，是先脱光脊梁，然后才喝，等到汗落再穿上衣服。"他给文茜去信："给我带点豆汁儿来！"

我的天，豆汁儿可不像可口可乐，没有罐装、瓶装的，怎么带？

梁实秋想吃良乡栗子、金华火腿、北京烤鸭、正阳楼的烧饼……

人谁不爱自己的家乡！然而，如王勃《寒夜怀友》所说："故人故情怀故宴，相望相思不相见。”

他欣喜得知，台湾即将"开禁"——他期待着这一天的到来，他和韩菁清商量着赴大陆探亲的计划。

柯灵的文章，使他回大陆一走的愿望更为强烈。他期待着去北京一晤老朋友谢冰心，一晤老舍夫人胡絜青。他希望韩菁清为他打前站。韩菁清呢，她也收到了来自大陆的侄子、侄女（哥哥韩德厚子女）的信，同样希冀一晤久别的亲人。

终于，历史性的一天到来了——1987年11月2日，台湾宣布开放民众赴大陆探亲。

这真是历史的遗憾：久久地盼望着这一天的梁实秋，在11月1日突然发病，11月3日死于医疗事故！令人震惊的是，1974年程季淑故后，他飞抵台湾，也正是11月3日！

就在发病的前一天，他还好好的。那天，10月31日，是农历重阳节，韩菁清的生日，他邀儿子文骐一起吃饭，为她庆寿。文骐在1949年冬，原已随父亲来到广州，由于他当时已考上北京大学农学院，舍不得学业，还是回北京去了。从此，他与父母、妹妹长别离。后来，他转往北京大学教育系学习。大陆"文革"之后，他与父亲取得联系，遂前往美国留学，不久前，由美来台。这样，梁实秋晚年，又得一宽慰。

11月1日上午，他应香港友人之请，提笔写了一幅字：

梁实秋墨迹

罷釣歸來不繫船 江村月落正堪眠 縱然一夜風吹去 只在蘆花淺水邊

恭巔先生厲書 庚辰暮春 梁實秋

187

楼阁烟云里，

山河锦绣中。

何如春柳月，

犹忆岁月松。

文章推后辈，

风雅激颓波。

他那特有的"梁体"书法，还是那样遒劲有力。

只是昨夜起拉肚子，原定这天赴《联合文学》新人奖颁奖典礼及邀宴，未能出席。

下午5时，他接待了来访的作家无名氏夫妇。

夜，韩菁清去理发店洗头，因为她已预订机票，12月2日要去香港一趟。11时，他突然感到心脏不适，而韩菁清尚在理发店，他赶紧给儿子文骐挂电话："快来，心脏不好！"

住在台北南港的文骐急急赶至四维路康桥大厦，梁实秋勉强支撑着给他开门，文骐赶紧让他平卧休息。

文骐来台北不久，不知道送哪儿抢救。于是，写下字条问父亲："哪儿可找到医院？"

梁实秋摇头。

这时，正值韩菁清归来，一看情况紧急，立即到附近洪内科。洪大夫来诊视后，拨通"119"。俄顷，救护车赶来，梁实秋被送往台北中心诊所，诊所电召黄大为医师。

经黄医师诊断，认为是"心肌梗塞"，发出"病危通知"，送入加护病房620室。病室里有两张床，梁实秋住靠里的一张A床，另一张B床无人，空着。

当时，洪大夫以为，梁实秋病况的危险性大约是10%~15%。黄大为也以为大致如此，估计住院一两个星期，便可出院回家。

住院后，护士往梁实秋鼻孔中插入两根小的氧气导管。韩菁清和文骐连夜看护他。

翌日，他仿佛已有不祥的预感。韩菁清本来在这天飞往香港，因他病重，退掉了机票，在医院陪他。

他轻声对她说："回家后，把007号皮箱打开。"

她不知他说这话何意，婚后，她仍保持原先的习惯，把家中的箱子编号。"007号"箱子是平常不大用的，他忽然要她打开"007号"箱子，干什么呢？

傍晚，韩菁清和丘彦明一起来到中心诊所病房。那时，梁实秋精神尚可。报载丘彦明获得"金鼎奖"的消息，丘彦明把报纸递给梁实秋。此时的他，仍不失幽默感，对丘彦明道："你得了金鼎奖，我得了'心脏奖'！"

他又对韩菁清深情地说："菁清，我对不起你，怕是不能陪你了！"

韩菁清连忙劝他别胡思乱想，他却又多次重复这句话。

韩菁清和丘彦明未吃晚饭，她俩外出，到隔壁随便吃了点东西充饥。

她俩离开的时间不长，刚回到620房，他便对韩菁清说："小娃，你们到哪里去了？我恐怕靠不住了！"

他说了她俩离开后的情况：大夫来了，给他插了导尿管，说他排尿出了故障；又照了X光，说肺部有些模糊，因为发觉他痰中有血——其实，他痰中带血已有一个来月；还量了血压，偏低，约47—49。

看来病情转重。韩菁清、梁文骐、丘彦明当即商定：此夜，由韩菁清、梁文骐守护，明晨6时丘彦明来接班。

病到这地步，梁实秋还牵挂家中的猫，生怕韩菁清回家晚了，会饿坏那绿眼珠的"王子"和"公主"。

午夜之后，梁实秋出汗，睡眠不安，医生断定是缺氧所致，于是给以小型氧气面罩。但是这个面罩紧贴鼻口，梁实秋觉得不适，经韩菁清、梁文骐向院方交涉，改换大型面罩，病者这才稍安，竖起大拇指称好。

清早，丘彦明前来接班，这时，梁实秋正在熟睡，还打呼噜。

韩菁清回家喂猫食。她给丘彦明打来电话，说她不离电话左右，随时保持联络。

6时50分，护士来量脉搏，他看上

梁实秋音容笑貌

189

去还正常。

7时20分，他突然全身扭动，甚为不适。

关于他生命的最后时刻，当时正在现场的丘彦明，在1987年11月5日台湾《联合报》上发表《今我往矣，雨雪霏霏——记梁实秋教授最后的医院生涯》一文，是这样记述的：

> 7时20分，梁先生突然不安地动起来，文骐大哥和我立即趋前。他比了个手势我们马上递上纸笔，他写了字，我们怎么也看不懂。梁大哥说，好像是"救我"，可实在不懂他的意思，问他又说不出，终于他扭动得受不了，双手把氧气罩提高大叫："大量的氧气，我要大量的氧气！"忙呼了医生、护士来，他们说氧气已是最大极限，可是梁先生仍狂喊："我要死了！""给我大量的氧气！"声音凄惨，闻之不忍。梁大哥大嚷："你们没更大的氧气设备吗？"医生一看情形不对，立刻开始搬来急救的设备和更大氧气筒，并忙着准备调换床位[1]才能使用更大的氧气急救设备。一切在急乱之中，护士四五个，医生两三个，忙进忙出，这边小氧气管摘掉，立刻推到另一床位置要接大氧气筒。就在这时，梁先生心跳停止了，时间是7时30分，立刻电击，又恢复心律，并做了人工呼吸，这时梁太太接到电话赶来，40分再次电击，45分第三次电击，任什么也挽救不回来了。梁先生永远离开了。待刘真校长夫妇、林挺生先生赶到，已迟了一步，但幸梁太太、梁大哥均在身畔……

医生正式宣布梁实秋死亡的时间，是8时20分。

人去灯灭。梁实秋漫长的84个春秋人生之旅，至此画上了句号。

---

[1] 即从A床换到B床。

黄叶飘零　悲秋凄凄

梁实秋临终嘱咐韩菁清，回家启开"007号"箱。

那箱子里放着什么呢?

正沉浸于丧夫之痛的韩菁清打开"007号"箱，顿时明白了：原来，箱子里存放着他的遗嘱。

那遗嘱，是他早在1984年便已预先写好的，全文如下：

我的遗书

余故后，关于治丧之事，一切从简。

一、不组治丧委员会。

二、不发讣闻，不登报。

三、不举行公祭，不收奠仪，不举行任何宗教仪式。

唯盼速速办理埋葬手续，觅地埋葬，选台北近郊坟山高地为宜，地势要高，交通要便。墓前树碑，书"梁实秋之墓"五个大字，由吾妻菁清书写（放大）并署名。棺木中等即可，不需浪费。一切事宜均由吾妻做主，事务方面可烦我的朋友陈秀英女士、刘锡炳先生、朱良箴先生等费心出力，九泉之下铭感而已。丧事毕后，菁清收拾我的遗物，择其比较完好者酌赠我的朋友们以为纪念。

余一生赖舌耕笔耕为生，几经播迁，储蓄甚少，储存在美国者，由女文蔷负责按照余之意愿分给余之二女一子，储存在台湾者，扣除丧葬费用之外，少数赠予吾妻菁清。划分清楚，各不相涉，深信我之子女及吾妻菁清必能善体吾意。至于著作版税，微薄不足道。远东出版之《雅舍小品》中英对照本及《槐园梦忆》二书版税由文蔷领取，子女三人均分。正中书局出版之《雅舍小品》及各续集与《雅舍杂文》，时报出版公司出版之《梁实秋论文学》《梁实秋札记》二书，皇冠即将出版之《看云集》及《雅舍译丛》二书，版税均由菁清领取使用，此外余一无所有矣。

劳劳一生，命终奄忽，草此遗嘱，不胜凄怆，愿吾子女及吾妻菁清善自珍摄，勿伤悼也。

梁实秋遗嘱

七三、七、二十五台北寓所

韩菁清读罢，泪若泉涌。他写这份遗嘱时，正值她去香港，所以她一直毫无所知。

在"007号"箱内，还有两封信，一封给韩菁清，一封给儿子文骐。

给韩菁清的信，是在遗嘱的前一天写的，这封信，其实也是临终遗言式的。其中有两小段，是前文中提及过的：

清清：

你现在到香港去了，我独居寂寞，瞻前顾后，愁思百结。有些事我要告诉你。

我首先告诉你，自从十年前在华美一晤我就爱你，到如今进入第十个年头，我依然爱你。我故后，你不必悲伤，因为我先你而去是我们早就料到的事。我对你没有什么不放心，我知道你能独立奋斗生存，你会安排你认为最好的生活方式。但是我还有几件事要嘱咐你：

一、对人宽厚是你的长处，但你不可过于热心，对人不可一见如故，以免吃亏上当。二、晚睡晚起的习惯，会与社会交往造成不便，能稍矫正就好。

留下一些存款你如何处理，任随你意，我无意见，身后只余此小小数目，我很抱愧云。

十年来你对我的爱，对我的照顾，对我的宽容，对我的欣赏，对我所作的牺牲，我十分感激你。

虽然琴瑟相谐，但梁实秋还是预先写好了给韩菁清的遗言

我故后，我们的两只猫，无论如何困难，你要照顾它们，一如照顾我们俩亲生的孩子，我知道这是不需要我吩咐的。

　　清清，愿你幸福长乐！

秋秋留言

七三、七、二十四

　　附给文骐一函，盼我故后转交。七四、十一、卅补记。

他留给文骐的遗言，是过了一年以后写的。信中，他对儿子谈及了他对韩菁清的看法：

文骐：

　　我因为年事已高，趁神志尚清，预留此函给你。我一生鲜有积聚，汝能自立，我心良慰。年来稍事储蓄，仅为防老。一部分存在美国，一部分存在台湾。在美国的一部分，分赠你们同胞三人，已经吩咐文蔷于我故后按照我的意思执行，戋戋之数，聊做纪念。在台湾的一部分，我遗赠汝继母菁清，作为她日后生活费用之一助。菁清为人忠厚，对我晚年照拂甚至，我甚心感，我故后盼善事之，无贻我忧。关于治丧问题，当由菁清做主，汝可从旁襄助之，其处理原则已另嘱菁清注意，不外一切从俭，不发讣闻，不开吊，不收礼，不组治丧委员会，不开追悼会，死欲速朽，何用铺张。至于我的版税问题，为数甚微，远东微有若干版税，划归文蔷，正中版税则给菁清，其他如九歌出版社及皇冠出版社则汝收受之。

　　汝半生坎坷，吾甚痛心，今后至盼否极泰来，能于此安身乐业。开始储蓄，以备不时之需。

　　勿傲物，少言语。言尽于此，愿上天福汝！

父字

七十四年十一月二十八日

　　烟酒要节制，戒绝最好，又及。

虽然梁实秋企望悄然离开这个世界，"不发讣闻，不登报"，但是他的去世

193

本身，便成了台湾文坛重大新闻，台湾各报竞发梁实秋去世新闻，轰动一时，许多报纸以整版篇幅推出纪念专刊。《中国时报》的《人间》副刊用《巨人离席》作通栏标题，《联合报》副刊的通栏标题则是《春华秋实》……

各报纷载悼念文章，表达了人们对梁实秋一生的评价。

《联合报》1987年11月4日编者按指出：

> 文坛耆宿梁实秋先生昨晨去世了，梁氏活跃于"五四"后之中国文坛，为重要文学团体"新月社"代表性人物。梁氏散文淡雅而隽永，自成一迷人风格，《雅舍小品》脍炙人口；梁氏所服膺的人文主义与浪漫主义理念，引起他与以鲁迅为首的革命文学论者的笔战；而梁氏作为一位学者，除一生坚守教学之岗位外，更以译介英国文学作品为职志，《莎士比亚全集》风传海内。梁先生留下等身的著作、热情而超脱的典型，终于在一个秋实的季节走完他丰富的文学人生之旅……

《中国时报》同日所载编者按则称：

> 台湾硕果仅存的30年代散文大家梁实秋先生，不幸于昨天上午8时20分因心肌梗塞病逝于台北中心诊所，享年86岁。梁先生自青年时代就以浪漫的热情全力投身文学事业，不仅写诗，翻译西洋名著，也曾于抗战期间接编《中央日报》副刊。民国二十九年开始以"子佳"笔名撰写《雅舍小品》刊于《星期评论》杂志。民国三十八年《雅舍小品》在台出版后，梁先生散文创作不辍，近30年来台湾优秀的散文家，都曾受到梁先生散文风范的启迪……

《中央日报》同日的编者按则说：

> 又一颗文坛巨星陨落了，"雅舍"的主人梁实秋先生昨日不幸因病逝世，他的幽默、机智以及独具一格、隽永有味的散文，也随着——湮没了……

各报记者闻风而动，叩开梁实秋好友及文学界人士的家门，请他们就梁实秋之逝发表谈话。

一时间，悼念文章，追忆谈话充满台湾各报，其中有刘真、余光中、夏志清、郑骞、侯健、白先勇、杨牧、林怀民、蔡源煌、齐邦媛、林文月、席慕容、郑明利、林清玄……

从新闻界、文学界如此强烈的反响，可以看出，梁实秋确是台湾文坛根深叶茂的巨树，一旦倒下，整个台湾文坛为之震动。

原本，为了庆贺他的生日，由余光中主编，收入近年来人们对他的作品的评论文章，约300页，余光中取了两个书名，一为《硕果秋收》，一为《秋之颂》，他选中了后者。这本书预定腊八——1988年1月16日——出版，作为生日礼物。他在致文蔷的信中提及：

> 这是别开生面的生日礼，我只好接受。杜诗有句："千秋万岁名，寂寞身后事。"今则在有生之年即大为招摇矣。真是惭愧……

可是，这本祝寿文集如今成了悼念文集。

大树突然倒去，韩菁清一时手足无措。她未主持过丧事，急请林挺生帮助，

1962 年，梁实秋与余光中合影

一边把梁实秋遗体送去冰藏，一边筹备后事。

正巧，有人告知，刚从西非象牙海岸进口一批红木。于是，韩菁清以23.7万元台币，购下红木，为梁实秋赶制一口红木棺材。

遵照梁实秋遗嘱，她选定了高处坟地。

她为他定做了春、夏、秋、冬四套真丝寿衣，分别为黄色、黑色、咖啡色、灰色。

在穿寿衣时，她发觉梁实秋的嘴巴仍张在那里。他临死时因为缺氧，张大嘴巴拼命呼吸，去世后，护士竟没有把他的嘴合拢——照理是应当用纱布从下巴缠到头顶，使死者嘴巴合拢。

当时，亲属们陷于极度悲恸之中，未及顾此，况且亦不懂护理知识。待遗体僵硬之后，死者再也无法合嘴，梁实秋就这样死不闭口而去！

11月18日，台湾淡水北新庄北海公园墓地高处，冒出了一座新坟，梁实秋穿着四季寿衣，黑褂蓝袍，枕着绣花枕头，盖绣花被，身旁放着他的著作《雅舍小品》等，静静躺在红木棺材里，从此，"托体同山阿"。

他的墓地颇大，坟墓上方是大理石砌成的平台，墓前有石祭桌，墓碑上书

"梁实秋教授之墓"，黑底金字，乃韩菁清手笔。

秋翁离世，黄叶飘零，真个是"悲秋凄凄"！

安葬、悼念的过程，摄制成一部录像片，片中用韩菁清唱的歌配乐。哦，充满"秋的怀念"！片中记录了 11 月 18 日上午 10 时，在台北市第一殡仪馆福寿厅举行了梁实秋遗体告别仪式，12 时入殓，下午 2 时起灵，在细雨中出殡，直至安葬于北海公墓……

第九章

秋的怀念

父女相思不再见

梁实秋之逝，会震动新闻界，原是预料中之事。然而，他的死，惹起一些新闻风波，却是意想不到的。

开始的风波，是因长女梁文茜赴台奔丧受阻引起的……

梁实秋去世后二日，一则发自北京的电讯，报道了梁文茜的反应。

兹照原文收录于下：

新华社北京11月5日电（记者赖云川　王蔚）：梁实秋的长女梁文茜女士今天在京表示，希望赴台奔丧，以尽孝道。

梁文茜是在3日接到居住美国的妹妹来电后，得知她父亲去世消息的。两天来她一直沉浸在悲痛之中。她在家中对记者说，自1949年与父亲离别后，只是在1982年到美国西雅图同他团聚过一次。她含着眼泪说："本想明年迎接他来北京过春节的，不想……"

梁文茜急盼能早日赴台。她说，为先人尽孝，这是我国传统道德，也是人之常情。

梁实秋去世的消息传出后，梁文茜收到谢冰心、胡絜青、邓季惺等梁老先生的生前好友和大陆亲人的电话及电报，表达悼念之情。

60岁的梁文茜现在是北京市第四特邀律师事务所的副主任律师，热心为台胞、港澳同胞和侨胞提供有关法律方面的咨询服务。

大陆当局迅即放行，梁文茜和女儿王群由北京飞往香港，准备前往台湾。

韩菁清得讯，决定推迟梁实秋葬礼时间，以等待文茜的到来。

梁文茜向台湾内政部出入境管理局递交了入境申请书。

谁知这份入境申请书，成了一道难题！

梁实秋未能实现重返大陆的梦就去世于台湾

当时，台湾"开禁"不过数日，探亲的闸门是单向的，即只允许台湾民众前往大陆，倘若同意梁文茜为父奔丧，前来台湾，那她将成为一个"中国第一"——第一个获准从中国大陆前往台湾探亲的人（当然，这是指得到双方当局正式批准的，而不包括那些"悄悄的"人）。

尤其梁文茜乃名作家之女，各方瞩目，一旦飞抵台湾，报上见名，广播里出声，电视里有影，会成为众所周知的新闻；此后，许许多多的大陆亲友，均可援梁文茜之例，前来台湾探亲。

这么一来，使台湾内政部出入境管理局踌躇再三：不允许梁文茜入境吧，有悖人之常情，会受到各方批评；允许梁文茜入境吧，此例一开，会有成千上万个梁文茜要求入境。

韩菁清与梁文茜之间，电话不断，一个在台北焦急地盼望着，一个在香港度日如年地等待着。

梁文茜在香港，一时间成了引人注目的新闻人物。

台湾内政部经过斟酌，请示，打起"太极拳"来，对梁文茜的申请，作了如下答复：

第一，内政部不知道梁实秋有你这么个女儿；

第二，台北的户口册上没有"梁文茜"其名；

第三，必须在第三地区取得海外居留权五年后方可入境。

消息传出，众多的香港记者，把话筒、摄像机镜头对准了梁文茜。

大抵是律师本色，梁文茜有条有理地针对台湾内政部的三条答复，加以说明：

第一，建议台湾内政部官员，可否读一读我父亲的著作？在父亲的著作中，多次提及长女梁文茜。在《槐园梦忆》中还清楚写着我的生日——"1927 年 12 月 1 日（阴历十一月初八）我们的大女儿文茜出生。"你们只要读一读《槐园梦忆》或《雅舍小品》，就可以知道他有二女一子，大女儿就叫梁文茜。

第二，我没有在台北居住过，台北的户口册上当然没有"梁文茜"其名；我是北京市居民，查一查北京市的户口册，就能查到我的户口。以台北的户口册上没有我的名字而拒绝我入境，这样的理由是站不住脚的。

第三，台湾内政部所规定的"必须在第三地区取得海外居留权五年"，那是入境定居的条件，我梁文茜不是要求在台湾定居，我是去为父亲奔丧。丧事一毕，我就回北京，怎么可以用"必须在第三地区取得海外居留权五年"来作为拒绝我入境奔丧的借口……

梁文茜说得句句在理，几乎所有的记者都同情她。

一位记者说："人同此心，心同此理，为父奔丧，乃是出自骨肉之情，岂可不准入境？"

另一位记者说："梁小姐是梁实秋先生的女儿，用不着查户口册，她的面孔就是最好的证明——她的脸，跟梁先生一模一样！"

顿时，响起一片笑声，一片掌声。

香港电视台天天播送着关于梁文茜的新闻镜头，各报竞载梁文茜照片、谈话。默默无闻60年的梁文茜，一下子成为海峡两岸新闻跟踪的焦点。

梁文茜的入境问题逐步升级，国民党党部秘书长李焕亲自主持会议，讨论是否批准梁文茜的入境申请。

会议马拉松式进行。因为这是一道错综复杂的政治难题：所涉及的，不仅仅是一个梁文茜，而是千千万万个梁文茜。梁文茜是一大群要求前来台湾探亲、探病以至奔丧的人中的一个代表人物。

进入子夜，会议还在那里进行，热心的台湾记者，每隔几分钟，就把会场的消息打电话告诉韩菁清，而韩菁清随时跟文茜保持联络，那些"追新闻"的香港记者则守在文茜旁边……

马拉松会议，总算做出最后的决定：不准梁文茜入境！

消息传出，舆论一片哗然，无不批评这一决定"不近人情"。

文茜所借住的香港友人家门口，出现一束束鲜花。她不知道是谁送来的，但是她明白，每一束鲜花都代表着一颗同情之心。

文茜上香港公共汽车，她马上被乘客们认出来是梁实秋的女儿。一位白发苍苍的老太太竟站起来给文茜让坐,文茜怎好意思坐?老太太连声说:"梁小姐,您坐吧,您坐吧,我也有亲戚在台湾,您去成了,将来我在大陆的子女,也能去台湾探亲。"

文茜进香港百货商店买东西,店员竟不收她的钱,说道:"梁小姐,您不能赴台奔丧,我们都为您难过,我们不收您的钱。"文茜当然不肯,坚持照付,好说歹说,对方"还价":"那就打八折吧!"

文茜的心,虽然因丧父而剧痛,因无法赴台奔丧而苦楚,却从许许多多素不相识的普普通通香港百姓那里得到慰藉,如沐春风。年已花甲的她,人们还是以"梁小姐"亲热相称。

梁文茜不能赴台奔丧,成为她终身憾事。

后来,台湾内政部对此也有所检讨,诚如台湾《民众日报》在1988年3月初所报道:

> 台湾内政部入出境管理局局长汪元仁近日表示,当局对于大陆同胞欲来台奔丧的限制,将考虑予以开放。汪元仁特别提及了梁文茜。他说,对于特殊事件,例如类似梁实秋去世,其女梁文茜欲来台奔丧等,当局将在检讨后考虑予以开放。

当然,这时台湾内政部的检讨已为时过晚,梁实秋丧事早已结束,梁文茜无法去台。不过,这一回"梁文茜风波",毕竟争得了舆论界的同情,使台湾内政部不得不"在检讨后考虑予以开放"。

凄凉今日只身归

1987年11月18日,刚刚在北海公墓安葬了丈夫梁实秋,泪水未干,新寡的韩菁清便于11月20日飞抵香港启德机场,几百名记者在等候着她的到来。

韩菁清（右）与梁实秋的长女梁文茜

韩菁清在机场一见到梁文茜，两人紧紧相抱，哭成一团。虽然梁文茜年长韩菁清4岁，但一声声"妈妈，妈妈"，令人感动不已。

3天之后，韩菁清飞抵北京。当天，新华社发出这样一条电讯：

新华社11月23日电（记者徐小萍）

已故著名文学家梁实秋的夫人韩菁清今天从香港飞抵北京探亲。

韩菁清女士在台北料理完丈夫的丧事后，前往香港与未获准去台奔丧的女儿梁文茜、外孙女王群相会，今天中午，她们三人一起从香港乘飞机抵达北京，韩菁清在京的亲属到机场迎接。

北京，梁实秋的故乡，而对于她是完全陌生的——她头一回来到这里。

一到北京，她便说："秋秋，我替你还心愿来了！"

文茜家人口众多，热闹非凡，她曾给父亲去信，说家中有10口人。梁实秋当即去信"更正"：

"还有我呢——应当是11口人！"

文茜有二子一女，均已成家：

长子王奇，长媳于京丽，孙女王雨荞；

次子王政，次媳史翠芬，孙女王蕊；

女儿王群，女婿王德水，外孙王东。

韩菁清处于一家包围之中，叫"妈妈"的，叫"姥姥"（外婆）的，还有叫"太姥姥"的。

王蕊是史翠芬的女儿，奶名叫"小芬"。小芬觉得叫韩菁清"太姥姥"拗口，干脆喊她"老祖宗"，笑得她弯了腰直不起来。

她是爽朗风趣的人。文茜的女儿王群跟她挺合得来，居然说："我们多么像姐妹。"她一听，立即"更正"道："你没大没小，我是你妈的妈呀！"一语既出，全家哄堂大笑，她也笑出了眼泪。

那些温馨的日子，使她丧夫之痛得到了慰藉。

每逢外出，常常遇上"误会"：不论是去理发店洗头，还是上高丽面馆吃面，好多回，人们都把文茜当成韩菁清的妈。

遇上这种"误会"，文茜会马上"声明"："你们弄颠倒了，她是我的妈！"

韩菁清与梁实秋的外重孙女

"她是你的妈？！"人们好生惊讶，直到听见文茜当众喊她"妈妈"，人们才知文茜说的不假。

刚到那天，她被临时安排住在文茜家附近的一家招待所安歇。翌日，便迁入北京饭店豪华的总统房。北京瑞雪飞扬，一片银白世界，她平生还是头一回见到这么大的雪，每逢外出，她总穿着一件斗篷形大衣——那是梁实秋为她买的。穿着这件大衣，她到了哪里，意味着他也到了哪里，虽然他已故去，她的心中仍时时刻刻想念他。

抵京后的第3日——11月25日——下午，寒雨夹雪，一辆轿车驶出位于北京市中心最繁华的王府井大街南端的北京饭店，朝西北郊进发，驶入中央民族学院，停在教授楼前。韩菁清和梁文茜前往那里，拜访梁实秋的生前好友谢冰心。谢冰心因已故丈夫吴文藻是中央民族学院教授，所以一直住在那里。

冰心是"世纪同龄人"，已经87岁高龄，年长梁实秋3岁。她还是那么清秀，思路那般清晰。

步入冰心的客厅，韩菁清便对冰心说："谢大姐，梁教授早就想来总来不了，今天我代表他来看你！"

韩菁清坐定之后，拿出一个长方形纸匣，送给冰心，说道："这是梁教授吃的高丽参，来不及吃完，我把他身边的遗物——这支高丽参——带来送你，愿你保养好身体。"

冰心在道谢之后，跟韩菁清聊起了跟梁实秋的友谊："60多年前，我们都在美国波士顿留学，实秋在哈佛大学，我在威尔斯利女子大学。美国同学要我们演戏，先想演《西厢记》，女同学没有一个愿演崔莺莺的，就演了《琵琶记》。本来我不是演员，是个管服装的，可演宰相女儿的角色临时生了猩红热，我只好上场演出……"

说起演戏，冰心问及韩菁清："听说你过去当过歌星、影星？"

韩菁清当即拿出自己20年前录制的演唱磁带和袖珍录音机送冰心。

冰心老人

207

冰心听了韩菁清甜甜的歌，高兴地说道："太好了！太好了！我每天都要听。我吃着高丽参就想起实秋，听这歌声就想起你！"

冰心亲笔题字，把一套三本《冰心选集》送给韩菁清。冰心说："这书不多了，我留下一套拟送实秋，现在他不在，就送你。"

这时，梁文茜道："谢姑姑，过几天要在北京开个追思我父亲的会，请你给我父亲写个祭文。"

冰心一口答应下来："好，好！实秋听到谣传我和文藻在'文革'中自杀的消息，在台湾曾为我写过祭文，没想到今天我为他写祭文！"

冰心提及的梁实秋为她写的"祭文"，是指梁实秋发表于1969年第13卷第6期台湾《传记文学》的《忆冰心》一文。文中一开头道：

> 顾一樵先生来，告诉我冰心和老舍先后去世，我将信将疑。
>
> 冰心今年69岁，已近古稀，在如今那样的环境里传出死讯，无可惊异，读清华学报新7卷第1期（1968年8月刊），施友忠先生有《中共文学中之讽刺作品》一文，里面提到冰心，但是没有说她已经去世。
>
> 最近谢冰莹先生在《作品》第2期（1968年11月）里有《哀冰心》一文，则明言"冰心和她丈夫吴文藻双双服毒自杀了"。看样子，她是真死了，她在日本的时候写信给赵清阁女士说："早晚有一天我死了都没有人哭！"似是一语成谶！可是"双双服毒"，此景此情，怎能不令远方的人一洒同情之泪！

在《忆冰心》中，梁实秋以一腔赤诚回忆他与冰心的友谊。

1972年，当梁实秋获知冰心、吴文藻均"活在人间"，破涕为笑。他为《忆冰心》写了《后记》：

> 现在我知道冰心未死。我很高兴，冰心既然看到了我写的哀悼她的文章，她当然知道我也未死。这年头儿，彼此知道都还活着，实在不易……

梁实秋先冰心而去。冰心应韩菁清、梁文茜之请，命笔写成祭文，篇名与《忆冰心》相仿，叫《忆实秋》，她在细叙与梁实秋的交往之后写道：

> 在台湾期间，他曾听到我们死去的消息，在《人物传记》[1] 上写了一篇《忆冰心》（这刊物我曾看到，但现在手边没有了）。我感激他的念旧，曾写信谢他。

> 实秋身体一直很好，不像我那么多病，想不到今天竟由没有死去的冰心，来写忆梁实秋的文字。最使我难过的，就是他竟然会在决定回来看看的前一天突然去世，这真太使人遗憾了！

在拜访冰心的翌日——11月26日——下午，韩菁清驱车前往老舍故居，看望老舍夫人、著名画家胡絜青。

老舍是梁实秋好友，他俩在抗战期间相识于重庆北碚，时有过从。其中，最有趣的是他俩还曾一起合演过相声，如梁实秋所忆：

> 我们认真地排练了好多次，到了上演的那一天，我们走到台的前边，泥雕木塑一般绷着脸肃立片刻，观众已经笑不可抑，以后几乎只能在阵阵笑声之间的间隙进行对话。该用折扇敲头的时候，老舍不知是一时激动忘形，还是有意违反诺言，抢起大折扇狠狠地向我打来，我看来势不善，向后一闪，折扇正好打落了我的眼镜，说时迟，那时快，我手掌向上两手平伸，正好托住那落下来的眼镜，我保持那个姿势不动，喝彩声历久不绝，有人以为这是一手绝活儿，还高呼："再来一回！"……

老舍在"文革"中投太平湖自尽，太平湖上不太平的波浪，使梁实秋心中久久不能平静。他一连写了《忆老舍》《关于老舍》两篇文章，追念海峡彼岸的亡友。

如今，老舍、梁实秋先后过世，两位夫人相聚一堂，亲切交谈。

---

[1] 应为《传记文学》。

老舍、胡絜青夫妇在 1960 年代

韩菁清把同样的礼物送胡絜青，即两根高丽参和她演唱歌曲的录音带；胡絜青则把她编的《老舍写作生涯》和老舍两部小说合集《老张的哲学》和《赵子曰》签名后送韩菁清。

12 月 1 日下午，离天安门广场不远处的南河沿欧美同学会北大厅，传出了哀乐声。大厅正中墙上，在红色绸布中间挂着披黑纱的梁实秋含笑照片，"梁实秋追思会"在这里举行。

韩菁清出席了追思会。梁实秋的友人张心一（比梁实秋大 5 岁）、胡絜青、邓季惺等都冒着严寒赶来。

选择此处召开追思会，有着双重的意义：一是梁实秋乃欧美同学会会员，二是此处乃梁实秋与程季淑当年（1927 年 2 月 11 日）举行婚礼之地。韩菁清择定此处开追思会，也是对梁实秋前妻表示哀悼之意。虽然她从未见过程季淑，但是对梁实秋的这位贤淑前妻一直充满尊敬之情。

会上，由胡絜青代读冰心所写的祭文。

屏幕上出现梁实秋葬礼镜头，那是韩菁清从台北带来的录像片。大厅里响起韩菁清伴唱的悲哀的歌声。

翌日——12 月 2 日——韩菁清即将离开北京，梁文茜一家为她饯行。

以下是 1987 年 12 月 3 日《人民日报》（海外版）记者王谨的报道《阖家饺子宴》：

叶永烈与梁实秋长女梁文茜（左二）、韩菁清（右二）

今天，对于这套位于北京呼家楼一幢不太起眼的公寓来说，也许是近40年来最热闹、最耐人寻味的一天。

时间是12月2日，户主梁文茜一大早就和女儿、女婿忙开了，又是搅拌饺子馅，又是擀饺子皮。原来，她是在准备饺子宴，为从台湾来京探亲的继母韩菁清将离京赴上海饯行。

上午11点，韩女士在京的侄子韩绍初带着妻子、女儿和外甥大宝也赶来了。他们一进门就参与了包饺子。

中午12点，韩菁清由另一位来自上海的侄子韩进祖陪同驱车来到了。

"哟，今天提前过年了。"韩女士一进门就瞥见了桌子上摆的饺子，边脱大衣，边说着，一旁的梁文茜的孙女小芬，见到"老祖宗"就嚷着要抱。

"来，我们一起包饺子。"韩女士放下怀里的小芬说。

饺子很快包得足够一家人吃了，韩女士亲手下了第一锅饺子，煮好的饺子和啤酒、汽水摊满了一桌子。韩女士、梁文茜等四辈人围着桌子坐下来。

"给爸爸留一个座位吧。"梁文茜怀念着离去的父亲梁实秋，他要是能和妈妈一起在这里相聚多好。

这个座位上尽管没有人，但桌上放着盘子和筷子。韩女士拿起筷子，

向为梁实秋准备的盘子里夹满饺子和烧鸡块，又浇上了醋说："他生前不仅爱吃饺子，还特别喜欢吃醋。"（一语双关）

"妈妈，你自己也吃吧。"梁文茜为韩女士盘子里又是夹饺子，又是夹菜。王群则为外婆面前的杯子里斟满了可口可乐。

"来，大家为妈妈的健康干杯！"梁文茜提议道。

四代人手中的酒杯碰在一起，举家沉浸在骨肉相聚的温暖中……

在举行了"阖家饺子宴"之后，12月3日夜晚，韩菁清飞抵上海——她童年生长的地方。

她来到江阴路，来到当年的韩公馆。房屋依旧，只是里面已住了二十来户人家。

她到南京路上的南京理发店理发，一走进去，就记起小时候在此理"童花头"。她说："那时人太小，理发椅上还得加一只小板凳呢。"

她重游静安寺，发觉她小时候临过的一套《三希堂法帖》竟然还在那里，红卫兵烧了三天三夜并未烧去，这套帖是静安寺当年仅仅存下的宝贝古董。

在大陆度过24天，她终于实现他的遗愿。她兴奋地给"去英国"的他（她说他死后他的灵魂去英国访问莎士比亚了），写了一封长信。这是一封无法寄出的信，她只能"焚在你坟前，这样，天上人间，我们仍可以通信"。

她的信，如今成了"单行道"——只有她写给他，永远收不到他的复函。她向他"汇报"大陆之行的信是这样写的：

你在英伦访莎士比亚，不知见到了没有？有人曾经建议你去英国看看莎翁的故居，你说"看那幢旧房子有什么用？"对啊！还是见到他本人比较好，大家可以谈谈嘛！还有英国理发铺是有名的"披头士"合唱团的故乡，其中颇有盛名的蓝哥也见到了吧？他们的成名作是：*She Loves You*, *Yeah*, *Yeah*, *Yeah*。他们会唱着"她爱你，她爱你"，整首歌都是她爱你，她爱你。曾经我放他们的唱片给你听时，你说唱片是不是坏了，因为这首歌唱来唱去都是唱这一句，真的好像是唱片坏了滑不过去。你的幽默，真是一绝！至今人们提到你，总认为你才是真正的幽默大师，和你在一起永远是快乐的。你的谈笑风生，使得满室生香，来访的友人总是尽兴而归，没有一个是扫兴的！

自你去英国后，我于两天后就去了香港[1]，你的大女儿亲往启德机场迎接我。她是带病前往，你的外孙女王群病得更重，所以在机场见不到她。我和文茜上次在香港见面是笑容满面，欢天喜地，可是，此次相见，相拥而泣，泪洒启德机场，在数百位记者包围下，也顾不得那些，这种亲情的自然流露，如何能掩饰呢？差点十多件行李都挤丢了，红帽子一毛小费也没拿到，他们真可怜，我对他们也真感抱歉。

在香港和文茜、王群同住一间房，三天三夜闲话家常，也没睡过。11 月 23 日我们就乘飞机去北京了，第一晚找了一间小招待所，总算睡了一夜，23 天以来的第一次休息[2]。次日就住进北京饭店。晚上下着大雪，我躺在床上看着窗外，还以为不知何处飘来了羽毛，或飞絮，因为那是一场瑞雪……我真还算幸运。40 年来没见过雪，一见就见到最大的雪。我在零下 14 度去了长城、十三陵、回音壁、颐和园、清华大学、中央公园，拜访了你的好友谢冰心女士，老舍夫人胡絜青女士，并在欧美同学会礼堂，放了你去英国时，我和文骐、文蔷、小弟、小乖，为你送行的一卷录影带。据说欧美同学会是你 60 多年前与文茜妈妈结婚的地方，无独有偶，真是太巧了！

在游中央公园时，雪景真美，我们照了许多照片留念。我天真地问文茜："你爸爸当年坐在哪个椅子上谈恋爱的？"文茜也好天真，在公园中东张西望，然后说："那会儿还没有我呢！"我们这两个老天真才相顾大笑起来。秋秋……你如知道，一定又要叫我"朦查查"小娃了！对不？……

清华学堂保存古迹，校长一一介绍你当年踢足球的球场，你游泳的池子，说你是以第一名考进清华学堂的，19 岁就去哈佛留学。秋秋，你真了不起，不论读书、演讲、演戏、运动，你都是第一。"能者多劳"，你

---

[1] 此处指梁实秋葬礼完毕两天后。
[2] 指 23 天前梁实秋突然发病算起。

韩菁清在上海静安寺

也劳苦了一辈子，这个世界上，很少的人像你那样，样样精通，学贯中西，而且一辈子做学问，坚强又有毅力，从不骄傲自满。我此生何幸嫁得如此可敬可爱的如意郎君？你说你娶我是几生修来，我现在想想，我才是几生修来！

你走了，我一切都很不习惯，寂寞无奈是理所当然的，可是，又有什么法子呢？"缘分""命运""造化"，你能不信么？

我不是你初恋的情人，我是你最后的"唯一所爱"，我好满足，好满足，你有了我永远不会再有别人了！

你也不是我初恋的情人，但是，你是我唯一的"敬爱的丈夫"，我爱你"至死不渝"！

再添愁肠

从大陆刚刚回来，行魂未定，韩菁清又卷入一场官司之中——梁实秋之逝引起的另一番风波。

12月15日，在台北地方法院，这场官司正式开庭。自诉人为韩菁清和梁文骐，他们控告台北中心诊所院长赵彬宇、主治医师黄大为——"应注意能注意而不注意致人于死"。

这一连三个"注意"叠词，加上"应""能""不"三个词，使语句非常微妙，而在法律上又经得起严格推敲。

那个被"致人于死"之"人"，不言而喻，即梁实秋。

梁实秋乃台湾名人，当年，他与韩菁清之恋，众所关注，成为"倾城之恋"；如今，他的"应注意能注意而不注意"之死，又为众所关注，新闻界在报道"大师故去"的同时，又纷纷报道这场官司。

这场官司早在梁实秋刚刚离去，便已在报上显露端倪。

梁实秋去世第3天（11月5日），梁文骐在台湾《联合报》发表的《我所

梁实秋生前与夫人韩菁清、儿子梁文琪（后立者）
在一起合影

知道的父亲》一文，已披露了梁实秋被中心诊所"应注意能注意而不注意致人于死"的经过：

> 父亲的最后几分钟，乃以缺氧致死。当时，小量的输氧已经不够，父亲窒息，索笔，手颤不能卒书，先后写了五次，要更多的氧。此是父亲握管80年的最后绝笔。最后，父亲扯开小氧气罩，大叫："我要死了。""我就这样死了。"到了这个时候，中心诊所主治医生终于同意给予大量输氧，但却发现床头墙上大量输氧的氧源不能用，于是索性拔下小量输氧的管子，换床。七手八脚忙乱了五分钟，就在这完全中断输氧的五分钟里，父亲死了，一去不返。
>
> 哀哉！

另外，丘彦明在《今我往矣，雨雪霏霏》一文中，也写及梁实秋死于医疗事故，梁文骐、丘彦明当时都在抢救梁实秋现场。

11月10日，梁文骐便委托律师姚冬声向台北中心诊所发出存证信函，要求对急救时缺氧疏失提出说明，这表明事态已发展到律师参与。

11月16日，台北中心诊所法律顾问虞舜作出答复：治疗过程中并无任何不当之处。

这样，双方律师开始交锋。

在梁实秋出殡的那天（11月18日），梁文骐委托的律师姚冬声再度发函，要求台北中心诊所务必在3天之内，前往姚冬声律师事务所协商善后解决办法，不然将诉诸司法。

11月20日，韩菁清刚刚飞离台北前往香港，虞舜律师代表台北中心诊所复函，仍重申16日函的观点，而且反而指责对方：

> 梁教授部分家属一再在报章发表不实文章，对本院及有关医护人员，在名誉及精神上有严重伤害，本院及有关医护人员保有控诉权利，必要时亦向法院提起民、刑诉讼，以资救济。

针尖对麦芒，双方剑拔弩张，终于发展到对簿公堂。11 月 26 日，梁文骐与韩菁清联名向台北地方法院刑事庭提出了自诉状。

鉴于韩菁清正在大陆，这场官司也就暂且没有开庭，在韩菁清返回台北之后，官司正式开场了。

韩菁清一生，打过好多回官司，她都赢了：当年在上海滩，那回在台湾初次登台，还有那轰动一时的"台银事件"……

可是，这一次，她却输了！

这场官司失败的内情，梁文骐写了《父亲的命案》一文（梁实秋去世一周年时（1988 年 11 月 3 日），载于《中国时报》），说得颇为清楚：

> 败诉之原因，首先是出在卫生署的鉴定书。
>
> 卫生署作鉴定所依据的仅只是中心诊所提出的病历及 X 光片一张。
>
> 病历，中心诊所始终不给我们看……直至地院到中心诊所现场履勘，法官命令中心诊所立刻交出病历，中心诊所才不得不交出病历。
>
> 这份最后交出的病历，其中举凡对中心诊所不利的重要事实，如父亲五次书写要求加强输氧，拉起面罩大叫"给我更多的氧"，氧气接口故障，迁床，中断输氧 10~15 分钟等等，全无只字记载；父亲进入中心诊所直到终前，神志始终清楚，病历上却写着父亲终前已休克昏迷，父亲终前尚能五次书写、大叫、阅读中心诊所写给他的字条，直到决定插管输氧这最后关头，中心诊所尚写字条告诉他决定给他插管，这难道还不说明病历上所说的休克昏迷纯系捏造事实么？
>
> 然而卫生署作鉴定，并不兼听两造，而是单凭中心诊所提供的这样一份不实的病历。无怪乎新闻媒介曾经揭露，卫生署的医疗事故鉴定，百分之九十几都是判定医方得胜……

败诉的另一原因，据云由于梁文骐、丘彦明等在报上发表文章，说明梁实秋死于医疗事故的经过，乃是"对进行中之案件发表评论"，违反了"诉讼法第 33 条"，是一种"藐视法庭"的行为。

梁文骐非常感叹：

作家丘彦明

这个案件进行了将近一年，历经地、高两院。一开始许多有识之士都告诉我："必输无疑。"我把事实、理由、证据讲给他们听，他们仍然是告诉我："必输无疑。"我不大相信，他们就再告诉我："在台湾，医疗官司，病家极难打赢，像新生婴儿被中心诊所喂奶呛死，尸体解剖验明无误，证据确凿，中心诊所仍未负刑责。你就能打赢中心诊所？"我还是不大相信。

现在证明，我确实是没有见识，我确实是打不赢中心诊所。

如此这般，韩菁清和梁文骐输了官司。对于这场官司，作为被告，台北中心诊所院长赵彬宇对记者如是说（见台湾《美化报导》1987年第116期第49页）：

> 梁府埋怨我们，我很能谅解。总没有人死了亲人还感谢医院的……我跟你讲一个例子：我自己是基督徒，我母亲死的时候，我怨恨得不得了！我抱怨上帝，我三年都不进教堂。我有一个朋友，很有名的人士，也是基督徒，母亲死了，把手都捶烂了，也是骂上帝。我想，我对梁家的反应很能体会……
>
> 如果梁家人到医院来打我、骂我，我都能容忍，但在报上写文章，损坏我们的名誉，白纸黑字的，我们不能坐视……

官司虽然结束了，韩菁清和梁文骐以败诉告终，但是他们一想及梁实秋临终大呼"我要大量的氧气"，一想及梁实秋死不闭口，张着嘴巴离开这个世界，他们的心中就充满了痛苦，紧锁的双眉久久不能舒展……

"人生有情泪沾臆，江水江花岂终极。"杜甫的《哀江头》，正是韩菁清愁肠百转的写照。

"你走了，带着我的幸福"

四维路的家变得一片冷寂，"教授"远去，只剩下她和三只小猫，她如同掉进了冰窖。

她想去香港过春节。1988年1月27日，"台湾入出境管理局"却拒绝了她的申请。

其中的原因，诚如她在1988年8月2日台湾《联合报》上所透露的：

> 无奈上次自大陆回来，被此间境管局禁足我两年不准出境，据说是未向红十字会报备，违反《国安法》第13条第4款，予以处分。秋秋，许多事情对我是太不公平！……你常说我是"可怜的孩子"，现在看来真是很可怜啊。

"禁足"两年，对于她来说，是太大的打击了。她失去了他，倍感他的恩爱，如同孤雁一般的她，无限怀念她的"秋秋"。她写道：

> 秋秋，我又在心底轻轻地呼唤着你，不管你听得见或听不见。每天一睁开眼睛，所见到的都是你的照片，用手接触到的，哪怕是一支笔、一张纸条、一盏灯，甚至于电话听筒，上面都有你的手印，都有你极深刻的影子存在，我怎么能忘得了呢！
>
> 我现在唯一的安慰与快乐，就是默念你和回忆我们共同在一起的美好时光。你留给我的回忆是甜蜜的，虽然它增添了我现时无限的辛酸，可是我仍愿陶醉在回忆中，这就是所谓的"自我陶醉"吧！……
>
> 我已遵照你临去前的吩咐，改善了日常生活中许多不好的习惯。第一就是不服用镇静剂，硬性规定提早睡觉。第二就是很勤奋。第三很少买衣服。你高兴吗？

韩菁清与她的猫

她陷入"秋的怀念"之中。她写及1988年她的惆怅、苦闷的日子:

六七两月的烈日,每天高挂在天空,将我的眼泪已晒得完全干枯,今夏小娃没有水汪汪的眼睛……

共同过了12个恩爱的端午节,今年第13个端午节,我倍感寂寞凄凉。约了你的学生驱车去到北海[1],还是坚持要与你一同过节,即使我们"相逢不相见",我内心却感到无比地快乐与欣慰。

回程在车上打开皮包,发现有一只咸粽子忘了给你。明明上山请你吃粽子的,怎么会忘记给你呢?一定是你不喜欢吃咸粽子,才故意让我忘记的。秋秋,明年端午我会记得带红豆粽子、豆沙粽子去看你,中秋佳节也会买豆沙、蛋黄月饼、五仁莲蓉月饼、金华火腿月饼上山,让你吃个痛快,因为你现在什么病也没有了,PTT的会长也早已辞去九个月了!

上次我写给你的信,寄给文茜,文茜念给一家大小听,不料小芬却

---

[1] 即北海公墓。

放声大哭，谁也哄不了她。她完全像你，我真恨不得马上飞去北平看她……

　　你以前身份证上职业一栏填的是"无业"，我是"自由职业""家庭主妇"，大家都成了真正的"混混"。我现在是既无身份，也无地位的人，许多人对我都和以往不同了！人情冷暖，你才离开我九个月啊，我竟遭受了许多令人想不到的挫折。你走了，连我的幸福也带走了！

　　……

　　她无法去香港，"禁足"把她"禁"在台湾。结果，"香港的房子，银行的账户，都需要我亲自前往办理，可是一切都停顿下来"。

　　星期日，她常常乘计程车奔往墓地，去看望他。每月去两回，月月不断。每次来回，光是路上就得花费三个小时，她总是把家中一盆盆鲜花放进轿车，送到墓地，放在他的坟头。她给他送去水果。怕他在那个世界里钱不够用，她在坟头烧了一堆又一堆纸钱。尽管来来去去只她一个人，但每去一次，她的心中都得到宽慰。她在衣服前襟上绣了个红色的"雅"字，表示对《雅舍小品》作者的追念。她把坟头的野草，拔得干干净净。

　　她在家中整理"教授"的遗著，整理与"教授"相识相爱的日记。"教授"难得给别人题字，只有那些"妻党"借助于她的面子才得到他的墨宝。可是，那用牛皮纸包得好好的，竟是"教授"留下来的许多条幅，那些条幅没有上款。

　　哦，她明白了，他知道他死后，他的字将很值钱。他特地写了许多条幅留给她，以便在她拮据之际可以拿出去换钱。他替她想得多么周到，她的眼眶湿润了……

　　她默默在家中整理着。他漫长的

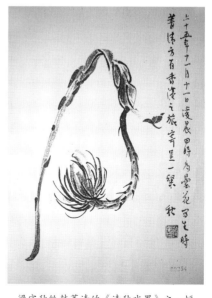

梁实秋给韩菁清的《清秋戏墨》之一幅

文学生涯，留下大量的著作，大量的书信，大量的诗篇，还有那献给她的《清秋戏墨》。她要把他的遗作整理出版。"教授"在那两个月里写给她的90封情书成为她的精神支柱，每当她重读那些火烫的信，她的心中就鼓起了继续前进的勇气。

"教授"的老朋友们纷纷发表悼念他的文章，每当提及梁韩之恋，都给予她公正的评价。

台湾《传记文学》主编刘绍唐先生在《梁实秋先生的晚年》一文中写得最为中肯：

> 使梁先生晚年生活有巨大改变的是与韩菁清结婚。
>
> 此事是当时的热门新闻，也引起一些人的非议，包括许多高足与好友在内，甚至从此或有相当时间与梁先生断绝来往。干涉他人的婚姻，还振振有词，这些人今天看来实在有些不可思议。梁先生本是一个热情奔放的人，过去因受传统社会与家庭的拘束与压力，毋宁说是慎言慎行，待续弦后，恢复了青春活力，恢复了写作的意思，他半天写作，半天过着神仙般的生活。婚后12年（最后两年重听，显著地衰老），他除继续编英文辞典、英文教科书（前后有30余种）外，一篇接一篇，写了不少散文。他的散文有人说是一"绝"，甚至说"前无古人"，婚后辑印成册有十数种。最可观的是他有计划撰写的《英国文学史》（三巨册）及译注的《英国文学选》（也是三巨册），两部书各有百万字以上，已先后出版。他本来另有

台湾《传记文学》主编刘绍唐

一心愿，即以英文撰写《中国文学史》，据梁先生说资料大纲已齐备，可惜体力日衰未能如愿，这可以说是他此生唯一的遗憾。他"衰鸷晚年"（其实是"带病延年"，他患有数十年的糖尿病），在写作上有如此的丰收，这不能不归功于他有一个安适而不受干扰的家庭，更不能不归功于为他调理生活的续弦妻子韩菁清女士。

刘绍唐先生这段话，可以说是对当年闹得风雨满城的梁韩之恋，做了最准确的评论。

"他永在我的心底"

"禁足"两年，漫长的 730 天，韩菁清的日子"冷冷清清，凄凄惨惨戚戚"。"白猫王子"随他去了。

"小花"也随他去了。因此，韩菁清每次来到北海公墓，多买了两份纸钱烧化于他的墓前，愿猫的灵魂在冥府伴随着他。现在她又养了两只小母猫、一只小公猫。

除了上坟、买菜之外，她几乎足不出户。

1988 年 2 月 4 日，台湾《自立晚报》刊载记者刘凤琴写的"新闻幕后"，赫然的大字标题是《"我被判了死刑"——韩菁清难圆故乡梦》。

度日如年，好不容易熬满台湾入出境管理局所规定的两年"禁足"。1989 年 12 月 15 日，她从台北寄给我印着她的近影的圣诞贺卡，她的侄子韩述祖先生告诉我她即将获准来沪。

20 世纪 80 年代的最后一天，她从台北经香港飞抵上海，下榻于离我家不远的宾馆。这一回她来大陆，纯属探亲，没有对外发布任何消息，也正因为这样，没有惊动任何记者。接到她的电话，我去看望她，她正时而用上海话跟上海亲友交谈，时而用湖北话跟黄陂赶来的亲友交谈。她显得异常高兴，沉浸于

韩菁清一次又一次祭扫梁实秋墓

天伦之乐中。

1990年1月4日，她飞往北京，看望文茜一家。1月11日她飞回上海，住在静安宾馆。1月14日清早，她飞往香港，当天下午返回台北。

在沪期间，我请她谈她的"传奇的恋爱"前前后后，她挤出十几个小时跟我长谈。她说，其中许多内情，即便在台湾，她也未曾对记者谈过。

我关注梁韩之恋，主要倒不在于"传奇"，我认为，不论是梁实秋还是韩菁清，他们对爱情的执着和真诚，会给每一位读者有益的启示。另外，还从一个侧面反映了梁实秋的晚年生活，对于了解研究中国当代文学史上这位重要的多产作家，也是十分珍贵的史料。

我写出本书初稿之后，航寄台北，请韩菁清女士审阅。

她除了几次从台北打来长途电话告知修改意见外，还于1990年2月15日写来一封长信。

这封信富有哲理，写出她对故世两年多的丈夫梁实秋的思念之情，写出她对人生、爱情的独特见解。

读罢她的信，我深为人世间缺少对她的理解而遗憾！为什么总是用世俗的、势利的眼光看她？其实，她是一位善良的女性，她对"教授"不渝的爱，表明她的纯真和高尚。人们何年何月才会丢弃那些早就应该弃之如敝屣的、充满封建霉味儿的旧意识、旧眼光、旧观念呢？

正是在这封信中，她深情地写道：

> 我此生没有白活，直到如今我仍沐浴于爱河中，因为他永在我的心底。

她很喜爱旅游，她果真"两头跑跑"。离开上海才两个多月，3月18日她又从台北飞来上海，我们又见面了。她在上海华侨饭店八楼宴请我时说道："当年，我在这儿唱过歌，当过歌星！"她非常自豪，因为她唱歌是为了"给人类一点快乐"。

韩菁清（中）与作者夫妇在上海

她又给我带来一批新的资料，送我台湾出版的梁实秋著作，又与我长谈。我再一次修改本书。

这一次她带来的资料中，有一幅梁实秋手迹，所题之诗从未公开发表过。这首写给韩菁清的诗，她格外珍视，在上海裱好之后，又重新带回台北：

给菁清

花可爱

爱花的人更可爱

适时施肥

勤加灌溉

手捧着一盆小花

左看右看

欣赏它妩媚的姿态

这是人间天上

最难得的一股爱

爱，我是一株小草

从海陬移植了过来

有幸摆在高楼的阳台

我没有花朵

供你采摘

供你插戴

但是我也怕

风吹雨打

骄阳直晒

爱，我也需要甘露

我需要小天使的抚爱

六五、十二、廿三

此处的"六五"，指"中华民国六十五年"，即1976年。

关于她这次回沪探亲，我在1990年4月11日上海《新民晚报》发表了《"歌星皇后"喜回娘家——记梁实秋夫人韩菁清在上海》一文，报道了她的行踪。现摘录若干段落于下：

在1946年8月曾荣膺"上海歌星皇后"的韩菁清女士，是已故台湾著名作家梁实秋先生的夫人，在春暖花开时，她从海峡彼岸飞抵上海探亲。虽然年近花甲，但她看上去不过40出头，风韵犹存，讲一口流畅的上海话……

对上海，她怀着浓厚的乡情。每一回与我聚会，她总喜欢选择在国际饭店、华侨饭店、锦江饭店等"老"字号的地方，因为她当年曾在这些饭店演唱。望着正在兴建中的百乐门大饭店新楼，她感叹不已："比老的百乐门还要漂亮！"她最初是在"百乐门"唱红的，对这家饭店有着特殊的感情。知道当年"百乐门"管灯光及麦克风的师傅尚健在，她便请他们共叙旧情。

清明节前夕，我和她的侄子韩述祖陪她到古寺——静安寺。年幼时，她曾师从静安寺主持持松法师，他给她取了法名"众佩"，所以她对这座古寺满怀深情。虽然持松法师已经圆寂，她手持他的舍利拍照留念。她还

柯灵与韩菁清

为父、母以及丈夫梁实秋先生在该寺设灵牌，表示自己的哀思。

我又陪她访问了刚从北京出席全国政协会议归来的老作家柯灵。她特地换了红衣、红裙、红鞋，说是红色会使老年人吉利。柯灵在1986年著文，对梁实秋半个世纪前的文坛冤案——所谓"抗战无关论"——予以平反。梁实秋闻之欣然，韩菁清看望柯灵，表示感谢之意。

她还看望了上海律师协会会长韩学章。当年，她在上海当歌星时，韩学章律师曾给这位弱女子以法律保护，却不收她分文。迄今，她仍保存着韩学章律师当年为她在上海报纸上所登载的启事。她感谢韩律师的正义之举……

上海人民广播电台《音乐万花筒》节目即将播出《韩菁清歌典专题节目》，这使她异常欣喜，也使上海听众们有机会欣赏这位"歌星皇后"的甜美的歌声。她已于4月8日离沪返台。

在她离沪不久——1990年5月24日晚8时——她的歌声在上海上空久久回荡。上海人民广播电台103.7兆赫播出了将近一小时的《"歌星皇后"韩菁清》专题节目，我应邀担任了节目主持人。老上海听了这熟悉的歌声，纷纷说："哦，'歌星皇后'又唱起来了！"年轻人听了，称赞道："到底不愧为'歌星皇后'！"

在5月26日上午8时，上海人民广播电台又重播了这一专题节目。

后来，韩菁清女士又一次飞来上海。梁实秋长女梁文茜携儿媳史翠芬、孙女小芬从北京专程飞往上海与她团聚。她的嫂嫂亦从武汉赶来。

在这些日子里，韩菁清女士审看了本书修改稿，并多次做了补充谈话，使这本书的内容更加充实、准确。

她向我透露，与梁实秋新婚的那一年，她记了很详细的日记。梁实秋曾说："别人新婚度蜜月，我和菁清新婚度蜜年！"她

当年的"歌星皇后"韩菁清（左）和"评剧皇后"言慧珠

在着手整理这一年的日记，准备出版，她将用这本书表达自己对"教授"的日夜思念。

她有很好的文学根基，又才思敏捷，一定能把书写好。我想，当她的书问世之际，一定会受到读者的欢迎。

她珍藏着梁实秋当年写给她的那些滚烫的情书。她说："这些信，迄今仍是我的'精神支柱'。"

在"教授"故去之后，这些情书已成为"教授"的重要遗著——它不是一般的情书，而是出自一位中国当代文学大师之笔的含情脉脉的散文。它并不属于她一个人的，许多读者希望读到它，许多研究者希望研究它，许多报纸、杂志希望刊登它，许多出版社希望出版它。何况，梁实秋生前有言在先："我去世之后，这些情书可以公开。"也正因为这样，他在与她结婚之后，曾整理过这些情书。

为了纪念丈夫梁实秋，也为了使各方了解梁韩之恋的真相，解除所谓的"悬疑性"，应台湾《联合报》的强烈要求，她选出二十来封信，在该报连载，又一次轰动了台湾，许多读者读了之后，敬佩梁实秋感情的细腻、纯真、热烈、赤诚。

诚如当年梁韩之恋曾引起一场争议一样，这一小批情书的公布也引起了争论。《中央日报》在1989年2月14日海外版副刊发表《菁清岂能害"秋秋"》一文，认为韩菁清不该公布情书。但是，1989年3月9日《中华日报》则刊登董保中先生的《从男女平等到打情骂俏的权利》，认为韩菁清做得对："有了这些情书，可以帮助我们对梁实秋先生这个人有较全面的了解，至少使我们可以了解梁实秋先生不只是会严肃地、板起面孔跟左翼文艺论战，翻译莎士比亚。如果梁先生真是那样的严肃，板着面孔，我想他不会真正欣赏莎士比亚。我高兴梁实秋夫人发表了梁先生的情书，使我们知道梁先生也是一个人，也跟大家一样有那'平凡'的一面……"

其实，引起争论不是坏事，却是好事，争论本身正表明了公众对梁实秋先生情书的看重。

《联合报》所发表的，只是梁实秋先生情书的很小一部分。为了帮助我写好本书，韩菁清女士从海峡彼岸带来了许多梁实秋情书原件。本书中所引用的

梁韩婚后 1 周年纪念

不少梁实秋情书，均属首次公开披露。另外，我编选的《梁实秋·韩菁清情书选》一书，也使广大读者得以读到梁实秋先生的精彩遗著——《雅舍情书》。情书中的种种"暗语"，均由韩菁清女士一一说明，作为注释附于每封情书之末。

在梁实秋去世之后，韩菁清女士每逢 11 月 3 日，均以梁实秋夫人的身份在公众场合露面。由台湾《中华日报》举办的"梁实秋文学奖"颁奖仪式，定于每年 11 月 3 日（梁实秋祭日）举行，现在已举行了三届，共颁发散文创作奖、翻译类译诗奖、译文奖等三类 18 个奖。韩菁清作为梁实秋夫人出席颁奖仪式，不仅仅是对梁实秋先生的追念，也是对"倾城之恋"（梁韩之恋）的最好纪念。

第十章

魂断台湾

她悄悄地在台北走了

1994年9月23日，台湾作家谢武彰先生给我发来一份传真。那是前一天台湾《民生报》文化版的一篇报道，巨大的七个黑体字标题，使我吃了一惊：《韩菁清悄悄走了》！

报道一开头便写道：

> 文坛耆宿梁实秋的遗孀韩菁清上个月底因脑中风送仁爱医院急救，延至8月10日过世，年66岁……

随后不久，新加坡报纸也刊登了韩菁清逝世的消息……

我简直难以相信。因为1994年4月间韩菁清在上海衡山宾馆跟我握别时

韩菁清在上海衡山宾馆

新加坡报纸刊登韩菁清去世消息

的话音，仿佛还在我的耳畔回响："过了盛暑之后，到上海来过中秋节。"那时，她看上去还是那么壮健。

台湾报道所称韩菁清66岁是不确切的。其实，她只有63岁。女人的年岁通常是个敏感问题，尤其是像她这样的女人。我因为要写梁实秋和她婚恋的故事，不能不准确地推算她的年龄，虽说连我也不便于直截了当地问她。我记得，她曾说过她命苦，因为她属羊——女孩属羊命苦；她又说自己的生日是重阳节。据此，我就算出了她的准确的生日：属羊，意味着生于辛未年，用万年历算出辛未年九月初九，亦即公元1931年10月19日。

她听罢，哈哈大笑，说是我头一回查清了她的"年龄秘密"，因为就连她自己，也不知道她的公历生日——她向来是在重阳节过生日。从此，她除了在重阳节过生日外，每逢10月19日也要过一回生日，而且笑称这是"叶永烈用他的'科学怪脑'给我算出来的生日"。

其实，台湾方面对梁实秋的年龄也算错了，总说他生于1902年。梁实秋生于光绪二十八年"腊八"，即十二月初八。我用万年历换算成公历，即1903年1月6日。韩菁清也"承认"了梁实秋的这一生日。所以，韩菁清和梁实秋实际相差28岁。

她的心"死了一大半"

我和韩菁清初识,也在上海衡山宾馆。那是因为我在1988年写了报告文学《梁实秋的梦》,发表后寄往台湾给她,她看后要和我相谈,虽说那时她来大陆总是躲着记者和作家。那回她住在衡山宾馆的总统房,在夜里约我见面。后来交往多了,我知道多年的歌星、影星生涯养成她夜生活的习惯,所以在上午我几乎不给她打电话,因为那时她睡得正香。

知道我要采访韩菁清,一位老朋友提醒我:"她可是当年上海滩上有名的交际花!"相识之后,我倒觉得她很坦率,毫不虚伪,待人真诚。她和我及内子一直保持很好的友情。她有不错的文学修养,写得一手好字,阅历丰富,谈吐富有幽默感。她曾在给我的一封信中,这样谈及歌星、影星这一职业:

> 虽然我从歌从影,当年为旧社会人士藐视,认为是"娱乐""不成大器"!但我认为尽本能地做到,能给人健康的娱乐,有何不好?做人多苦,生下来就哭,死去时又哭,活在世上给人类一点快乐,是很可爱的。此行业除了有少数败类,多数的人还是很高尚的。各行各业的人都有好有坏……

叶永烈采访梁实秋夫人韩菁清

这一段话，是她的肺腑之言。对于她来说，一生中最大的一件事，莫过于嫁给梁实秋。当年，梁韩之恋在台湾掀起轩然大波，梁实秋的学生们甚至成立"护师团"反对梁韩结合。反对者所反对的并不是两人年岁相差近30岁，因为倘若梁实秋所娶的是一位年轻的女教授，他们就会纷纷贺喜；反对者所反对的，就是因为韩菁清"从歌从影"，是个"歌女"，是个"戏子"！

　　韩菁清以她实际行动，表明了她对梁实秋的一片真情。她跟我相谈，总是三句不离"教授"——她向来在外人面前习惯地称梁实秋为"教授"，而在家中则喊他"秋秋"甚至"白皮猪"（梁实秋的皮肤甚白）。她在给我的信中，这样谈到她和"教授"共同度过的13个春秋：

　　　　13年的恩爱岁月，虽然短了些，但留下了可歌可泣不可磨灭的回忆及一页流传的佳话和历史。我此生没有白活，直到如今我仍沐浴于爱河中，因为他永远在我的心底。

　　"教授"的离去，对于她是沉重的一击，从此她深深地陷入寂寞之中。她的晚年，与猫为伴，在孤寂中度过——她原本不爱猫，只是由于"教授"爱猫，她也爱上了猫。1993年10月18日，她在给我的信中写及她的猫咪们：

　　　　已经握别五个多月了，回家后，年轻的小花也逝去了。这几个月里，虽由猫店送给我一只白母猫，但感情又要重建。我与那只小花子的情，现在这个"小个个"代替不了！去年10月份，死了黑猫公主及小虎，11月奔丧时一只小黄和小花都患了感冒……小家伙我发现都是离开我一次，受一次刺激，常常病……

韩菁清致叶永烈手迹

她在信中叹息现在"人情薄如纸"。此后一个多月（在 11 月 10 日），她又在给我的信中说：

> 　　我喜欢将猫放在第一，植物放在第二，个人才放在第三。动物、植物都在人物之上，你一定觉得可笑。现在的我，的确爱物甚过爱人；爱动植物，已超过爱自己，我见不得动物不舒服、亲手种的花枯萎！我的生活是相当孤寂的。

　　她在失去了梁实秋之后，深感男主人的重要。可是，她从无再婚的念头。她在 1991 年 1 月 26 日，给我来信，那信笺上方印着她和梁实秋的合影——当年她和梁实秋婚后特地印制的伉俪信纸：

> 　　出外两个月，回来要亲力亲为的事好多，一个人是很吃亏的！男主人真的是很重要很重要。虽然没有了他，我还能活，但至少我的心已死了一大半了！

　　台湾报纸称她在台北过着"隐居"生活，此言不假。每年，除了 11 月 3 日梁实秋祭日她以梁实秋夫人身份出席梁实秋文学奖颁奖仪式外，从不在社会上公开露面。

　　她的交际圈也很小，她甚至说，在台湾没有可以说话的人。正因为这样，她移情于小猫，移情于花草。她曾跟我说起，她在台湾，饭菜也极简单，每餐不过一个小锅，把菜全放在锅里，再加点水，煮一下，算是"有菜有汤"了。

她的"热闹日子"在上海

她说她的"热闹日子"在上海。她这样在信中对我说:"上海是我的故乡,我爱这个地方和这个地方的人。"尽管她是湖北黄陂人,但是她在上海度过了难忘的岁月。她的歌星生涯是从上海开始的。正因为这样,自1987年台湾"开禁"以来,她竟然到上海来了近20趟。

她是一个有着浓浓怀旧情感的人。每一回跟我相聚,她总喜欢挑选令她回首当年的地方。比如,在国际饭店,她对我说,她当年在这里唱歌,是站在什么地方;在百乐门饭店,她则说她当年到这里如何报考歌星而力压群芳;她很爱去静安寺,因为她家是静安寺的老施主,每一回她都要跟我说起小时候拜持松法师为师的事;有几回,她带我去上海江阴路她的老家——那一幢洋房如今住着二十来户人家,她指指点点,真的如数家珍……

在上海,她一次次跟我长谈,谈她的身世,谈她和梁实秋相识、相恋、相爱。这样,我写成了本书。她说,"叶永烈的这本书为我彻底'平反'"。这"平

韩菁清在上海花园饭店

叶永烈夫妇及儿子与韩菁清（右二）在上海花园饭店

反"，是指除去她和梁实秋结婚时"护师团"泼在她身上的污泥浊水。

为了帮我写好本书，她在家中翻箱倒柜，把她当年跟梁实秋恋爱时所有的情书和婚后的家书，从海峡彼岸带来给我。我曾对她说，你给我复印件吧，或者我复印后把原件还给你，因为这些原件太珍贵了。她却说，我带来了就不再带回去，放在你这里，比放在任何地方都放心，我完全相信你。这些信，本来是谁都不让看的。

我仔细地看了这批书信，认为在删去个别语句之后，完全可以出版。起初，她很犹豫，怕公开出版这些书信在台湾又会招来闲言碎语。我再三"鼓动"她，因为时间已经过去 20 多年，可谓"时过境迁"了；再说，书信中有许多"暗语"，只有她才能"注释"。幸亏她接受了我的建议，在她的亲自过问下，编定了《梁实秋·韩菁清情书选》一书，厚厚的 50 万言。记得，那些日子，她就住在离我家不远的一幢宾馆里，要么见面商量，要么电话商榷，终于把一条条注释"敲定"。这本书先由上海人民出版社出版，然后由台湾正中书局印行，成了畅销书。像这样道地的台湾"土产"，本应由台湾先出，这一回却颠倒过来，先在上海出，令台湾出版人士感到惊讶。其实，那是因为她看重上海，把上海视为故乡热土。

此后，我再度建议，请她授权上海人民出版社出版梁实秋的名著《雅舍小品》全集以及《雅舍杂文》，她也答应了。我为两书写了序言。她得知书即将

叶永烈与梁实秋夫人韩菁清一起在上海签售叶永烈作序的梁实秋《雅舍杂文》

印好时，于1993年10月18日给我来信："今年重阳扫墓，不做生日，谢谢你们有心将《雅舍小品》全集选在重阳出版。真有心有心（广东话）。"两书出版时，在上海台商中兴百货公司举行签名售书仪式，读者排起长龙，从底楼一直排到三楼。那天，她显得非常高兴，连说："今天太热闹了！太热闹了！！"

作为一位歌星，她很想在上海出版自己的歌唱精选磁带。她从台湾带来原声带，托我在上海帮她联系出版事宜。很遗憾，由于她的原声带是根据30年前她的唱片翻录的，配器单调，节奏也显得太慢，几家音像公司都未能接受出版。最后，她决定自费出版，我请上海一家音像出版社为她自费加工了1000套磁带，每套4盒。

由此竟引起意想不到的结果：那家音像出版社看了《梁实秋·韩菁清情书选》中所附韩菁清24岁时所写的一批小品，主动打电话给我，要出一盒朗诵带。我把这一消息转告韩菁清，她很吃惊，朗诵能出磁带？这盒磁带《我的爱人就是你》终于出版了。这一回她不是作为一位歌星，而是作为一位女作家，在上海静安寺艺术书店举行签名售卖仪式，那天也够"热闹"的……

她在给我的信中说："过过寂静的日子，也过过热闹的日子"，尽管"刚好成反比例"。

不过，她毕竟是一个喜欢热闹的人，一回到台湾，她就扳着手指，计算着什么时候来上海。

她写道："我又在预算着回沪的日子。'离别是重见的开始'，离别已十天了，也就是再见的距离拉近了十天！"

撤下没有写完的《蜜年》

她还说："人生苦短，在我有限之年'云游四方'。"她很乐观，在她看来，她的"有限之年"还很长，她在信中说要安排好人生未来的"三分之一"生命。确实，她才60出头，原本离人生的终点站还很远，所以她在1994年7月28日晚还外出买东西，准备来大陆过中秋节，万万没有想到死神正逼近她。

据她的台湾亲友来信说，她在外出时"突然昏倒，送至医院，医生检查结果为脑溢血。就这样住院，完全昏迷两周整，直到医生宣布死亡"。她患有高血压症，其实早在梁实秋写给她的情书中就已经提及要"小娃"（梁实秋总是这么称呼她）注意此病。可是，她却从不量血压。

她生性好强，不大去看病，总以为自己的身体还很不错。步入晚年，她日见"发福"，于是高血压症也就日益加重……

在她台湾亲友的信中，还写及医生说她的死，是"用脑过度，最近要去大陆，赶稿子实在辛苦"。

她"赶"什么稿子呢？其实，她近来没有赶过什么稿子。这稿子，无非是指《蜜年》一书。

她在1990年2月15日给我的信中，就曾写道："我将来会将新婚一年的日记慢慢整理好，让你过目后，交由你发表。"那是因为她告诉我，她和梁实秋结婚后，每天都记日记。我劝她整理出来，出一本书，她答应了。

她的文笔不错，又写过诗，写过散文，写过歌词，写过电影剧本，她完全可以写好。不过，我知道她是个散漫的人，她自己也承认这一点。所以，我必须催她，她才会写。终于，她开始写了。她原先写的日记，只是"流水账"罢了。如今以那日记为依据，重新另写，每篇日记写成四五千字。她写的第一篇，就是和梁实秋结婚的那一天，写得非常细腻而生动。她寄来后，我当即交大陆刊物发表了。于是，她有了兴趣，又寄来第二篇、第三篇……每一回收到她的稿子，我都转交刊物发表。

如果她坚持下去，一定能写成一本好书。可是，她散漫的习惯又上来了，不写了。1993年11月10日，她给我写信说："我的书，大概是一年写一个蜜月，12年才能付印，实在不能与你的'科学怪脑'比。"后来，她就连"一年写一个蜜月"也写不成。她在信中说："这几个月来，心情坏，写作进度更慢。"到了她去世的那年，她连一篇也没有写，也就根本谈不上"赶稿子实在辛苦"而"用脑过度"了。

她走了！我重读她给我的一大堆信，确实令我非常怀念。她去年知道我和内子要飞往美国探望两个儿子，就给我来信："你们月底离沪正好。我于本月24日晚抵沪，可以大家聚聚，我送你们上飞机，同时将我的爱和情带给你们的两个孩子。"她真的从台北赶来，为我们送行。

她差不多每一封信的信封上都贴着粘纸纸花，信中或夹着小贺卡，或者夹

花丛里的韩菁清丝毫没给人伊人将逝的预感

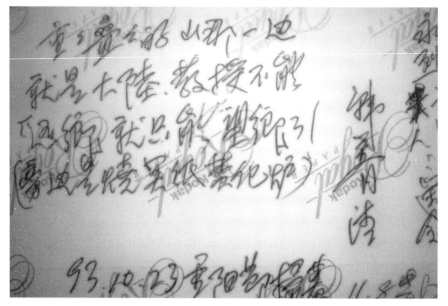

韩菁清在梁实秋墓的照片后的题字

着照片。粘纸纸花是她精心挑选的：要么是个《雅舍小品》的"雅"字，要么是小猫，要么是"想念"，要么是"永久的朋友"。她的很多信随手写在小卡片背面，卡片正面则印着这样的句子：

> 每天都是想念的日子
>
> 想写的写不尽
>
> 想说的说不完
>
> 让这小小的卡片
>
> 代表我的关怀
>
> 我的祝福

她在1993年的重阳节果真没有做生日，却去台北远郊扫梁实秋的墓。她在墓前拍了许多照片送我，并在每一张照片背面都写了说明词。其中的一张背面写道：

　　　　重重叠叠的山那一边，

　　　　就是大陆。

　　　　教授不能"还乡"，

　　　　就只能"望乡"了！

如今，她也在台北安息了，不能"还乡"，只能"望乡"了！

跋
天上人间，我们仍在互诉衷情

古今中外，不分贫富，每天都有许多爱的故事，我与梁实秋的恋爱虽有点传奇，结婚却非常简单地在一家小餐厅举行，和普通平民百姓没有什么两样。

13年中，我们过着平凡幸福的日子，他每晨散步、写作，晚上看书，我每天莳花照顾猫咪们，更照顾他的饮食起居，有福同享，有难同当，互敬互爱，知己知彼。从恋爱到结婚，双方都付出了相当大的代价，当年写情书时，没有想到未来是个什么样的结局，也想不到今天在海峡两岸出版这本书。

多蒙叶永烈夫妇再三给我鼓励支持，他们考虑到研究梁教授史料的人可以更深一层地了解他晚年的生活情形，也要让现代的子子孙孙明了"爱的真谛"，所以我只好"恭敬不如从命了"。

的确，爱情不是一种儿戏，爱情是一种极神圣的东西，爱情是无价之宝，爱情是一种伟大的使命，夫妻都要担当，保持永远的美好！

恩爱夫妻梁实秋与韩菁清

愈是得来不易的爱情，愈要格外珍惜，人生苦短，应该多爱对方一些，使生命变得有活力。生活在一起，是几生修来的缘分，我们没有辜负上天的安排，我们的13年每天都拥有了甜蜜、美满和幸福，从我认识梁教授的第一天开始，直到今天出书，我以他为荣，他和这本书永远陪伴着我，继续地在降福于我。梁教授在我心目中是伟人，虽然巨人离席，虽死犹存！

　　谢谢全世界的读者都爱他，比爱我，我更高兴。我与他是两位一体不可分割的，天上人间，我们仍在互诉衷情，心心相印！我和他的爱情就是这样一直延绵下去，永远、永远，爱个没完！

　　韩菁清女士生前曾写了《天上人间，我们仍在互诉衷情》一文，且作为本书之跋。

附录

韩菁清与本书作者部分往返信件

　　1988 年 6 月 18 日，我从上海给住在台北的梁实秋夫人韩菁清寄去了报告文学《梁实秋的梦》，并附去一信。

　　韩菁清在 1989 年 12 月 31 日从台北飞抵上海，住于衡山饭店。稍事休息后，1990 年 1 月 2 日，第一次约见我，一见如故。1 月 14 日，她从上海回台北。在沪期间，我多次采访了她，从此有了许多联系，直至她 1994 年 8 月 10 日在台北去世。

　　在这四年多时间里，她曾 15 次从台北来到上海，每一次来沪都与我聚会（除了我赴美国之外），特意住在离我家很近的宾馆，保持着密切的联系。她期待着我与内子访问台湾，欢迎我们住在她家。她来我家时，看到客厅里放着红色羊皮沙发，很喜欢。她说，我们去台北的时候，她家客厅也换上红色羊皮沙发。很遗憾，当我们终于去到台北的时候，她已经离开人世。

　　这里收入韩菁清生前与我的部分通信。她更多的是从台北打电话给我。

叶永烈　2017 年 4 月 2 日

叶永烈致韩菁清

尊敬的韩菁清女士：

　　为了悼念梁实秋先生，我写了《梁实秋的梦》一文，发表于《上海文学》今年第 6 期，现奉上。不当之处，盼予指正。

　　颛此。谨颂

暑祺

中国作家协会上海分会

叶永烈上

1988 年 6 月 18 日

于上海

◆◆◆

尊敬的韩女士：

向您拜年！

刚接韩述祖先生（韩菁清的侄子）电话，我即给您打了电话。怕电话里地址没说清楚，再补寄名片。

如能寄来梁教授（梁实秋）给您的信的影印件及当年有关报道影印件，非常感谢。我会尽力写好的。已完成的初稿 4 万多字。除今年 3 月在上海杂志发表外，另外将出一单行本。

谢谢您给予的支持、帮助。

祝

新春平安

万事如意

叶永烈

1990 年 1 月 27 日

◆◆◆

韩女士：

2 月 5 日寄来的十张照片及"台银"报道都收到了，非常感谢。

日前寄去的清样，谅已收到。

大约再过 20 天，杂志就印出来了，我会马上航空寄您。

另外，已着手出一单行本，梁教授给您的信的剪报，不知能否影印若干收入单行本中？如方便，请寄我。

刚才与"大毛"[1]通了电话，他都好。

匆匆。

祝

万事如意

叶永烈上

1990 年 2 月 13 日

上海

韩菁清致叶永烈

永烈：

全部稿子都很好，只是形容文茜脸上皱纹很多，欠妥，请改正好吗？还有 1982 年，我没有陪教授赴美，文茜是在给我的信中写了"妈妈我真感谢您，使我爸爸这么年轻健康"，也请改一下。

清

1990 年 2 月 23 日

◆◆◆

永烈：

13 日信收到。这次剪报太多，教授的情书现寄 13~20 号，尚差 21 号，下次随别的稿子及照片再寄给你。

昨天以前都闷热，今天又转凉了。请多多保重。

祝

俪安

菁清

1990 年 2 月 24 日

---

[1] 即韩述祖，下同，不另注。

250

叶永烈致韩菁清

尊敬的韩女士：

寄来的剪报都已收到，非常感谢。

今日《新民晚报》已登广告，明后天《现代风》编辑部就会把杂志送到我家，我即可航寄给您。

刚才与大毛通了电话，他说您不日将会来沪。这样，我先航寄几册给您，其余的您来沪时交给您。送您20册，大毛10册。

另外，已着手出单行本。您这次来沪时，如方便，请把您与教授婚事的一些报道带来，以便作更多的补充。教授的台湾版散文集，如《雅舍小品》等，有多余的话，带一两本给我参考，非常感谢，因为上海很难购到教授在台出的书（我需要的是他的回忆生平和谈及您的散文）。

匆匆。

　祝

如意

永烈上

1990 年 3 月 4 日

夜

韩菁清致叶永烈

永烈：

我在港逗留了四天，14 号安抵台北，除了下机时天气晴朗，整天都有雷电雨，许多地方淹水，我家附近一带地势高，不怕大雨，附近购物方便，大公司内的超市果菜都比外面便宜，不用担心。5 月份出版歌带[1]，请存在大毛处数份。谢谢。

请代问尊夫人及大、二公子好。

---

[1] 即叶永烈联系在上海出版韩菁清歌带。

你派大公子、成军送我，非常谢谢你。

清
1990 年 4 月 19 日

叶永烈致韩菁清

韩女士：

谅已安抵台北。

这次在上海三个星期，多次会晤，甚为高兴。

给上海《新民晚报》写的报道已经登出，寄上。您喜欢那张穿白毛线衣的照片，就选登了那张。《新民晚报》发行量达 100 多万份。在电话中，柯灵、韩学章都说看到了报道。大毛上街买了十份，分寄给各地亲友。

还有一批照片及底片，过几日印好再寄您。照片留驻了时光，留下美好的回忆。

我的太太、孩子都问候您。

祝

万事如意

永烈上
1990 年 4 月 11 日
灯下，上海

◆◆◆

韩女士：

前几日寄去《新民晚报》报道，谅收到。

今收到大毛转来您寄自香港的照片，谢谢。其中一部分，我已分寄给柯灵和韩学章大律师。

附上几帧您没有的照片。我给你拍的那张穿紫色背心的，果然很不错，左侧有南京路。

全家都问您好！

祝

安康

永烈上

1990 年 4 月 18 日夜

◆◆◆

韩女士：

寄去的《新民晚报》、照片两信，谅均悉。

昨日，北京的《团结报》又登报道，寄上剪报。这一回"韩菁清真可怜"[1]——因为编辑大人把你的照片登反了！所以，看上去总有点不大像！

原照是彩色的，必须经过翻拍成黑白片方可制版，在翻拍过程中弄反了。

我亦已另寄大毛。

草草。内子及孩子均问好！

祝

如意

永烈上

1990 年 4 月 22 日

上海电台已在制作节目，播出时另告。

另外，《新民晚报》转来"老上海"来信，有一位说及 1946 年名叫唐松昌（外号"小弥陀"）给你做旗袍的情形。还有人研究上海"百乐门"历史，想找你详细了解。

---

[1] 韩菁清曾演唱过一首歌，叫《韩菁清真可怜》。

韩菁清致叶永烈

永烈：

信及《新民晚报》三份收到，非常谢谢。

韩大律师不知出院没有？代我请安。当年的启事三份影印奉上，请转一份给她，想她看了一定会什么病也没有了！她是位慈祥能干的好大姐，我从小就佩服她的。

上海电台立体声[1]播出后，请多拷贝几份，让我及亲友们分享。麻烦你了！

祝好。并请太太安及问候大公子、二公子。

清
1990 年 4 月 23 日

◆◆◆

永烈先生、夫人：

《团结报》收到，谢谢。

教授当时唱的是（注：把《我的家在东北松花江上》改词）：

"我的家在台北忠孝东路，那儿有我的小娃，还有那白猫王子与鲜花。"

然后"九一八，九一八"，我就狠狠地在他大腿上揪，唱"揪一把，揪一把"。

那时好像我有虐待狂，他有被虐待狂，"真可怜啰！"[2]

韩菁清
1990 年 5 月 1 日

叶永烈致韩菁清

韩女士：

4 月 19 日短笺，今日收悉。

---

[1] 叶永烈联系了上海电台播出韩菁清演唱的歌曲。

[2] 韩菁清演唱过一首歌，叫《韩菁清好可怜》。平常，她戏称自己"好可怜"。

寄上你的歌曲目录，是叶舟用电脑打字。还有一篇文摘。

寄去的《新民晚报》《团结报》，谅都收到。

上海电台近日会播，会多录几盒送你。

匆匆。

祝

万事顺心

永烈

1990 年 5 月 6 日

上海

◆◆◆

韩女士：

今晨通了电话后，即转告大毛。

上海电台定于 21 日晚及 22 日上午两次播出。据告，6 月份还会重播。

过几天，《上海广播节目报》会登出你的照片以及 "韩菁清歌唱专题节目" 预告时刻表，到时另寄。

复印件已面交韩学章的女儿。她仍住院。

来沪时，如方便，请带一两张教授的可供发表用的照片。另外，如有关于教授的资料能带一些，则非常感谢，以便为教授写长篇传记作些准备。

内子及两个孩子都问你好！

祝

顺心

永烈上

1990 年 5 月 15 日

◆◆◆

韩女士：

《上海广播节目报》已登预告，寄上。只是说明词中，编辑错写为 "韩菁清 1946 年 11 岁"。

255

21日在黄金时间——晚6时至7时——播出。因为上海人6时刚吃过晚饭，7时则电视开始。所以6~7时是听音乐广播最好时间。

22日在上午重播。

大毛今一早就告知买好了报纸。

你来沪时听录音。

　　祝

夏安

永烈上
1990年5月16日

韩菁清致叶永烈

永烈：

　　歌曲效果如何？盼先寄一卷卡式来，先聆为快。因搬家，苦差事！疏寄。请安。多多原谅。

　　祝

俪安

　　代问候舟、丹好！

清
1990年5月25日寄

叶永烈致韩菁清

韩女士：

　　我刚从庐山返沪。后天飞往北京，在那里小住一星期即回沪。

　　录音带于昨日交台湾朋友陈信元先生，他大约一星期后回台北，您便中可派人去取。

　　陈信元先生是业强出版社总编辑。

另外，我还拷贝了几盒给大毛。

专此。祝

顺心

永烈上

1990 年 6 月 10 日

韩菁清致叶永烈

永烈：

谢谢你临别的厚礼，我千万也想不到在人情薄如纸的今天，能幸运地交上了你们贤伉俪这样的好友，使我觉得温暖尚存人间。同时也得到了你们在我精神上的支柱，在我还有生命里的三分之一时间里，一定多多和你们走动，并向你们多多学习，增添福缘。

我又在预算着回沪的日子，"离别是重见的开始"，离别已十天了，也就是再见的距离拉近了十天！中秋前后我一定回来。上海是我的故乡，我爱这个地方和这个地方的人，尤其是你们一家。

附上二位的俪影。贴纸二张给大弟、小弟。敬祝

俪安。

并祝

舟舟、丹丹健康快乐

清

1990 年 8 月 24 日

叶永烈致韩菁清

韩女士：

在沪又得畅叙，十分高兴。

江苏文艺出版社的《倾城之恋》一书，本月底可在上海上市，不日可寄您。先寄上书中彩色插页若干，可看出制版质量还可以的。

台湾版正在作大修改之中。您过去在小时候的作文、香港报上登的文章《梦中人》《车中人》《意中人》《途中人》以及诗词《蝶恋花》《浣溪沙》等，如方便，请寄我，以及时补入。

内子及舟、丹问候你！

祝

万事顺心

永烈上

1990 年 8 月 19 日

◆◆◆

韩女士：

寄来照片收到，谢谢。

《倾城之恋》已作了大修改。江苏出的只 7 万字，这次补充了 7 万字，增加了一倍。

听大毛说，您月底也许会再来沪，可请您审定，并作一次补充，以出台湾版。陈信元先生前天从台北来电话，说会以很快的速度印行。

韩菁清致叶永烈（1990 年 8 月 24 日）

叶舟（注：作者长子）已于 9 月 3 日中午离沪飞美。途经旧金山时，我的侄子开车接他，并陪他游览市容。飞抵堪萨斯市时，他的导师率全家开车到机场迎接。他已几次来电话，均好，并问您好！

内子亦向您问好！

祝

顺心

永烈上

1990 年 9 月 6 日

◆◆◆

韩女士：

8 月 24 日信收悉，谢谢。

知道您中秋来沪，非常欢迎，又可重聚。《倾》已改毕，可请您过目。

秋高气爽，是上海最好的季节，陪您到上海各处走一走，不会再当"翰林"。桂林公园金桂飘香。

韩学章昨日托女儿打电话来，说医生同意她今日会客（前些日子不能见客），您却在海峡那边了。下月可以有机会再去看望她。

内子及"小弟"均问您好！只是"大弟"已在大洋彼岸，"遍插茱萸少一人"！

您的《蜜年》动手写了吗？

祝

万事顺心

永烈上

1990 年 9 月 10 日

又：您与教授的结婚照还有吗？台版作封面用。

◆◆◆

韩女士：

收到此信之际，正值您花甲大寿，祝生日愉快！

259

谢谢您远道带来《蝶霜》广告画。我已翻拍，寄上照片。原画，下次来沪时面还。

您与教授结婚彩照、《菁清小品集》、您早年的诗词以及教授书信照片，便中带来，以及时补入书中。

草草。即颂

安康顺心

永烈上
1990 年 10 月 18 日
上海

◆◆◆

韩女士：

昨夜通了拜年电话，今晨便接到 26 日来信，谢谢。看到信笺上印着的照片，如晤。

教授的情书已由上海人民出版社抄毕，列为重点书。江苏文艺出版社拟出手迹影印本（用原稿拍照直接制版），期待着与您签出版合同。只是这么一来，要用全部原稿——《联合报》发过的情书的原稿，也盼带来。他们拟用书名《梁实秋情书真迹选》。如此这般，随着这些书的印行，会在大陆掀起教授的"情书热"。

另外，照片的需要量也更多了——每种书用的照片各不相同，使您和教授有更多的"亮相"的机会。

今尊照片我会再印一些送大毛。

叶舟昨来电话说，即将转学到加利福尼亚大学。通讯处以后另告。

祝

新春安康

内子附笔问候

永烈上
1991 年 2 月 16 日

◆◆◆

梁夫人：

原以为这几天样书可到，印刷厂又拖了些日子。好在已听见"楼梯响"，很快会"人下来"。半个月前，我已见到印好的第一本，很漂亮，你见了一定会喜欢。

叶舟很好，今天凌晨从美国来长途，问候你！

昨日上海《文汇报》有一幅梁教授的漫画，剪下，一笑。该报选登了一篇关于我的近况的报道，一并寄上。

春节在即，向你拜个早年！

内子问候你！祝

万事顺心

永烈上

1991 年 1 月 15 日

上海

◆◆◆

梁夫人：

回台之后，谅一切安好，常在念中。

《情书选》已由上海人民出版社发到印刷厂排印。封面正在设计中。封面上要印作者简介，各二百字。我拟了初稿，现附上。如有不妥之处，望即告。因为一旦封面制版，文字就不好改动了。

台版《情书选》亦已编好，待您与业强或正中出版社签了合同，即可托人转去。

内子向您问候安康。

祝

万事顺心

永烈

1991 年 5 月 3 日上海

韩菁清致叶永烈

永烈：

27 日由港回家，每天在忙着洗猫。下了一个星期的大雨，气候很不好，潮得很，有点咳嗽，但不要紧。教授的信统统找到了，只是自己的信没有看到半封。澳洲墨尔本的胡百华教授想亲自去上海看资料，配合他的时间我将再来沪。（你）眼睛要特别照顾，出去必须与她同行。

祝好

菁清

1991 年 5 月 8 日

明日去上坟（结婚纪念日）。

叶永烈致韩菁清

韩女士：

前函谅悉，尚未接回函，不知安否？念念。

我近日频频外出，先是飞往安徽，然后飞往成都，又去遵义及贵阳，刚返沪。

寄上《团结报》一文，供存念。

据香港来长途，《明报月刊》要选载教授与您的若干情书，我已寄去一些。这些信件版权属您，我已嘱他们把杂志及稿酬直接寄台北给您，谅会一一收到。

上海版正在排印。台版，您若已接洽，请告知，我可托人把书稿带去。

内子向您问好！

祝

夏祺

永烈上

1991 年 5 月 31 日

上海

◆◆◆

韩女士：

前几天刚把信塞进邮筒，回家就收到你 5 月 8 日短函，谢谢。

今收到正中书局来函，告知你已与该社签约。这样，如有便人来沪，即可把书稿带交该社，以早日安排印行。

我近日要去北京一趟，很快会回来。然后还得去江西采访，也是短期的。

前天叶舟从美国来电话，说一切都好。

胡教授何时从澳大利亚来沪？最好请事先告知，以便恭候学长——因为我这些日子频频外出采访。

上海这几日凉快，倒是贵州热得穿 T 恤。

小猫可好？内子问你好！

祝

吉祥

永烈上

1991 年 6 月 6 日

◆◆◆

梁夫人：

上海匆匆一别，我即前往江西采访，历南昌、井冈山、瑞金等城，刚返沪。

寄上《知音》杂志第 8 期。另外，香港《明报月刊》第 8 期亦已载此文，不知您收到刊物了吗？

正中书局已来信，待您与他们签了合同，即可交稿。

上海人民出版社昨来电告知，该书的订数出乎意料的少——迄今只有 500 多册！可能是定价太高的缘故。出版社正在努力作些宣传，看会不会增加订数。

草草。南昌气温达 40 摄氏度，如同火炉。回沪那天，暴雨如注，"的士"在水中行，如同汽艇！

内子托我问候您。祝

暑凉

永烈上

1991 年 8 月 10 日

◆◆◆

梁夫人：

拼图照片、"好可怜"及黄先生的赠品均悉，谢谢，并请代向黄先生致谢。

拼图已拼好 [1]，用胶水粘好，装入大镜框，挂了起来，"高高在上"，俯视着书房。

好消息：上海人民出版社告知，《情书选》征订数已有 6000 册，起码可不亏本，也就松了一口气，不再"好可怜"了。

港版希望用 100 幅左右照片。如有未登过的好照片，不要失去这次很好的"亮相"机会。印在书中，可永存于这个世界。

内子嘱笔问候！

祝

一切顺心

永烈上

1991 年 9 月 2 日

叶舟前日美国来电话，亦代问您好。他已到宾夕法尼亚去上学。

◆◆◆

梁夫人：

返台后，谅一切安好！

关于你和教授的情书，在大陆引起争论。争论文章已影印，附上，一笑。又，最近还发表回忆文章《第一次投稿记》，一并影印寄上。

[1] 指韩菁清所赠她的大幅拼图照片。

我近日将飞往广州、珠海、深圳，在南方一星期，即可飞回上海。

内子附笔问候！

祝

万事顺心

永烈上

1991 年 10 月 31 日

上海

◆◆◆

梁夫人：

昨夜接长途，今晨转告大毛，说您给逸平寄礼物，他说非常感谢！

上海版的《情书选》近日可到，我即会航空寄您。《明报》，我会联络，请方良柱先生[1]直接给你打电话或去函。

寄上一篇"猫文"，一笑。

近日写完了一部 40 万字的长篇新著，总算长长地舒了一口气。新著是《红色的起点》的续篇，也是由上海人民出版社印行。

内子问候您！贺卡收悉，谢谢。

我家附近的新立交桥完工了，好漂亮。今天上海飘着雪花。

祝

新年顺心

永烈上

1991 年 12 月 26 日

上海

---

[1] 明报出版社总编辑。

韩菁清致叶永烈

永烈：

零食用航空已寄美国你的大公子处，让他过年有得吃。

1992 年 1 月 29 日

叶永烈致韩菁清

梁夫人：

寄来的"黄玫瑰"[1]收悉，好潇洒呢！

上海的《中外书摘》杂志，转载了《倾城之恋》，寄上剪报。

"华亭"[2]前面的立交桥通车了，黄浦江上的大桥也通车了。

祝您和小猫春节愉快！

内子问候您！

永烈上
1992 年元月 29 日
上海

韩菁清致叶永烈

永烈：

剪报两份收到。书如已出版，请与小邱联络，请她找人转，并代寄湖北家

---

[1] 她手持黄玫瑰的照片。她演唱过的一首歌也叫《黄玫瑰》。

[2] 即上海华亭宾馆，她来上海喜欢住在那里，因为离叶家甚近。

人及上海朋友（她行）。待天气暖和小花长大一点我才出游。保重，祝福！

尊夫人安好

德荣

1992 年 2 月 12 日

叶永烈致韩菁清

梁夫人：

前天——2 月 16 日——航空、挂号寄上样书，谅收到。

附上封面、封底照片及底片，你喜欢的话，可冲印一批送人。

草此。

祝

顺心如意

永烈上

1992 年 2 月 28 日

◆◆◆

梁夫人：

遵义、武汉、北京及港、台的书均已一一照寄。韩学章律师家，我去过，已给她送去。九毛、林挺生、刘绍唐处，你可去电话，问一下收到否？

来沪时，有一小事麻烦：《传记文学》接连登我的文章，但不寄杂志，你家中有，如方便请带我以下几期，即 56 卷 6 期，58 卷 5、6、7 期，59 卷 1、2、5 期。

倘觉得重，或者把我的文章剪下来亦可。倘找不到杂志，就不必了。

内子托我问候！

祝

万事顺心

永烈上

1992 年 3 月 6 日

◆◆◆

梁夫人：

这次去西安、黄陵、延安、宜川跑了一圈，回沪后忙于新著。事杂，寄上一些报道代言。

前几天台湾女作家林海音、桂文亚来沪，陈信元先生也已来沪，匆匆通了电话，未及晤面。过几天，台湾作家黄海先生也将来沪。天暖，朋友们纷纷过海峡而来。

小邱来过。均好。内子代为问好！

祝

万事顺心

永烈上

1992 年 4 月 30 日

◆◆◆

梁夫人：

顷接上海人民出版社电话，大作近日又加印了，印至 2.5 万册了。台版，不知是否已印出？

《中外书摘》亦摘载了大作，稿费均保存在上海人民出版社财务科，由您日后来沪时直接领取。

《蜜年》可否先寄几页给我看一看？如合适，照此"模式"写下去即可。著书是一苦事，但一旦印出来，受到读者欢迎，又是一大乐事也。

内子附笔问候。

祝

笔健

永烈上

1992 年 5 月 19 日

◆◆◆

梁夫人：

前几日香港《文汇报》刊一书评，附上影印件。

《蜜年》尚未见到。另外，上海在出版《作家书信欣赏辞典》，拟收入梁教授的一些信，出书后会送你样书及稿酬。

草草。

祝

夏祺

永烈上

1992 年 6 月 12 日

◆◆◆

梁夫人：

昨深夜接到电话后，今日即向上海人民出版社转告。该社意见如下：

非常欢迎您把梁教授著作授权该社印行。在授权后，该社律师将维护您在大陆拥有的版权，制止侵害您的合法权益的行为。

他们提出四点要求：

一、请影印教授遗嘱关于版权的内容（《情书选》524~525 页）。印刷件无效，教授手迹才有效。律师将以此为依据。

二、请告知，您将授权上海人民出版社出版梁教授哪几部著作，以便该社随即安排出版计划。

三、请写一委托书，写明把梁实秋著作的大陆专有出版权授予上海人民出版社，并委托上海人民出版社维护您在大陆的上述版权。该社迅即与您签订出版合同。

四、请草拟一份声明的内容，上海人民出版社即可委托该社律师在报上公开发表声明（内容依据您草拟的声明，但律师可用法律语言叙述），以求迅速制止大陆其他出版社的侵权行为。

据初步了解，大陆各出版社印行梁教授著作不下十种之多，侵权情况相当严重。

匆覆。

又：如果您急于解决此事，可把有关文件电传该社。

永烈上

1992 年 6 月 20 日

韩菁清致叶永烈

永烈、蕙芬：

大半年不见了，十分想念。夏天还是大家在家休息及阅读写稿好。菊黄蟹肥时我们再相聚罢！多谢你们为我所做的一切。真难为你们。我很好，勿念。多保重。

祝

俪安

菁清

1992 年 6 月 22 日

永烈：台视记者傅达仁，第一个写对，后面写了达人，请改一下。

叶永烈致韩菁清

梁夫人：

《蜜年》（2）、（3）、（4）今日一起收到。万事开头难，现已开了头，一鼓作气写下去，坚持到底，一定能写出一部好书来。

转上两信，是寄到出版社托我转你的。

傅达人已改傅达仁，勿念。

写《蜜年》多用句号，可使句子短一些。文笔不错，一口气读了下去。

拙著《大机密》由风云时代出版社印出，已在台北上市，谅可见到。

内子问候暑安！

永烈上

1992 年 7 月 11 日

韩菁清致叶永烈

永烈：

收到 11 日信及剪报，转来的读者的信，未附地址，无法回复，希望你下次寄来地址。

凡是来信不谈爱与婚姻的，我都复。

近来忙于整理台北敦化南路房子，一个人又在练手劲、脚劲，因表兄夫妇及女儿女婿均迁出，留下许多垃圾，那房子门口在开工（地下铁），无法行车，我又像老虫[1]搬家，一次一点，叫不到车，又加电梯又坏了（幸亏在三楼），35度的暑天，也够受罪的。

不要的旧东西，请人家拿，还要付钱，送给他们也要付钱，垃圾太多为患。

8 月 1 日租给替我做头发的香港师傅（三个王老五），明天去律师处签约，月底前交屋，没有给你信和电话，请原谅。匆祝

俪安

菁清

1992 年 7 月 20 日

教授的遗嘱与我写的第五天的日记，想已收到了吧？（二）、（三）两篇请再印一份赐下。谢谢。如有错字请帮我改正。

叶永烈致韩菁清

梁夫人：

顷接您的委托书及梁教授遗嘱影印件，即转上海人民出版社。有关版权声明，该社会即交律师办理。另外，该社希望您提供《雅舍小品》及《雅舍杂文》各两册，以尽快安排出版事宜。

另接明报出版社方良柱先生信，由于正中书局印的《情书选》已出现在香

---

[1] 老虫，上海话，即老鼠。

港，该社只好放弃了。附方先生的信。

大暑之中，多保重。内子问候您！

祝

夏祺

永烈上

1992 年 7 月 23 日

韩菁清致叶永烈

永烈：

昨天正中书局将你编贴的一本照片还来了，他们说香港方面出版的"情书选"绝对不是正宗的，因台北到目前为止，才印了一本"样版"，出版日期未定，出版后至少各报会有消息。此地洗头店师父剪下一张《星岛日报》，大概转登了《新民晚报》的消息。

现附上一封捧《倾城之恋》的信，你看后当知是谁写的吧？匆祝

俪安！

菁清祝福

1992 年 8 月 1 日

叶永烈致韩菁清

梁夫人：

7 月 20 日函、《蜜年》（6）及照片均悉，知你整理房子，度过一个"苦夏"。

上海人民出版社已寄来合同，托我转你。共两份，如蒙同意，签字后，掷寄一份给我即可。另一份由你保存，日后备查。

《雅舍小品》《雅舍杂文》便中各寄两套，便于尽早安排印行。

内子问候你。

祝

夏安

永烈上

1992 年 8 月 7 日

◆◆◆

梁夫人：

两批照片均悉。《星岛日报》消息很快，只隔一天就转载了。

我到俄罗斯去了一趟，刚飞回上海。明日（19 日）与内子共赴庐山（那是你的出生地），在那里住一周然后返沪（26 日）。你见此信时，我们已经在家了。她问你好！

上海人民出版社嘱，两书尽早安排印行。我最近又从书摊上购得广州版及北京文化艺术版《雅舍小品》各一种，足见乱印之多。待收到合同后，上海社律师即会在报上发声，制止乱印。

祝

安健

永烈

1992 年 8 月 18 日夜

◆◆◆

梁夫人：

我和内子已从庐山归来，在山上住了一个多星期。

正中寄来教授的《雅舍小品》四集及《雅舍杂文》一册均收到，日内即可交上海人民出版社。但你的合同尚未收到。

附庐山照片一帧，送你存念，说明词已在照片背面。近来事冗，9 月将去北京一趟，时间未定。

祝

顺心

永烈

1992 年 8 月 29 日

韩菁清致叶永烈

永烈先生、夫人：

本来中秋节我们又可以一起在上海友谊酒家赏月的，只是因此次"台胞证"需 15 天才能领取（五年期的），所以当时没有订机票。现在班班机都满，所以只能来沪过生日了。

谢谢你们为我摄得的出生地"白宫"[1]照片。匆匆，祝

中秋快乐

德荣

1992 年 9 月 8 日

附上合同，照片两张。

叶永烈致韩菁清

梁夫人：

9 月 8 日信及合同均悉，谢谢。

我刚从苏州回来。10 月 8 日，我将飞往成都，出席在那里举行的第五届全国书市，然后赴重庆。另外，还将去北京一趟。10 月 20 日之后，大抵会在沪。今年时而东北，时而西安，时而南昌，外出甚多。

电话电缆被卡车撞断，修理多日，谅近日可以修好。

---

[1] 指庐山上韩菁清出生地，白色的房子。

274

寄上小小贺卡，内子和我祝您生日愉快——也许，那时您已经来沪。

草草。

祝

万事顺心

永烈上

1992 年 9 月 21 日

◆◆◆

梁夫人：

近好！

我从杭州返沪。《家庭》第 11 期已出版，寄上剪报，稿酬日后面交。

正中书局可能要继续出《家书选》，已来函。待他们看了书稿再定。

磁带在下月初大约出不了，封套印刷周期较长。另附《读者导报》，正、反面都是有关你的报道。

草草。

祝

顺心

内子附笔问好

永烈上

1992 年 11 月 15 日

韩菁清致叶永烈

永烈：

大公子前晚打 TEL（注：电话）来，他没有看到《情书选》。

请向你的邻室住户打声招呼，因我订了一年的《中国时报周刊》，由香港寄出，送你的。

我在台北付费，大约 20 号你该收到。但是《中国时报周刊》写成寄到你的邻室去了！收到后请来信。

菁清

1992 年 12 月 21 日

叶永烈致韩菁清

梁夫人：

别致的贺卡收悉，谢谢。

《时报周刊》尚未收到。我的邮件每天一大堆，不论写什么室都会收到的，勿念。

音像出版社来电，希望定在 2 月 14 日签名——因为那天是"情人节"，你的带子销路会很好。

我的小儿子已飞美。美国两所大学给了他奖学金，他赴美读博士学位。由于有奖学金，生活有保障，用不着去打工。

两个儿子都去了美国，家中变得冷清了，每日忙于新著。愿你能继续写《蜜年》。

内子问候你！

祝

新年万事大吉

附一份书评

永烈

1992 年 12 月 25 日

◆◆◆

梁夫人：

新春之际，向您拜年！

《中国时报》周刊，已于日前收到一期，谅日后会逐渐收到。谢谢您的关照。

该刊在 1992 年 1 月 19 日至 25 日那一期，曾登载我的照片及报道。

两个儿子都去美国，今年春节家中显得冷清了。均好。内子问候您。

祝

您和小猫春节愉快

永烈上

1993 年 1 月 9 日

◆◆◆

梁夫人：

近好！

有一封读者来信，转上。

近日与内子飞往海南岛度假，到了天涯海角。

我仍忙于新的长篇，均好。

多多保重。内子附笔问候！明日我和她飞往北京，大约住四天即飞返上海。

祝

万事顺心

永烈上

1993 年 3 月 30 日

◆◆◆

梁夫人：

近好！

前函谅悉。

重阳佳节到来之际，谨祝生日愉快。

《梁实秋雅舍小品全集》即将印出。如能在重阳节时印出，将成为你最好的生日礼物。我为你订购了十五册，不知够用否？请告。

我家附近的"宠物市场"颇为红火，来沪时陪你去看小猫。

地铁也已试通车。

我已经接到台湾方面的邀请，明春赴台访问。目前已在办理手续——颇为繁杂，未知能否如愿。

277

内子问候你。

祝

生日万事如意

永烈

1993 年 10 月 6 日上海

韩菁清致叶永烈

永烈：

生日卡，打字的信收到，非常谢谢，也非常高兴。上次收到你的信，没及早回复，万分抱歉，请原谅！

已经握别了五个多月了，回家后年轻的"小花"也逝去了。这几个月里虽由猫店送给我一只白母猫，但感情又要重建，我与那只小花的情，现在这个"小个个"代替不了！去年 10 月份死了"黑猫公主"及"小虎"，11 月份奔丧时"小黄"和"小花"都患了感冒，今年 2 月份它们在猫店被虐待过。5 月份我在大陆 17 天，虽然没将它们俩送去猫店养，关在家里，早晚是有人喂它们。到底没有人给它们爱抚。我发现小家伙都是离开我一次，受到一次刺激，常常病，自然就身体健康不好，再次感冒就发高烧而去！这几个月来，心情坏，写作进展更慢，读者来函永远也没回完。

今年重阳扫墓，不做生日 [1]，谢谢你们有心将《雅舍小品全集》选在重阳节出版，"真有心，有心（广东话）"。我大约 11 月底来沪，再联络。

祝

贤伉俪快乐幸福

菁清

1993 年 10 月 18 日

---

[1] 韩菁清的生日为重阳节。

◆◆◆

永烈：

11月3日电脑打字的你在美国的地址刚收到，孩子们出去数年，你应该去团聚。

两个孩子都是"有车阶级"，你们两位可以二度蜜月了，真替你们高兴。"爬格子"相当辛苦，趁此机会放弃一切，让身心好好轻松一下，机器也该加油，否则何来那么多的脑汁？

我的《蜜年》，大概是一年写一个蜜月，12年才能付印，实在不能与你的"科学怪脑"比，何况我又是个散漫的人，又喜欢将猫放在第一，植物放在第二，个人才放在第三，动物、植物都在人物之上。你一定觉得可笑。现在的我的确爱物甚过爱人，爱动植物，已超过爱自己。我见不得动物不舒服、亲手种的花枯萎！这半年不来沪，也就是这个原因，其实我的生活是相当孤寂的！

你们月底离沪正好，我于本月24日晚抵沪，可以大家聚聚。我送你们上飞机去美国，同时将我的爱和情，请你们带给你的大公子、二公子。

昨天收到你的大公子寄给我的生日卡片，还未曾复他，你们如通电话，代我谢谢他。

虽然没有和他通信，还是时常思念他的。匆复。祝

俪安。

菁清

1993年11月10日

我在沪耽搁十天，12月4日回台北。

韩菁清：痛悼丈夫梁实秋

1. 几生修来不渝的爱 [1]

亲亲：

我在呼唤你，可曾听到？5 月 8 日是母亲节，你大概在陪你母亲吧，你是最孝敬母亲的，当你看到我在吃蚶子的时候，你说你在母亲身边剥蚶给她吃，放了麻油、酱油、醋再亲自去切姜末，看着她吃，偶尔也亲手递到她嘴里，说着说着，你也剥了蚶子喂到我的嘴里。你吃东西快，但是并不放下碗筷走到一边去做别的事，你总是爱坐在我身边欣赏我吃，边吃边聊，使得一向吃东西最慢的我更加慢了！但是，我好感谢你陪伴我，虽是小事一桩，使我好感动，且终生难忘！

你离开我半年多了：9 号就是我们结婚的 13 周年纪念，我最忌 13 的数字，你说我"迷信"。可不是吗？第 12 周年我们就分开了！今年结婚纪念日不能在一起，你的生日也没在一起，教我如何不讨厌这个"13"的数字呢？我只能写下这封信，9 号那天焚在你坟前，这样，天上人间，我们仍可以通信。

我好想念你，真的好想念好想念你，我每天躺在客厅的长沙发上与白猫王子在一起依偎，它是你最爱的一只猫，也是我最爱的一只，你要我善待我们的三只猫，犹如善待我们的子女一般，我想我是做到了！也许我比你还要宠爱它们，它们现在是我唯一的安慰，唯一的宝贝，我真不敢想象如果没有它们，我现在是怎么过的？至少有了它们我可以和它们讲话，虽然它们只会叫我"妈"，我也就心满意足了！

---

[1] 这是梁实秋去世之后，韩菁清一腔深情写下的信，烧化于梁实秋墓前。

你在英国伦敦，莎士比亚不知见到了没有？有人曾经建议你去英国看看莎翁的故居，你说"看那幢旧房子有什么用？"对啊！还是见到他本人比较好，大家可以谈谈嘛！还有英国理发铺是有名的"披头士"合唱团的故乡，其中颇有盛名的蓝哥也见到了吧？他们的成名作是 *She Loves You*，*Yeah*，*Yeah*，*Yeah*。他们会唱着"她爱你，她爱你"，整首歌都是她爱你，她爱你。曾经我放他们的唱片给你听时，你说是不是唱片坏了？因为这首歌唱来唱去都是这一句，真的好像是唱片坏了滑不过去，你的幽默，真是一绝！至今人们提到了你，总认为你才是真正的幽默大师，和你在一起是永远快乐的，你的谈笑风生，使得满室生香，来访的友人总是尽兴而归，没有一个是扫兴的！

自你去英国后，我于两天后就去了香港[1]，你的大女儿[2]亲往启德机场迎接我。她是带着病前往的，你的外孙女王群[3]病得更重，所以在机场见不到她。我和文茜上次在香港见面是笑容满面，欢天喜地，可是，此次相见，相拥而泣，泪洒启德机场。在数百位记者包围下，也顾不得那些，这种亲情的自然流露，如何能掩饰呢？差点十多件行李都挤丢了，红帽子一毛小费也没拿到，他们真可怜，我对他们也真感抱歉。

在香港和文茜、王群，同住一间房，三天三夜闲话家常，也没睡过。11月23日我们就乘国泰飞机去北平了，第一晚找了一间小招待所，总算睡了一夜，23天[4]以来的第一次休息。次日就住进北京饭店，晚上下着大雪，我躺在床上看着窗外，还以为不知何处飘来了羽毛，或飞絮，因为那是一场瑞雪，去年的深秋下的第一场雪。据文茜现在来信说，我走后都没再下过那样大的雪，我真还算幸运，40年来没见过雪，一见就见到最大的雪。我在零度以下14度[5]去了长城、十三陵、回音壁、颐和园、清华大学、中央公园，拜访了你的好友谢冰

---

[1] 此处"两天"，指举行梁实秋葬礼后两天。梁实秋葬礼是在1987年11月18日举行，韩菁清于11月20日离开台北，飞抵香港。

[2] "大女儿"，指梁实秋长女梁文茜。她得知父亲离世，便从北京飞往香港，向台湾内政部出入境管理局申请入境，为父奔丧，却遭拒绝，不得不滞留香港，等待继母韩菁清从台北来香港会面。

[3] 王群为梁文茜之女，与梁文茜同来香港。

[4] "23天"，系从梁实秋病重算起。

[5] 此处指摄氏度数。

心女士、老舍夫人胡絜青女士，并在欧美同学会礼堂放了你去英国时我和文骐、文蔷、小弟、小乖，为你送行的一卷录影带[1]，据说欧美同学会是你60多年前与文茜妈妈结婚的地方，无独有偶，真是太巧了！

在游中央公园时，雪景真美，我们照了许多照片留念，我天真地问文茜："你爸爸当年坐在哪个椅子上谈恋爱的？"文茜也好天真，在公园中东张西望，然后说："那会儿还没有我呢！"我们这两个老天真才相顾大笑起来。秋秋……你如知道，一定又要叫我"朦查查"[2]小娃了！对不？

当我在北平下机时，有一个好漂亮可爱的4岁小女孩，挤在人群中，大叫"老姥姥"，我以为她口齿不清，什么"老老老"，没去理她，她气得头低了下去。后来我和文茜上了车，文茜的儿子王政和媳妇史翠芬抱了那个女孩在车外向我挥手，史翠芬对小女孩说："小芬[3]，叫老祖宗，和老祖宗说再见。"她就大声叫"老祖宗""老祖宗再见"，显然"老姥姥"不大好叫，"老祖宗"则顺口多了。以后，无论我到何处，开了车门，我刚坐好，小芬就坐到我大腿上，她每晨醒来第一句话就是去北京饭店看"老祖宗"。真的，这小孩的天分很高，口齿伶俐，极为像你，说起话来很逗，记性又好，过日不忘，已会背十几首唐诗了，我带去我唱的录音带，她一下子就学会好多首，我临走时在飞机上为她掉了不少眼泪，而她呢？自我走后，茶饭无心，天天吵着看"老祖宗"去，这真是"缘"哪。

清华学堂保存古迹，校长介绍你当年踢足球的球场，你游泳的池子，说你是以第一名考进清华学堂的，19岁就去哈佛留学。秋秋，你真了不起，不论读书、演讲、演戏、运动，你都是第一。"能者多劳"，你也劳苦了一辈子，这个世界上，很少的人像你那样，样样精通，学贯中西，而且一辈子做学问，坚强又有毅力，从不骄傲自满。我此生何幸嫁得如此可敬可爱的如意郎君？你说你娶我是几生修来，我现在想想，我才是几生修来！

你走了，我一切都很不习惯，寂寞无奈是理所当然的，可是，又有什么法子呢？"缘分""命运""造化"，你能不信么？

我不是你初恋的情人，我是你最后的"唯一所爱"，我好满足，好满足，

---

[1] 指梁实秋追悼、葬礼录影带。

[2] 糊涂之意。

[3] 小芬，因其母亲叫史翠芬而取的奶名。大名叫王蕊。

你有了我永远不会再有别人了！

　　你也不是我的初恋情人，但是，你是我唯一的"敬爱的丈夫"，我永爱你"至死不渝"！

　　我现在已渐渐地改善了我生活的习惯，家中没有请用人，凡事亲力亲为，出外也不常乘车，步行不但有益于身体健康，且有脚踏实地之感！

　　你放心，我会把自己的生活安排得很好，省吃俭用的，庄敬自强，这辈子不会再依靠任何人了！

　　临风寄意，不尽欲言，只望你在英国[1]过着最快乐日子，有父母兄弟，有好友在一起，比在家里过着单调生活更妥善些吧？再谈。祝
一切都好

菁清

988.8.7

2. 我现在唯一的安慰就是默念你

秋秋：

　　我又在心底轻轻地呼唤着你，不管你听得见或听不见。每天一睁开眼睛，所见到的都是你的照片，用手接触到的，哪怕是一支笔、一张纸条、一盏灯，甚至于电话听筒，上面都有你的手印，都有你极深刻的影子存在，我怎么能忘得了呢！

　　明知道你离开我快九个月了，我的心却离你越来越近。我现在唯一的安慰与快乐，就是默念你和回忆我们共同在一起的美好时光，你留给我的回忆是甜蜜的，虽然它增添了我现时无限的辛酸，可是我愿陶醉在回忆中，这就是所谓的"自我陶醉"吧？

　　你运气真好，没有碰上今年台北的夏季。过去的 12 个夏天，气温在 35 度左右，你就在家嘀咕："小娃，这种天气真是热得不像话！"满口嚷着"热死人"，可是，今年才是真正热死人的夏天，还有美国、法国、意大利、印度都有极大

---

[1] 此处"英国"指冥界。

的灾害，而你呢？今年在"英国"[1]凉爽的气温下，与莎士比亚聊天、喝咖啡，欣赏着古典浪漫的音乐，我认为你现在是幸福的！

我已遵照你临去前的吩咐，改善了日常生活中许多不好的习惯。第一就是不服用镇静剂，硬性规定提早睡觉。第二就是很勤奋。第三很少买衣服。你高兴吗？

6、7两月的烈日，每天高挂在天空，将我的眼泪已晒得完全干枯。今夏小娃没有水汪汪的眼睛。四维路不敢再住下去了，于是我另觅新居，搬了一个家。

搬家是很头痛费事的，你我结婚后，也曾有数度"乔迁之喜"的记录，忠孝东路3段217巷的顶搂，你嫌隔热不好，书房西晒；后来四维路住所楼下开了个汽车修理公司，早上8点敲打至深夜，你重听的耳朵也听得见，大喊受不了，且废气将二、三楼阳台上的花全熏死了；于是又搬到国际乡野大厦12楼，13楼有40坪的空中花园，14楼为你预备一个好雅致的书房，可是你啊，却有"惧高症"，不敢站在高处俯览马路，我又白费心血！所幸四维路楼下汽车修理公司迁走了，我们才又演了一出"凤还巢"。

你心疼我，舍不得我干粗活，说我嫁给你是"千金小姐当作丫环卖"，我倒认为是流汗好过流泪，流汗对身体有益，流泪则伤心伤神。这次搬家，除了家具冰箱我请搬家公司搬迁外，所有珍贵的砚台、瓷器、玻璃用具、大小照片、字画，以及你所有的著作与你常用的书、字典等等都必须自己搬。早上、中午、黄昏、夜晚，不同的时间，走在相向的路上，东西那么多，手只有一双，就只好让脚多辛苦些。因为四维路到敦化南路底是短程，计程车拒载，我也就走了不少路，直到如今，每天仍然继续在走着、搬着，好像永远没个完。秋秋，你可别"怜香惜玉"，我现在因搬家，而感觉身体日益强壮，皮肤晒得微红微棕的颜色，许多人都赞美我呢！信不信现在我过得坚强、踏实而有力。

红了樱桃、绿了芭蕉，是古代诗人墨客的浪漫季节，"荔枝"正红，"小玉"适时，却是我的相思季节。记得每年端午节，都有许多出版商或你的得意弟子送来大量的荔枝，我却总以"小玉"与你交换，告诉你荔枝太甜，糖尿病患者

---

[1] 此信也是梁实秋逝世之后，韩菁清在他的墓前焚化的。此处"英国"，仍指冥府。

不宜吃，小玉则清凉解暑，你只好苦笑说："是的，是的，这些荔枝是人家孝敬师母的，不是送给我吃的。"我说："那么你不要去碰它！"你解开绳子，将绳子绕几个小圈，打个小结存放好（你有保存绳子与塑胶纸袋的习惯），也不理会我，就打开礼盒，一颗颗地剥了起来，放在大盘子里。我大声吼道："叫你别碰，你偏偏剥了这么多。"你嬉皮笑脸说："小娃，我是剥给你吃的，你又没留手指甲，怎么剥呢？真是不识好人心呀！"赶紧将一颗颗剥好的荔枝往我嘴里送，我一口气吃了十几颗，我说："好了，够了，我吃多了会血压高，上了火，就容易发脾气，你不怕吗？"你连忙点头说："对，对，对，我替你放到冰箱里去吧。"我知道你又要耍花样，眼睛直盯住你，你的确是打开了冰箱，不过却很快地塞了一颗荔枝到自己的嘴里。我急着大声叫你吐出来，你说："小娃怎么这样凶？难怪人家都说我有'气管炎'[1]，又称我为PTT会长[2]，小娃确实凶，像只母老虎！"我有些生气，就吼着："谁叫你是肖虎的，你是公老虎，我当然就是母老虎。"你又叫了我好几声母老虎，我把冰箱门打开将整盘荔枝都倒在地上，你虽然怕我，但也有点气了，又说："哇！怎么这么漂亮的韩大小姐一点也不斯文呀！"我看看你可怜的模样，只得去厨房拿把扫把扫掉荔枝，又好气又好笑地说："我不斯文，我就是不斯文，你看，我哪一点不斯文？我现在不是'斯文扫地'了吗？"着急、恐慌、畏惧的你，忍不住大笑起来，我也大笑，"荔枝风波"总算未让我们真正地吵架。剥荔枝，扫荔枝，一颗颗的荔枝都是爱，都是爱！

共同过了12个恩爱的端午节，今年第13个端午节，我倍感寂寞凄凉。约了你的学生驱车去到北海[3]，还是坚持要与你一同过节，即使我们"相逢不相见"，我内心却感到无比地快乐和欣慰。

回程在车上打开皮包，发现有一只咸粽子忘了给你，明明上山请你吃粽子的，怎么会忘记给你呢？一定是你不喜欢吃咸粽子，才故意让我忘记的。秋秋，明年端午我会记得带红豆粽子、豆沙粽子去看你，中秋佳节也会买豆沙蛋黄月饼、五仁莲蓉月饼、金华火腿月饼上山，让你吃个痛快，因为你现在什么病都

---

[1] "气管炎"，即"妻管严"的谐音。

[2] "PTT"会长，亦即"怕太太"会长。"PTT"为"怕""太""太"中文拼音的开头字母。

[3] 北海，指梁实秋墓地——他葬于台北郊区三芝乡北海公墓。

没有了！PTT 的会长也早已辞去九个月了！

上次我写给你的信，寄给文茜，义茜念给一家大小听，不料小芬却放声大哭，谁也哄不了她，她完全像你，我真恨不得马上飞去北平看她，无奈上次自大陆回来，被此间境管局禁足[1]，我两年不准出境，据说是未向红十字会报备，违反国安法第 13 条第 4 款（予以）处分。秋秋，许多事情对我是太不公平了！你曾说过盛名害了我一生，的确的。现在我已八个月没有回侨居地[2]，香港的房子，银行的账户，都需要我亲自前往办理，可是一切都停顿下来。你以前身份证上职业一栏填的是"无业"，我是"自由职业""家庭主妇"，大家都成了真正的"混混"。我现在是既无身份，也无地位的人，许多人对我都和以往不同了！人情冷暖，你才离开我九个月啊，我竟遭受了许多令人想不到的挫折。你走了，连我的幸福也带走了！你常说我是"可怜的孩子"，现在看来真是很可怜啊。

菁　清

1988.8.2

叶永烈致《家庭》编辑部 [3]

自从我在 1990 年第 8 期《家庭》杂志上发表《浴火的凤凰——梁实秋晚年婚恋生活》一文以来，爆出完全意想不到的"幕后新闻"：本来，那篇文章写的是梁实秋晚年与比他小 30 岁的台湾歌星韩菁清的忘年之恋，却引起许多男性大陆读者对韩菁清的爱慕和追求。据韩菁清女士告知我，500 多封大陆男性的求爱信，飞过海峡，寄到台北红十字会，要求转交给她。《家庭》杂志的发行量甚大，在读者中广有影响，这种表达爱慕之情的信，还在不断寄到海峡彼

---

[1] 禁足，指不准韩菁清离开台湾，原因如她信中所言："据说是未向红十字会报备，违反国安法第 13 条第 4 款（予以）处分。"

[2] 侨居地，指香港。虽然韩菁清已定居台湾，但她持有香港护照。

[3] 此信曾以《梁实秋夫人寄语本刊读者——〈浴火的凤凰〉续闻》为题，发表于 1990 年第 12 期《家庭》。

岸，寄到韩菁清女士手中。

据韩菁清女士说，这些写信者，最年轻的 35 岁，年纪最大的 55 岁。来自上海及江浙的信最多，也有来自东北，北京以及华南的信。这些信，不完全是由《家庭》杂志引起的——因为我在其他杂志及报纸上，也为梁韩之间的传奇恋爱写过介绍文章。

韩菁清女士年已花甲。她已无再婚之意。这不仅因为她的年纪，更重要的是她迄今仍深深怀念着"教授"（她对梁实秋的习惯称呼），爱着"教授"。

她在写给我的信中，这样深情地谈及"教授"：

"教授认识我时已 73 岁（引者注：她按虚龄计算），仙逝时 86 岁（引者注：应是 84 岁）。13 年的恩爱岁月，虽然短了些，但留下了可歌可泣不可磨灭的回忆及一页流传的佳话和历史。我此生没有白活。直到如今我仍沐浴于爱河中，因为他永在我的心里。……"

"我们是患难夫妻（当时各方面指责，简直如临大难。那几个月两人精神上的刺激，不是一般人所能体会的，比没钱过日子还苦……人嘛，'得一知己，死而无憾'。除了夫妻之情、忘年之恋之外，我想我们是最知己的。世上找一善解人意的人已不大容易，能像我和他之间的'了解''知心'，我看历代至今没有多少对。现实是很残忍的！但我能忍。我心中有他，就有一股力量。我能忍受许多女人所不能忍的痛苦！我想这就是'纯情'与'爱'的力量吧？……"

她的心中唯有"教授"。她托我通过影响广泛的《家庭》杂志，对广大读者的关心表示感谢，但希望男性读者们不要再给她寄爱慕之信，以使她能够保持生活的安宁。

现在，每年 11 月 3 日（即梁实秋去世之日），台湾《中华日报》要颁发"梁实秋文学奖金"。在颁发典礼上，韩菁清以梁实秋夫人的身份，给获奖者一一颁奖。在台湾的广大读者之中，她作为梁实秋夫人，是备受尊敬的。

她仍每月两次到台北淡水北海公墓祭扫梁实秋之墓。她常常在墓前焚烧自己写给"教授"的信，以求"教授"在"冥府"能够收到。

她正致力于写作《蜜年》一书。因为梁实秋生前曾说过："别人度的是蜜月，我和菁清度的是'蜜年'！"她整理和梁实秋新婚第一年的日记，以《蜜年》

为书名出版。她已经整理出一批梁实秋写给她的情书，在台湾报纸上发表。她还将继续整理梁实秋书信及遗著。

她确实"至死不渝"地爱着梁实秋！她心中，唯有梁实秋！

韩菁清遗稿：蜜年
——韩菁清爱情日记选编

《蜜年》序

《蜜年》是梁实秋夫人韩菁清应我之约而写的一本书。

《蜜年》这书名来自梁实秋对韩菁清所说的一句话："别人新婚度蜜月，我和菁清度的是'蜜年'！"

我在采访韩菁清时，她透露与梁实秋新婚的那一年，她记了很详细的日记。我建议她把这一年的日记整理出来，以《蜜年》为书名出版。

她答应了。她说，当年的日记是随手而写的，如今要作为一本书出版，必须逐篇重新写过。她计划写365篇，每篇几千字。她说，"写好一两篇，就寄给你。你帮助我修改，并提出意见，供写下面的日记时参考。"

她有很好的文学修养，年轻时就发表过那么多散文，出版过《韩菁清小品集》一书，还写过诗词、电影剧本，我相信她一定能够写出一本足以传世的《蜜年》，何况她在台北深居简出，有充分的时间写出。

她在1990年2月15日给我的信中，曾写道："我将来会将新婚一年的日记，慢慢整理好，让你过目后，交由你发表。稿费尽量争取后，再做有益的花费。慈善家我不够格，我常喜欢尽一点心意，为社会、为人类做一点事。"

1990年9月10日，我在给她的信中询问道："您的《蜜年》动手写了吗？"

等了许久，到了1992年春日，她在给我的电话中说及自己开始写《蜜年》了。于是，我在1992年5月19日给她的信中说："《蜜年》可否先寄几页给我看一看？如合适，照此'模式'写下去即可。著书是一苦事，但一旦印出来，受到读者欢迎，又是一大乐事也。"

她寄来了《蜜年》的开篇，即1975年5月9日的日记。我为这篇日记加了标题《结婚那一天》。她的文章，写在 20×20 的方格稿纸上，写了 7 页，2800 字。她写得非常好，文笔流畅，充满细节，足见她确实是依据当时的日记写的。我帮她改了错别字，加注，并请妻子录入电脑，发给杂志，很快就公开发表了。

韩菁清得知消息，寄来了第二篇、第三篇、第四篇，我在 1992 年 7 月 11 日收到之后，分别加上标题《新娘下厨第一遭》《替他当书童磨墨》和《头一回给我家用钱》。我在复函中说："写《蜜年》多用句号，可使句子短一些。文笔不错，一口气读了下去。"她的每一篇日记，都充满绵绵情意，非常感人。

1992 年 7 月 20 日，韩菁清寄来第五篇，我加上标题即《今日我"强盗扮书生"》。

我为她高兴。如果坚持这样的写作速度，在一两年时间内就可以完成。可是，她的写作速度变慢了。隔了许久，她寄来第六篇《谈论闻一多》。

又是隔了许久，她寄来第七篇《我是"谋财害命的狐狸精"？》和第八篇《我们已经结婚，新闻该落幕》。

1993 年 11 月 10 日，她在给我的信中说："我的《蜜年》，大概是一年写一个蜜月，12 年才能付印，实在不能与你的'科学怪脑'比，何况我又是个散漫的人，又喜欢将猫放在第一，植物放在第二，个人才放在第三，动物、植物都在人物之上。你一定觉得可笑。现在的我的确爱物甚过爱人，爱动植物，已超过爱自己。我见不得动物不舒服、亲手种的花枯萎！这半年不来沪，也就是这个原因，其实我的生活是相当孤寂的！"

即便是"一年写一个蜜月"，那么一年也可以写出三十来篇。没有想到，自第八篇之后，她就没有再写下去了。

1994 年 8 月 10 日，她因高血压中风，在台北离世。从此《蜜年》成了一部没有完成的遗著。

我很后悔，当时如果找一家杂志连载《蜜年》的话，就可以借助于连载，让韩菁清边写边连载，就可以借此"由头"催促她定期交稿，把《蜜年》写下去。

她遽然离世，而《蜜年》只写了她跟梁实秋结婚八天的生活，无法成书，无法出版。

受人之托，重若千钧。我一直珍藏着韩菁清的《蜜年》手稿。这次趁四川人民出版社出版《雅舍窗前青青草——梁实秋韩菁清传奇的恋爱》一书，我把韩菁清没有完成的遗著《蜜年》，作为本书的附录第一次与广大读者见面，终于了却一桩心愿，告慰韩菁清在天之灵。

《蜜年》也用事实粉碎了韩菁清是所谓"谋财害命的狐狸精"的流言。结婚之后，梁实秋从正中书局领回"版税32764元，回来交给我2万元作为家用"，而韩菁清光是给梁实秋定做五套西装、十条裤子就花了5万元新台币，为了酬谢刘墉而买他的画就花了2万新台币，而且所住的忠孝东路的房子是韩菁清的，那房子光是阳台就有15坪（相当于50平方米），何况韩菁清不仅在台北拥有多套房产，还在香港拥有房产。韩菁清真心实意爱着梁实秋，从《蜜年》中可以看出她对于梁实秋的百般细心呵护。

天地出版社副总编汤万星先生曾答应请公司里的年轻人帮助把《蜜年》录入电脑，内子担心年轻人不熟悉繁体字，便花费多日时间把韩菁清《蜜年》八篇手稿输入电脑。她说，她与韩菁清有过很好的友情，所以自告奋勇完成《蜜年》的录入工作。

叶永烈

2017年4月5日清明节于上海

一 结婚那一天

1975年5月9日　星期五　农历乙卯年三月廿八日

石榴花开了，荔枝红了，艳阳高照的一个好日子到了，我和秋秋（注：韩菁清对梁实秋的爱称）起了一个大早，他在外面吃了烧饼油条喝了豆浆，带了一个甜饭团（糯米包油条）给我吃，又亲手为我挤了五个柳丁（注：台湾人称橙为柳丁），做了一大杯柳丁汁给我喝。秋秋说今天是我们一生中最幸福最罗曼蒂克的良辰，我们的早点很重要，因为今天是特别忙的日子，要应酬那么多人，一定要在家多吃些东西，这些东西价廉物美，都是最营养的。用毕早餐，我们手牵手地同去附近的水仙发廊，黄美丽为我梳了头，再为秋秋理了发。我赞美黄美丽的手艺好，男人头发也会剪，把新郎的头发稍微整理一下，竟使秋秋变得如此英俊，秋秋也称赞黄美丽手艺相当不错，把新娘的一头青丝弄得像一只黑天鹅，美丽的名字为美丽的人做头发，所以就美上加美了！

韩菁清《蜜年》手稿之一

　　在我们大厦门口的瑞祥山馆，一人要了一碗排骨面和泡菜，和气的老板向我们道喜，我们吃了一顿快乐的简单午餐。下午替秋秋穿上了桃红色的新西装，为他挑了一条从香港带来的法国新式大花领带，经过修饰打扮后的秋秋，看上去才50多岁，精神也特别饱满。秋秋是中国大文豪，现代孔夫子，平时是一介书生，勤俭治家，朴实无华，穿衣服只注意整洁大方，专门穿些黑色、铁灰色、深蓝色、深棕色（咖啡色）的拉链夹克衫及衬衫，领带也懒得打（他说他怕拘束有不自在的感觉），打领带是正式宴会庆典上才勉强打一条。今天是特别的日子，他好像很特别，大热天的打了一条花领带，再加上笔挺的西装，他自己一点也不觉得别扭，好像是很潇洒似的。"女为悦己者容"，男人何尝不是呢？

　　台视的青年导播黄以功老师介绍华视的新闻记者孙国旭来采访，我以为他

292

是很善意的，所以非常欢迎他、接待他。他带了摄影师、灯光师数人来，我们只好任意由他拍个够。谁料在正式采访秋秋时，那小子大胆问出一句不可思议的话："梁教授你与韩小姐结婚不怕危险吗？"我坐在一旁，脸上只是苦笑，肚子里真是一肚气，秋秋却很幽默地对付他："你和你太太结婚，是不是很危险呢？……我与韩小姐结婚是我一生中最幸运快乐的事，赴汤蹈火在所不辞。我是鼓足了勇气，充满了信心，才求到今天的'金玉良缘'，我相信韩小姐是位善良、忠厚、热情、诚恳的好女子，跟她结婚是我的福气，哪里来的危险？我是一个一辈子做学问的人，她是要迷死我，还是要害死我？我想'结婚'与'危险'是两码子事。我和韩小姐结婚是件大好事，韩小姐如果拒绝我的求婚反而我就很危险了！"记者听到这番话也奈何不了他，华视记者面红耳赤地快快离去。下午家里电话一直响个不停，我们二人无帮手，彼此都不接听。5时出门到预订的南京东路三段的国鼎川菜馆二楼。刚进楼梯口就见到台视采访组的傅达仁和大型摄影机等在上面，傅达仁说他们4时已经来了，等得满身大汗。还有另外的一个台视采访组，在台北地方法院大门守候，因为报上注明要在法院公证结婚的，所以出动两组记者两边守候，免得结婚仪式被漏拍没面子。

我们在国鼎二楼大礼堂的长沙发上接受了台视记者傅达仁的访问。这次我们先来一次预演，我问了他采访的内容，心里有数，知道该怎么回答。谁知傅达仁在摄影机转动时又改了台词，他问我："你爱梁教授吧？"我说："当然爱他，才和他结婚。"然后他问秋秋："你相信她的话吗？"秋秋笑笑："当然相信。"唉，人们怎么对于这个"爱"与"结婚"，都视为儿戏！"爱情是伟大"，与"婚姻的神圣"，世界上已经有着许许多多的真实故事，为何人们都宁可信其"假"，而不愿信其"真"？我只有摇头叹息！我想大多数的人婚姻是不幸的，更有许许多多的人根本不知道爱情是什么！

中视的刘墉带了摄影师灯光师之外，还送三对刻了我和秋秋的图章。介绍人田叔叔、田妈妈也到了，他们买了"洋兰"教秋秋为我用别针别在我的衣襟上。因为母亲节近了，到处都在卖"康乃馨"，他们在秋秋的西装上别了红色的"康乃馨"，又替我在头发上插了两朵红花。证婚人大同公司董事长林挺生（也是当时的台北市议会议长）及林夫人也相继而来。编剧班的鲁稚子老师（饶晓明）和夫人胡有瑞女士是另一对介绍人，反而谢仁钊伯伯与谢妈妈来得较迟，摄影机忙得团团转。最后到的是由朱白水老师带队的台视编导研究班的同学们。本来只订了两桌酒席。加上一些秋秋的老友及记者们，就变成四个大圆桌而且相当挤。据朱老师说他们来得晚的原因是去台北地方法院先看个明白，也是怕漏掉举行婚礼的场面。据说台北地方法院堆满花篮，挂满了喜幛，马路上围了许许多多人，还听说有些学生们从早上六七点钟就去守候了，这些孩子们才是真可怜！

秋秋看看时间不早了，赶忙自己做司仪读结婚证书，自己盖了印章后，再请证婚人、介绍人盖印。我是第二个盖印的，客人都饿得不得了，举了一次杯后，大家都狼吞虎咽。记者们要取热络镜头，要我夹一个炸肉丸子喂到秋秋的嘴里，记者才纷纷离去。主人到各桌敬了一下酒后，多数客人渐渐地走了，只有台视的调皮同学们和老师，还有台视行政组经理李涵寰，编审徐斌扬等人要去我们家。大家口口声声说帮我们拿礼物，因为我们两人拿不了那些花篮、喜幛、银器、字画，其实是想闹新房。他们吵到10时才走，秋秋已很累了，但是他由于开心与忙而忘了累，11时及11时半还有台视、中视、华视三台新闻，刚好大同公司送来一台落地大电视机，加上我自己的一台小"新力"（即"索尼"）电视，三台新闻都未错失。

看完新闻后，我们各自去洗澡，换上睡衣后，秋秋说要抱我入洞房，我说："文弱书生四肢无力，还是我抱你吧！"说时迟那时快，我两手就把他举起来，他说："小娃怎么是举人啊！"我一笑手软了，将他的头撞在门框上端，他大叫我大笑，我说："本来你是'进士'（近视），现在变'状元'了！"（注："状元"即"撞垣"的谐音。）

今晚虽累却睡不着，先是大笑大闹，结果在床上却相拥而泣。秋秋说："爱情真是得来不易！"我安慰他说："现在什么也不必说了，乖乖地睡吧！熄了灯，一切尽在不言中！"

秋秋睡去，我戴着耳机听收音机，中国广播公司正报道我们结婚的消息，连秋秋自己当司仪自己读结婚证书一事，也报道出来。听了这种一小时一次的广播，我们婚礼的消息，全世界都知道了。我发出会心的微笑，让世界上的人都知道吧！我们的婚礼是多么简单而隆重！我们两个活得是多么有意义，由"相敬"到"相爱"，由"相爱"到"相依"，五个多月的折磨，换来这段永恒不朽的佳话!

此刻秋秋正在打呼噜,我起来开了台灯写日记,他也没有醒。秋秋:你很可爱! 我永远爱你! 永远,永远,永远到无尽! 一世、二世、八百多世!

二 新娘下厨第一遭

1975 年 5 月 10 日 星期六 乙卯年三月二十九日

今天中午起床,走到客厅,秋秋已坐在沙发上看午间新闻。他气色不错,看样子昨夜睡得很好。他说睡到 6 时半才起身,见我酣睡,不忍心叫醒我,他独自到巷口喝豆浆吃早点,并为我买了甜饭团,而且柳丁汁也为我准备好了。他笑嘻嘻地将柳丁汁送到我手中,要亲眼看到我立刻一口气喝掉,再吃饭团。当然我要顺从他的美意,即使刚下床没有胃口。

女佣陈姐代我买了空心菜、土鸡、猪排、咸酸菜、青椒、葱姜、吴郭鱼。我吃了甜饭团,立刻围上我特制的漂亮围裙,亲自下厨为秋秋做午餐。先将米洗净入了电饭锅,然后洗菜切姜丝,拍蒜头,炒了一个青椒牛肉丝,一个空心菜。从冰箱里取出两只鸡蛋,煎两只荷包蛋,再将家里现成的虾米和咸酸菜略泡洗了一会就煮了一小锅汤。不一会饭也熟了,菜也好了,半小时就上了桌。秋秋一见说色香味俱全,立刻吃午饭。我因刚吃下甜饭团,又加上自己炒了菜之后,就没有食欲了,但必须陪他,坐在他身边,帮他夹菜,替他装饭。自己即使没有胃口,也陪他一同吃几口菜,秋秋觉得大热天我一下床就为他做菜,内心不忍。他不用说我也猜得到,但是小子挑我毛病说:"小娃,这是你切的姜丝吗? 简直像姜棍子。"我说:"好小子,这是我生平为我所爱的人做的第一次午餐,你应该多多包涵。纵然切不好姜丝,刀法不好,也不可说出来。你如多啰唆,当心河东狮吼,三天不管饭,给你一个'小李飞刀'。"秋秋怔住了。不过,他知道我是闹着玩的。他又说:"小娃做的没有不好吃的,我没说你刀法不好。你完全是艺术性的,相当有创造力。"哇,高帽子往我头上戴,为何不教我晕晕然。我稍微有点饿了,把咸菜虾米汤统统喝掉,煎蛋吃了。中午破例地连吃两餐。小子是马屁专家,他总使我有胃口吃东西,而且总是吃在嘴里,甜在心里，回味无穷。

秋秋饭后午睡片刻，前师范大学校长刘真夫妇来了，我赶紧叫他起身，他走到客厅与他们聊天，我为他们沏好了上好的冻顶乌龙茶。平时，秋秋与我闲聊时，总说刘真是位好好先生，不贪污，不会拍马屁，现在这个社会上是很难找的。看样子他们私交很好，他视为好友的人我才沏茶，否则白开水也不给喝，也不出来招待他们。刘真夫妇尚不知内幕。本小姐不会招待客人的，家里有的是好茶，要我替人倒茶，免谈。大小姐的脾气，他们是不会知道的。我有一身傲骨，不是被人可怜被人看不起的小歌星。做人应该有个性与原则。我时常警惕，提醒自己。

刘真夫妇走后，秋秋要我打扮漂亮些，让他一个人欣赏。相偕去有法国情调的明日西餐厅，那是我们曾经谈恋爱的幽静地方。桌上放一个小花瓶，插了一朵红玫瑰和黄玫瑰，放了一盏美丽的玻璃罩，罩着摇摆的烛光，气氛特别好。弹钢琴的仍然是从前为我练唱的李达寿老师，拉小提琴的也是上次那位小温先生。我们还未坐下，他们已奏响结婚进行曲。两客洋葱汤，他叫了一小瓶台湾啤酒，我叫一杯芭乐汁，西米露，西瓜盘则是韩老板送的。在那醉人的气氛中，我点了一首杜西小夜曲和一曲柴可夫斯基的《天鹅湖》，李达寿自弹自唱，《天鹅湖》由古典名曲改成爵士乐曲 *Tonight We Love*（《今夜我们相爱》）。秋秋很欣赏他们的唱奏，叫侍应生送上了两杯白兰地酒，我们坐在远处双人沙发上举杯向他们致意。我们一边吃一边聊，他问我怎么认识李达寿的。我说他是有名的钢琴师，曾经在我来台演唱期间，天天来我家替我练歌，而且他会作曲作词，像刘文正唱的那首《睡莲》，是他作曲作词，徐志摩的《偶然》也由他作曲成为流行歌曲。此人很有才气，只是运气不好，嘴巴中风歪了，产生了自卑感，躲在暗暗的明日餐厅自弹自唱，不为人注意。小温拉得一手好听的小提琴来衬托他，牡丹绿叶，相得益彰，所以明日餐厅生意好，有他们在也是原因之一。秋秋又点了《月光小夜曲》，《舒伯特小夜曲》，又叫侍应生递上了第二轮的白兰地酒。秋秋很了不起，他对音乐也很内行，我先前总以为北方人都是喜欢听戏的，想不到他也爱音乐，而且特别戴上了耳机在仔细地欣赏，生怕漏掉了任何一节。

晚餐毕，我们手挽手地走出"明日"。在漫漫黑夜中散步，真正算得上是两心相照，无灯无月何妨。

三　替他当书僮磨墨

1975 年 5 月 11 日　星期日　乙卯年四月初一

经过了昨晚的疯狂周末，一夜的恩爱缠绵，风流小生的秋秋早上起不来。直到中午女佣陈姐买了菜来，我被电铃声吵得不耐烦了，只好将他推醒，拉他下床。用人要打扫厅房，清洗浴室，我便去洗菜、做菜、做饭。今天午餐是蕃茄炒黄豆芽油豆腐，炒一盘海瓜子，煎两只明虾，一个紫菜蛋花汤。秋秋帮我切姜丝，切葱蒜，两人一边做一边笑闹，他一直叫我小娃，我可是从今天起叫了他好几声"小乖"。虽然他手指尖放在嘴唇上嘘嘘嘘，扮了个鬼脸，意思是暗示我小声点不要让陈姐听见，我却特别大声地多叫了几声。他故作骇怕状，身子倒退好几步。我想他是愉快的，甜蜜的，因为他将所有的菜一扫而光，并且破例地吃了一大碗饭，想多添一碗，我没同意（他不能多吃）。

陈姐洗了碗走后，我便趁他高兴时而且用不着午睡，就拿出文房四宝，将桌子拉开，替他当书僮磨墨，逼他写字给小牙医叶长安。因为今晚约了叶氏夫妇去海味珍吃海鲜，一定要带去交卷。墨磨多了，我怕浪费，又逼他再写一幅字给鲁雅子老师夫妇（饶晓明和胡有瑞）。我说，秋秋今天精神好，脸色好，写的字特别漂亮。他说我利用他写字送朋友，故意捧捧他。其实说真的秋秋的书法功力不小，且另外有一格，与众不同，每一个字写得像每一朵绽开的花朵，一看就是读书人的字，有着浓厚的书卷气，一点也不俗，真是天才，一个不靠卖字的大书法家。等他写毕，我在他的左右面颊上，给了他一边一个很响的 kiss（吻）。他竟敢说我趁机揩油，吃老豆腐，豆腐干。哈哈，可爱的小乖！

准 6 时到达中华路的海味珍，叶长安和他太太及小男孩都来了，小男孩名叫彬彬，长得很漂亮，他的小脸上有他爸爸妈妈的最优点。从彬彬的相貌看来，将来是个了不起的男孩。我和秋秋都鼓励他们要好好培植这棵小幼苗，将来彬彬的奶奶和他们都会有晚福的。

我夹菜给客人，招呼他们用水酒，秋秋却一直低着头，闷声发大财地在剥草虾剥螃蟹给我。其实，我是喜欢吃带壳的虾，带壳的大蟹脚，他不惜麻烦地为我服务，难道我还责怪他不成？唯有连连说谢谢，然后又把他剥好的虾蟹退还一些给他吃，要他多吃些，以示我对他的感激，可是心里却嘀咕说："多可惜，将好吃的部位全丢了，真是浪费！唉！好可惜！"在大庭广众之间，在客人面前，我没敢作声，只好闷在心里尴尬难过，一直到回家后我也没有说，生怕他今后不为我服务，说不定还会说："狗咬吕洞宾，不识好人心。"

海味珍的海鲜很新鲜，地方却很嘈杂，吃完了也没法久坐聊天。叶长安将彬彬放在肩上与叶太太先走出去，秋秋在大门口付账，共计新台币1450元，付1500元免找。因会计小姐认识我们，笑着说了许多个谢谢。我又从皮包里取100付小费，秋秋说我"海派"，走出门外我才说"人怕出名猪怕肥"，谁教我们有名气呢！

路上车水马龙，人潮汹涌，又不好走路，也抢不到计程车（因附近是戏院街及大百货公司和小服饰店、音响店集中的地方），在马路上挤了老半天，生怕在人潮中挤散了，所以我用手抓得他紧紧的，在人群中想不亲热也要亲热。走了好几条马路，才拦到一辆计程车，坐进车中秋秋整个垮了！我叫他闭上眼睛在车上睡一觉。果然他很像孩子般地一下子就睡着了。直到车子开到我们家门口，我付了车资后，才推他醒来，司机在倒后镜中笑着摇摇头，说老人家就像小孩。我轻轻说别提老字，年老的人最不爱听的。司机唯唯说"对对对，我忘了，对不起"。这司机很好很随和。

电梯到了七楼，等我一开门，秋秋就大笑大叫"我们回家了！"接着又唱："我的家庭真可爱，美丽清洁又安详。"他会的歌还真不少啊！即使每首歌只唱几句而已。

帮他脱衣脱鞋，免去洗脸、刷牙、沐浴，要他立刻睡去，不准吵，不准烦！

秋秋算是相当温顺听话的。我将大灯熄了，开了一盏小台灯，即使我开了收音机，他也呼呼地睡着了。我在旁偷看他睡觉的姿态，我的天哪，他这位大文豪、大教授，简直就像一只"白皮猪"，脸上身上皮肤雪白。他脸上连一颗老人斑都没有，"白面书生"是"名符其实"的。几乎我没见过70多岁的人没有老人斑，秋秋脸上身上连一个小雀斑我也看不见，倒是他身上有三粒小朱砂痣（红的），明天我会叫他"三星白兰地"。哼哼，他又多了个雅号。

四 头一回给我家用钱

1975 年 5 月 12 日　星期一，乙卯年四月初二（台湾护士节）

　　我正在酣睡时，秋秋早已溜出去吃烧饼油条豆浆，并为我买甜饭团去了，又买了许多柳丁回来挤一大杯，等我起身后，第一件事就是喝柳丁汁，吃甜饭团。连连几天都过着如胶似漆的生活，我真是太幸福了，简直是"天之骄子"。我真是想向他说出许多许多内心的感觉和感激的话，但面对面时，什么也没说，不知是被他的爱，他的吻，弄得糊里糊涂忘了说，还是因每天的时间太紧凑，一切都排得满满的，找不到机会去告诉他。总之，我要加倍地爱他，还他。

　　秋秋告诉我，上午还独自乘计程车跑了一次衡阳路的正中书局，替我买了五本《雅舍小品》。因为几天前我说我要送人，他就放在心上，抽空去买了，并取回版税 32764 元，回来交给我 2 万元，说是作为家用钱。当他把 2 万元亲手交给我时，我才发现我真正是他的妻子，而不再是女友，或情人了。因为妻子是应该由丈夫付给家用的。别人的妻子拿了丈夫的钱，多数的应该是快乐的，可是我拿到这 2 万元时，不禁悲从中来，眼泪在眼中徘徊了数次，终于敌不过一阵心酸，还是哭出来了！秋秋弄得莫名其妙，问了我几次："小娃怎么啦？是不是我给的家用钱太少了？我今后会多多写稿赚钱的，虽然 2 万元一月的家用是紧了些，但是你也不要哭啊！你这样一哭，使我很难过，内心很抱歉！"我连忙用手堵住他的嘴，不准他说话，我只是摇着头，拭着泪说："不是，不是，我不舍得用你的钱，你的钱是一个字一个字写来的，用你的钱我觉得我有一种罪过感，还是你留着吧！我自己有钱，你没和我结婚之前，我还不是每个月都在花钱吗？那时我每天有一群小朋友在我这里吃住，出去的车钱、上馆子喝咖啡的钱，不都是我在花吗？这个家是我的，应该还是由我来开支好了。"秋秋大不以为然，他说："从前这个家是你的，现在是我们两个的，哪有丈夫花妻子的钱？我住你的房子已经觉得相当难为情和惭愧。你说我的钱是一个字一个字写来的，你呢？你是一个字一个字唱来的，而且你自己相当刻苦，省吃俭用，才买了几层楼。我早已观察到你平日的种种行为，譬如你和我结婚时，自己穿的是旧衣服，我的西装则一做就是半打，领带一买就是十几条。小娃，我是个人，是一个大男人，我娶你连一个戒指也没有买，而你却送我戒指，手表，普通一个影歌星结婚，至少对方会替她买房子，买车子，银行里再存一笔钱。你什么都不要，连美国也不去，要我住到台北来。你想想你对我如此厚爱，如此伟大，怎不教我愧煞羞煞？你赶快将这2万元收下，否则我也哭了！"没法子只好收下，今后每个月都要领家用钱了！这就是做妻子与做女友和情人的不同之处吧。这是婚后三天来的第一次争执，第一次的大哭！唉，一颗颗的眼泪都是爱，都是爱！

用人今天请假，家中没有新鲜的菜，两个人就到楼下的瑞祥山馆吃午餐。秋秋要了十个锅贴，我要了十个水饺，一个芹菜炒牛肉丝，一个酸辣汤，一碟泡菜。我们面对面地坐着等菜和饺子，彼此四目接触时，是羞愧，是喜悦，有一种说不出的感觉，然后报以微笑低下了头。老板大声说"水饺来了，锅贴来了，菜来了，汤来了"，我们就彼此用餐纸擦干净筷子和汤匙，互相递交给对方。简单的菜吃得非常有味道，我觉得秋秋是北方人还是比较喜欢吃面食，平时吃饭是顺着我的。我中午吃得少，水饺又分给他两个，他还是吃了。其实，他胃口很好，再多叫些面点，他一样能全部吃光。只是我不想他多吃，据他告诉我他曾经一顿吃过八碗炸酱面，那样吃法焉能不生糖尿病，这小子不管是不行的。

午饭毕，他上楼午睡，我则替他整理他美国带回的东西，并为他挑好西装，配好领带，配好眼镜。今天是一系列的蓝色，浅蓝色的套装，配白底蓝色小花领带。眼镜玻璃也是蓝色的，这样的穿着会使他与我年龄接近。因晚上要赴陈克家干爹的约会，让他看看秋秋的样子神气、帅气，我也有面子（原注：陈克家是业余星相家，从前是物资局局长，抗日战争在缅甸曾上过战场）。

秋秋午睡起来，我为他泡了一杯香片茶，让他先提提神。他说今天该写几行稿子，但我不批准，我说多休息几天，新婚期间不可忙于工作，我们现在不等钱用，多蘑菇蘑菇，多轻松几天不好吗？他说："又浪费一天的工作，小娃，你时常忘了我的年纪，我来日无多，许多该看的书都怕来不及看。稿子总要多写些，一来我由美国来台没有带几个钱，我要重新开始写稿赚钱和你过好日子，二来我要留下许多作品给后代学生们阅读，你不能整天教我游手好闲，不务正业呀！"我说："彼此彼此，我也没有急着去登台唱歌，或上电视节目呀！"他摇摇头说："顽皮的小东西，拿你没办法。原先你当我是你的老师，又当我是你的长辈，现在不同了，目无尊长，一切都颠倒过来，一切都要听你的，吃饭、穿衣、写作、看书，连戴哪一副眼镜也要听你的，好个玉皇大帝，我真服了你。不过，小娃你真的很可爱，为了爱我的小娃，我当然样样听从。你样样都是对的，但要一个人唯命是从，有什么报酬呢？"我就紧紧地拥抱他，先在他脸上吻了几下，然后咬他的面颊一口！他大叫好痛，我又吻他，又在他嘴里吹一口气，他差点呛死了，我大笑："这些报酬够不够？"他连连说："够了，够了，我受不了！"这大概是"最难消受美人恩"吧？两人大笑，笑得眼泪都出来了！其实，每天能大笑几次，对身体是有益健康的，会长寿。

晚上我们手挽手出门上了计程车，到达华泰大饭店（现在华泰旅馆）12楼银河厅，正好是6时正。陈克家干爹已在那靠窗一隅坐着等，我俩一进门，他就站起身来招手。餐厅里放了好几个长条形桌子，摆了各式各样的山珍海味，及各种蛋糕，还有各种布丁，各种水果，汤，茶，摆得很漂亮，有中式的，有西式的，任人吃个痛快。这种自助餐，我们都比较喜欢，因为用不着大家客气地互相夹菜、敬酒，这样的吃法是很合乎卫生的，同时可以由6时吃到9时半。咖啡或茶，一直有人在伺候，可以边吃边聊天，坐久一点也没人催你走。这餐饭这样吃法，非常合我们的胃口。

我们坐下后马上去抢菜，以免好的贵的菜被人拿光。我和秋秋、陈克家干爹，都像八百年没吃过东西，每人的盘子堆得都像"宝塔"，可以说是人的本性"贪"，也可以说是大家都开心得有些"返老还童"不失天真。

边吃边聊天，陈克家干爹叫秋秋一声"女婿"，问他为他看好手相灵不灵。秋秋说，"灵，灵，灵，实在很灵"，回过头来用手指着我说："侬个小赤佬坏来兮，我头一声就说他的职业也是大教授，一脸的贵气和书卷气，但是侬格小赤佬硬说大教授是'远东电影院的翻译，翻译银幕上中国字的'，我险些弄僵，亏得我坚持到底说他是大教授，不去上侬格当，否则阴沟里翻船，'打烂眼镜烧相书'（广东俗语，看不准或看错人之意）。"他又问秋秋，每天对着我的感觉如何？人家常常眼睛盯着我看，又感受如何？秋秋傻兮兮地说："每天对着清清百看不厌，人家个个都爱看清清，恨不得喝口水将清清吞在肚子里。"陈克家干爹大笑，我也大笑，我们都笑说：想不到梁实秋才是真正的傻女婿啊！

今夜的晚餐是丰富而有趣的，只可惜台北近年来飞黄腾达，高高的12楼银河厅，由落地的大玻璃窗看出去，竟找不到一片深蓝的天，和明亮的星星。四周全是高楼大厦，与三年前我和胡品清教授、曼姐、包国良等人共餐时，是有着很大的差别。物换星移，时光荏苒！我们于 9 时半侍者收茶时才走。秋秋多次替我去拿甜点心，多次用手指揩一点油，用舌头舐手指的镜头，我早就发现，一上计程车后，我就嘀咕地一直骂回家。

回家后，他怕我再嘀咕，赶快躺在床上，大叫"好累啊，又是一天了，快睡吧！"我才不管他，洗脸、洗澡后，写日记。

五　今日我"强盗扮书生"

1975 年 5 月 13 日　星期二　乙卯年四月初三

上午秋秋惯例地出去散步，吃烧饼油条豆浆，带回家一个甜糯米包老油条，亲自挤一大杯柳丁汁，为我放在冰箱内，然后去迷你书房爬格子。我则等用人陈姐来按铃才起身开门，接过托她买来的菜。陈姐去清洁房间，我在厨房煎了两块牛排，一条吴郭鱼红烧。秋秋怕辣，我只放了大蒜头和姜丝，未放辣椒。炒一碟红色的苋菜，放了许多大蒜头，煮一小锅紫菜蛋花虾米汤。所有的菜汤、白菜都放在大圆桌上，再去书桌旁拖他起身，同进午餐。午餐后他去午睡，我收拾了半条鱼进冰箱。待欧巴桑（注：台湾称女佣为"欧巴桑"）走后，我去化妆换衣服。刚从内房走出客厅，就听见门铃声。从大门电眼一看，原来是考试院院长杨亮功先生。连忙开门请他在沙发上坐一下，泡了一杯祁门红茶给他。杨先生的安徽口音很重，我不大听得懂他讲的话，只是报以微笑，快快去把秋秋叫醒，让他陪他聊天。杨院长高龄 80 岁，身体很健康，面孔粉红色，一头银丝。他可以称之为"红颜白发"。看他谈话的表情，显得很慈祥，一定是一位"好好先生"。他和秋秋是几十年的老友，所以秋秋听惯了他的话。他们有讲有笑，我坐在旁边看了也高兴。

杨院长走后，我替秋秋准备了米色暗条西装，配了咖啡色小花领带，米色袜子，深咖啡皮鞋，再取出一副咖啡边茶色镜片的 200 度近视眼镜。今晚要去中国文化学院，看学生们演莎士比亚的话剧。文化学院戏剧系的老师王生善也是我在台视研究班的老师。不管秋秋今天累不累，我都要秋秋去捧场，更何况今晚文化学院校长张其昀先生事先发了请帖，晚宴亦设在学校，怎能吃了饭就走路？

黄昏时，张其昀先生亲自来接我们，乘了他的大型冷气轿车前往学校。想不到今晚场面相当隆重，当车子抵达学校门口时，两位长得非常漂亮的小妹妹趋前给我们献花，还有专人照相。在学校门口相迎的有黎东方教授，瞿立恒教授，曹文彦教授，以及王生善老师（文化学院戏剧系主任），他们带我们参观了整个漂亮的学校后，才到饭厅晚餐。菜极为丰富考究，多位教授频频向我们举杯。我们虽以茶代酒也要频频还敬，因此剥夺了我吃菜的机会，许多好菜，还未动筷，已被收去，十分可惜。陌生人面前没法子，自己扮演了高贵夫人的角色，又是师母、太师母，不客气怎么行？我这个向来被香港电影圈称之为"大食女"的人，如今"强盗扮书生"，斯斯文文，兰花手指拿汤匙、拿杯子、拿碗筷。虽然馋死，也只好饿煞！

一个多小时的酒席，什么好菜也没吃得尽量。一点一滴地吃喝，好像只是广东饮茶似的，吃了一个虾饺、烧卖，就离席去看话剧了！

韩菁清《蜜年》之五手稿

303

王生善老师陪我们进大礼堂，灯光还未熄灭，所有的学生们，及学生的家长们，都将目光集中在我和秋秋身上。我们两人成了表演者，义务地表演了一场喜剧给大家看。我倒有几分羞答答，秋秋却落落大方，站起来向大家点头，一派大将风度，大概像当年与老舍先生表演相声那样吧？他偷偷在我耳畔说："这么多人看我们两个人，我们两个人看成千人，我们又不吃亏，我们赚了。今晚大赚了对吗？小娃。"

今晚上演的是莎士比亚剧中的一段，安东尼情史。男女主角很好，台下前排有很大一个交响乐团配乐，气氛、灯光都相当不错。学生们演出的处女作，实在难能可贵。这要归功于王生善老师，平日教导有方，又会挑选人才、培养人才，不埋没人才。

秋秋因座椅太硬，屁股受不了，看了一幕，在休息时，向王生善老师打招呼，说相当抱歉，不是戏不好，是他屁股受不了，所以不能看到散场。王老师说："能赏光来捧场，已经相当给面子，用不着抱歉，我们还是十二万分地感激与光荣。"王老师送我们出去，张校长与司机在校园等我们，于是我们坐上车子，司机由阳明山华冈慢慢地开车送我们回家。开到家门口，已超过一个半小时。虽是夜幕低垂，跳出汽车，仍然是暑气逼人，两人是一身大汗！汗流在身上，又是"如胶似漆"，这种"如胶似漆"实在很难过的。

回到家里，在电梯中，秋秋又在唱："我的家在台北忠孝东路。"等我用锁匙[1]开了大门，他进门又高声唱"我的家庭真可爱，美丽清洁又安详"。我说："秋秋今后我不再当歌星了，你去当歌星吧！"秋秋说："小娃，你不要小看我，我唱得虽然不怎么的，如果我登一登报，说我要登台唱歌，那歌厅和戏院不挤破才怪，我是有票房价值的。"我说："当然，当然，我明天就去发消息，你准备唱的几首歌我都知道，《传奇的恋爱》《我的爱人就是你》《情人的眼泪》《总有一天等到你》，还有刚刚才唱的那两首《我的家在台北忠孝东路》和《我的家庭真可爱》，每一场秀，三首歌就行了。你有六首歌，是绰绰有余的。还有你的西装，行头也够多，够漂亮，的确有号召力，会震动整个台湾，一唱下去就欲罢不能，看你唱多久？"秋秋又说："你不要不相信，你的人是一个才艺双

---

[1] 即钥匙。

全的人，我精神好得很，我又不弯腰驼背，身体挺得直直的。除了半夜场不唱，我每天可以唱白天一场1时半，夜晚7时一场，绝无问题。"他一边说，我一边大笑。我说："好好好，你去当男歌星吧。如果你不怕香港人说的'捞过界'（广东话），你如唱一个时期，那些老处女、老寡妇们都会去捧你的场的。她们有的是钱，有的是闲，一天连看两场，也不足为奇。"（我故作吃醋状），再学我爸爸对我当年我要出去当歌星时的语气："好好的一位大文豪、大教授不做，要去当歌星，把我的脸都丢尽了，你去唱歌吧，不要再回来，再回来我也不要你。"说着说着，我用力把卧室一关。他在外拍门："小娃，开开玩笑，你就生气？""我的歌是唱给你一人听的，我怎么能唱给别人听呢？""傻孩子，你怎么认真起来了？开开门吧。"我在门内闷着笑，趁他不提防，将门猛力拉开，大声吼他："你才是傻孩子，我也是和你开开玩笑的，我那样容易生气的话，婚前早就气死我了。我故意急你，看你急成那个样子，哈哈，好好玩啊。"秋秋说："你不要吓我，弄得我出了一身冷汗，我急不起呀！你的秋秋是个死心眼，什么老处女、老寡妇，18岁的大姑娘我也不会要。我自己选的，才吃香。人家追我的，送上来我也不会要。我当她们是死的。"我要吻他，不准他再开口，这样打情骂俏，睡梦中也甜。拥他上床，哄他睡了，我写日记还在笑！

六　谈论闻一多

1975 年 5 月 14 日　星期三　乙卯年四月初四

秋秋上午是照例外出散步，吃早点，带点心给我吃，挤好柳丁汁，然后爬格子。欧巴桑12时准时提了菜进来，我准时起身让房间给她打扫。我独自去厨房配菜、炒菜，煮饭。她买了整只鸡，中午没法吃，我洗净将它放进砂锅，开了小火，慢慢炖到晚上再喝汤。午餐还是番茄蛋花汤最快，炒一碟云南大头菜肉丝，炒A菜（莴苣菜叶），一碟盐酥虾，一人一片炸猪排，半小时后全部的菜上桌。秋秋在玻璃书房内看我，我用手在饭厅做手势，做扒饭状。他报以微笑，从书房中走出来，在几个菜上用鼻子故意嗅一下："好香啊！"（其实他鼻子嗅觉不灵，故意讨好我，而说的捧场话。）我说："你鼻嗅觉好了？赶快去买香水送我。"（注：文蔷曾经从美国来信说，香水不买，因我爸爸嗅觉失灵，闻不到。）秋秋说："好好好，等一等就去买，小娃喜欢什么牌子的，就买什么牌子。"我说："谁稀罕，我还有五个化妆箱，满装着香水，都是朋友送的，用到死也用不完。不过，会不会香水味走掉就不知道，反正还有许多瓶还可以用，我不要你买，我是逗逗你这傻小子的。"他又走过来，在我耳边吻一下说："小娃天生有一股奶花香，这种身上的原味比什么香水都好，小娃也是色香味俱全，我最有福气。"我说："快吃饭吧，菜汤都冷了，今天没有煮豆腐，你老先生竟想吃我豆腐，明天我叫陈姐多买些豆腐来，让你吃个痛快。"我大声吼他，他嬉皮笑脸地坐下，马上拿起筷子吃菜。我为他装了一小碗饭，三分钟之内他将猪排、汤、饭菜都吃完了。他想多添一碗饭，被我拒绝（注：糖尿病人不可吃太饱要控制食物）。

　　饭后，他去午睡，欧巴桑洗了碗走了，我回房梳洗更衣。3 时有人按铃，原来是刘墉送五幅山水画来。这些画是他在我们婚前开画展，被我们订下的，我买了四幅是横的春、夏、秋、冬。订了一幅是直的，山水之中站立了一个老人。我交给刘墉 2 万元后，再叫醒秋秋出来付给刘墉 3000 元。一手交钱，一手交货，刘墉匆匆地赶回中国电视公司上班去了。等他走后，秋秋又嘀咕了半天说："生平从不买画，完全看在你这个小娃分上，你看看这五幅画挂到哪里？我们的房子里，也不能挂他一个人的画呀！刘墉在我们家开画展来了？"（注：因加上刘墉送我的三幅画，就是八幅了。）我板起脸来说："一幅也不挂，放进储藏室便是，有人喜欢山水画的，我们将它送掉就是。不要再讲了。我们的婚事也亏他忙了一阵，捧场性质。小兄弟家有老母、老婆、小孩，让他赚几文不行么？"秋秋连忙说："行行行，我没说不行，不过有人来我们家，看到有同一个人的八幅画，会感觉怪怪的，我们怎么跟人家解释？"我说："许多话是不用解释的，萝卜青菜，各人所爱，让他们去见怪不怪吧。"我说尽管说，我还是将五幅画拿到储藏室去了。

　　秋秋一个人走到阳台上去赏花，好像小孩子受了委屈似的。我也走到阳台上与他聊天，将话题扯到含笑、杜鹃、茉莉、玫瑰、万年青上，让他忘了刚才的不快，让大家不再尴尬，再回到客厅冲了一杯没有咖啡因的咖啡给他喝，自己泡了一杯龙井茶。我从书架取出一本秋秋的《谈闻一多》。我说："你这个小子好大胆，怎么这种书也敢写，而且当年大作登在报上，资料都留下附印在里面，难怪政府会对你怀疑，对你不甚满意。"他说："我不管谁满意不满意，我写的都是事实，你们这位贵同乡是相当了不起的才子，他的人品很清高，而且相当爱国，他竟那样遭到不明不白的凄惨下场，怎不教人惋惜且痛心。我很了解闻一多，在美国留学时，我和顾一樵、谢冰心、闻一多搞舞台剧；在大陆时，我们同为徐志摩的《新月》大家一起写稿，情逾手足。我写一本《谈闻一多》并不为奇，是理所当然悼念一个好友，并不是罪大恶极呀！"我说："当然，当然，正因为你的学问及你的为人，我才如此敬佩你，才会嫁给你。有的人有学问，没有品德，有的人有品德，没有学问，如果两种人让我选择交朋友的话，我情愿挑有品德而没有学问的人交往。我最怕'缺德鬼'。像你这样品学兼优的人，世界上能有几个？所以我嫁了一位品学兼优者，不虚此生。"

秋秋听了这番话，心里无限高兴，向我要了两片梳打饼干，一副喜悦的样子，真是很可爱。他说："小娃，从前古人说'书中自有黄金屋，书中自有颜如玉'，我没能理解，因为我不曾在书中找到黄金屋，可是我现在完全可以理解到'书中自有颜如玉'的意思了。我没有白白地读了一辈子书，写了一辈子书，直到今天书中自有颜如玉已经应在我身上了，我几生修来有你这位颜如玉的读者。"

聊着，聊着，夕阳已西沉，炉子上的鸡汤炖得只剩小半锅了。我叫秋秋到厨房打下手，切姜丝，拍大蒜头，拍黄瓜，我炒一个黄豆芽雪里红，煎了一块带鱼，炒一碟蚬仔（出产于中国台湾及日本，像海瓜子形状，灰黄色）。

我们将阳台上大理石小圆桌及两个玻璃小茶几，大理石的小圆转椅放妥后，我们一道道菜从厨房拿到阳台上，砂锅鸡也拿过去。我要去拿饭时，秋秋用可怜的眼光看着我，问我可不可以喝一小罐冰啤酒。看到他那种神情，自不好拒绝。他说有佳肴，一定要有美酒，古往今来如此，不可虐待他，同时他也要我陪他喝一点。我说："这一小罐啤酒还不够你一个人一口喝的，你留着慢慢地喝，我去把冰水拿来陪你喝。"

阳台开了100支光的灯，照着我俩晚饭，我们无拘无束地喝着、吃着、聊着，我们两人在家晚饭的时间不常有，这种吃法是一大享受。忽然间有一蚊子落在秋秋额前，我走过去用手一拍，就将蚊子打死了，可是却吓坏了秋秋。他问："怎么回事？吃得好好的。"我将手伸给他看，他说："原来是一只死蚊子。"我说："它曾经是活的，现在被我打死，你看还有血呢！秋秋这么乖，这个死没良心的，还要咬你。"秋秋说："你管蚊子叫死没有良心的，蚊子本来就没有良心的嘛！不是良心没有，简直蚊子就是没有心的。"

我哈哈大笑告诉他，从前有人追我时，问我要什么，他就能给我什么。我对那人说我要"蚊子心，虾子血，青蛙毛"。那个人气坏了，说岂有此理，哪有此事，骂我是调皮的小捣蛋。今晚你说蚊子是没有心的，可见得我们思想一致，心心相印！

一餐饭又是两个多小时，看完晚间新闻后，秋秋睡去，我写完日记后，躺在他身旁听随身听里正放着好听的轻音乐。

七 我是"谋财害命的狐狸精"？

1975 年 5 月 15 日　星期四　乙卯年四月初五

早上秋秋散步归来，我尚未睡着，跑到客厅，见他手提一大袋点心，将豆浆也装在塑胶袋里带回来，他说他愿意在阳台上吃早点，问我要不要陪他一起吃。我说："当然，当然。"他走到厨房挤柳丁汁去了，我将阳台上的桌椅用抹布抹去了厚厚的灰尘，再去拿了几个碗碟，将点心和豆浆倒在饭碗和碟子里。他从厨房里拿了一大杯柳丁汁走到阳台，放在大理石的小圆桌上。我们面对面地坐下，他喝他的豆浆，我喝我的柳丁汁。天空在小楼的七重天上看来仍然是那样高，那样蓝，云淡风轻，昨夜的黄昏星星尚未消失，远远望去，那朦朦的、矮矮的山边太阳却爬起了一小半，各种不知名的鸟儿吱吱喳喳，好像百鸟朝凤似的。我亲手种的玫瑰、杜鹃花，开得五色缤纷，引来两三只大小蝴蝶飞舞采花。我平时随便插枝的小茉莉花开得密密麻麻，秋秋说："它们小得可怜，但芬芳扑鼻，真是香。"（他故意说的，其实我猜他未见得闻到香味。）那些白白胖胖长得像银杏般（注：大的）的花苞是含笑（注：它开的花像合拢的嘴），它的味道更浓，更香。我今晨和秋秋在这 15 坪大的阳台上，共进早餐，真可说是一种精神上的享受。我自从由敦化南路 360 巷 45 号楼下，搬迁到忠孝东路三段217巷6弄1号7楼以来，三年之间，除了在阳台上种花浇水、拔草外，偶尔因屋里太闷，站在阳台上透透气，或作简单的跳绳运动外，可说是从未有好好地利用过这个人人所羡慕的15坪的大阳台，如今总算派上用场了。以后只要是两人在家，没有第三者的介入，我们可以早、午、晚都在上面呼吸新鲜空气，赏花，看云，听鸟叫、虫鸣，也欣赏那物换星移，万家灯火。

秋秋忽然说："难怪明皇有了杨贵妃后，从此君皇不早朝，我也不想工作了。"我说："为什么？不是有朋友来，就是有记者访问，至少也有一个女佣插在其中，晃来晃去。""即使夜半无人私语时吧，聊不了几句话，我就昏昏地入睡了，鼾声大作，常常扫你的兴！我们今天在晨曦的美景中，应该好好拥有这两人的世界。"我说："秋秋，我们今天只能享受这短暂的美好，大太阳已在渐渐上升了，不一刻必须收摊子，一定要回到室内，你听不见楼下的车声，小贩的叫卖声，可是我却受不了那些喧哗。而你呢？还不是怕热怕得要命？你一定要在进家早餐后，快回到书房去工作，你也不是唐明皇，我也不是杨贵妃。我们两人只是普通的老百姓，你的写作是你的职业，也是你的乐趣，不可因我而偷懒，为了我们的家计，更要加倍努力写作，多些作品问世，人家会看重我们，会说你'老当益壮，才思敏捷'，会说我'虽不是名良母，亦是良妻'。你说对不对？你作品多，受益者亦多，我也可多读些你的书。"秋秋很听话地点点头，吃完了早餐在阳台上稍微伫立了一会，欣赏我所栽培的花草树木，看到我以前种的那棵小铁树，比以往他初来我家做客时，高大多了，并且刚生出了新的13条嫩叶，他说："说不定这棵树也会开花。"因为我们之间，一切都很微妙，都很奇特！

秋秋走到书房去写作，我收了摊子，将脏的碗碟放回厨房，回房去躺了睡一下，午间12时到了，女佣陈姐准时而来。

今天又带来一只刚杀好的乌皮鸡，还是热的，她叫我摸摸，说很新鲜，我却身往后退，不敢摸它，觉得很骇怕。这只鸡很可怜，为了我们要喝鸡汤而被杀，我心有不忍，吩咐她下次要买死鸡，白皮鸡。她说："哪里有卖死鸡的？"我叫她去超级市场买冰冻的。超市有乌皮鸡，白皮鸡，什么菜都有，稍微贵一点，但干净、方便。她说："怎么你们爱吃不新鲜的东西？"我说："超市的菜虽冰冻，还是很新鲜的，你们台湾本省人不是虔诚的佛教徒吗？不应该老是杀生，遇到什么菩萨生日、大祭日，都是宰牛、宰猪，很要不得，菩萨是慈悲心肠，他们是不赞成杀生的。我们虽是凡夫俗子，也没正式皈依佛门，也不吃'长素'，但是教授和我都喜欢买那些早已经被人杀了冰冻的鸡鸭鱼肉，因为我们吃不吃它，它们早已被杀，所以我们希望你今后千万不要为我们杀生才好。"陈姐见她的好意没被我们接受、欣赏，很不高兴。不过，她还是连连说好好，今后记得就是，买死鸡，买死鸭，买死鱼！

她还买了两条虱目鱼（注：又名皇帝鱼），一棵菜花，一大块冬瓜，我将冬瓜洗净放在锅里，加上了由冰库取出的一大块火腿（我切不动所以整块丢进去）煮汤，抹了些许盐在虱目鱼全身，用微火干煎，放一点姜蒜，又去冰箱拿了二十多粒虾米，秋秋因不爱吃饭，我替他蒸了馒头，我们一边吃菜，陈姐另一边在打扫阳台及各个房间，她打扫毕，我们也刚好下桌子，她洗碗后走了。

秋秋太累，回寝室睡了两小时，待他起身后，我收到香港友人罗天健、冯元祥、叶曼重的信，都是索取秋秋的《雅舍小品》，我将信转给他看，他很高兴我的朋友们欣赏他的作品，他还未梳洗，就到书房，取出三本《雅舍小品》第一集，亲手用牛皮纸做三个大信封，签了名后将书套进，写了香港朋友的地址，再去洗脸更衣，并要我也快点换衣服，陪他去巷口邮局寄书。他这样尊重我的朋友们，我理所当然陪他同去邮局走一趟，我一手提装有三本《雅舍小品》的纸袋，一手挽着他，叫他撑着一把鲜艳的阳伞，在酷热的大太阳下我们走到邮局。

一进邮局门，男女老幼，寄信、寄包裹的，存钱、提钱的，买邮票的，以及每个窗口的职员，甚至坐在最里面的邮政局长，一律全体肃立，行注目礼，好像我们两人是打劫邮局的雌雄大盗，各人脸上都出现了不同的怪相，惊讶不已，紧张刺激。我们两人见怪不怪，都是有舞台经验的人，若无其事，故意在他们面前，让他们看个够。他从我手中拿了《雅舍小品》到国际挂号包裹窗口递上三本书，问多少钱。那位女职员说15.5元一本，秋秋摸摸口袋，忘了带皮夹，问我有没有100元新台币。大概清清二字叫大声了一点，每个人的目光都投向我，我在挂包内取出了100元，我想他们的眼睛看好的是我在拿钱付钱，心想的一定是"好厉害的女人，嫁了梁实秋后，刮得梁实秋身上不名一文，全部经济大权都在这个谋财害命的狐狸精的老婆手里"。当然不是每个人都有这种想法，也许是我的多疑。可是，从许多人的表情上看来，是有些并不善意，且有的怒目相看，有的指指点点。我并不生气，本来在一般婚姻条件里，什么都要相配，年龄相差30岁，嫁老头子不贪钱，贪什么？这是不可以怪人家的，这个社会就是如此。如果我有一个女儿，我也不愿意她去嫁一个年长几十岁的老头，除非为了生活，为了钱孝顺父母或者有各种不同的利益因素，这世界上有多少真正感人的爱情？又有多少个不朽的爱情故事？钱，钱，现代人们的眼里全是钱，任何地方都是认钱不认人，世界各地赌风很盛，港台尤甚，爱赌的人，不都是想赢别人的钱吗？说什么消磨时间！赌钱的人是可以六亲不认的，有钱的朋友"天涯若比邻"，没钱的朋友"咫尺若天涯"。钱哪，害死人！

秋秋不曾觉察这一点，待女职员找了钱，他又将钱塞到我挂包里，我们旁若无人，"当伊呒介子"[1]，我这狐狸精将手挽得秋秋紧紧的，故作亲热状，气死几个可恶的东西！

有一位女记者告诉我，还有一位大律师也告诉我说："台湾许多人在拿我们的婚姻打赌，如果一年离婚的话，输赢新台币1万元，两年2万，三年3万，四年4万，加到十年，就是10万元，的确可笑。"我在香港见过赌马，听过赌波（球），台湾听过赌爱国奖券的，没想到我们的婚姻，竟使一般不相干的人下了那么大的赌注。

离开邮局后，叫了一辆计程车，去圆山大饭店去享受一下冷气，在咖啡厅喝了一杯冰咖啡，秋秋叫了一杯冰啤酒，一人一个汉堡。晚饭取消了，我们又雇车去林森北路的欣欣大众公园，逛一下服装部和玩具部，去回忆一下。秋秋在1974年的圣诞节在玩具店买了兔宝宝给我时，他胃痛得蹲在地上，冒出一身冷汗，从口袋里取出一粒胃药含在嘴里，几乎不能走出公司，我用力一手扶着他，一手还要捧衣物，再去大叫计程车的狼狈样子。再看看今天秋秋硬朗的身子，我不但高兴，且感觉骄傲。秋秋来台才一个多月，健康情形如此良好，能不相信这是一股爱的力量吗？爱是能克服一切的，岂止是健康？可以征服整个世界！逛公司而不买东西，是会让职员或守在公司门口的安全人员看不起的，所以我们又跑到地下室的超市，买了一只电慢炖锅，因陈姐买的乌皮鸡今天一

---

[1] 上海话，当它没有这回事。

定要慢慢炖，明天秋秋起来，打开锅盖，就有鸡汤喝。从此每天都可炖汤而不必想到炉子火的大小。今天秋秋忘了带小皮夹，所有的车钱，饮食钱，买电锅的钱，都由我付，乘车回来，下车时，秋秋幽我一默："哎呀，小娃，我忘了带钱，钱都你付。"我说："废话，你付，我付，还不是一样，你花我的钱，不会有人会说你吃软饭的。"秋秋大笑："七十几岁的老头，还可以吃软饭，简直天下奇闻！如果真有人这么说，倒是证明我本事蛮大的啊！"

我们笑声中上了楼，在电梯里，又出现了两人的世界，我们背后有一面大镜子，我们在镜子里，相互一笑，然后一个拥抱，一个亲吻，电梯刚好到了七楼。电梯门打开后，我们各自在摸锁匙，结果是他开的门，我还以为他又忘带锁匙呢！

鸡洗净后，锅洗净后，插了电，炖上了，我们都累了。秋秋说洗个澡就去睡，我等着试试电锅热了没有，已有微温后，我才去"贵妃出浴"！

今晚没有晚饭，没有消夜，肚子有点饿，啃牛肉干，玫瑰瓜子，听收音机，写下一些零星，睡觉！

八　我们已结婚，新闻该落幕

1975 年 5 月 16 日　星期五　乙卯年四月初六

昨夜睡眠不大好，合眼不到半小时或一小时，就会醒一次。早上秋秋外出开门关门声，我听得见，回来的开门关门声，我亦听得清。当他散步回来，第一件事就是走到厨房里，启开慢炖锅盖子，在厨房里自言自语："好香的鸡汤啊！还清晰地见到锅里每一块鸡呢，这个慢炖锅真好。"我从卧室里走到厨房（斜对门）对秋秋说："你这么大的声音一个人自说自话，鼻子的嗅觉不灵，还闻得到鸡汤的香味啊？真有本事，干吗那么大的嗓门叫呀，自己耳聋当别人也耳聋么？你这大嗓门如果在楼下叫门，不用按电铃，我在七层楼上，开了冷气，在卧室睡觉也听得见"。秋秋说，："小娃，对不起，是我吵醒了你吗？你快回房再睡吧，我自己装汤，自己吃早点好了，你不必管我。我在留学时代，早已学会自己顾自己（潮州戏的配乐，香港人笑谓自己顾自己）。"说着，说着，他又打开纸包里的一套烧饼油条，并交给我一个甜糯米团。我告诉他说："鸡汤里没放盐，你自己按照自己的口味放好了。"他说："不放盐的鸡汤更有营养。"幸亏我没放盐，想不到他还非常注意营养学的，我回房又再睡，他一个人去"自己顾自己"，他吃完了要工作五小时，我也再睡四小时，大家互不侵犯。

陈姐又来打扫，又带来许多菜和水果，因有鸡汤，中午我只炒了一碟鸡蛋，一碟菠菜，一碟咸酥虾，非常快。

饭后，秋秋去午睡，我等陈姐走后，正要回房时，电铃响了，我从门里的电眼看出去，看到了一个光头。此光头老先生说是找梁实秋的，我不认识他，所以不敢开门，到卧室去把秋秋拖起来，说有一光头老先生要拜访他，让他出去看一下。秋秋匆忙穿好衬衫短裤，从门里看出去，悄悄对我说："他是故宫博物院的院长蒋后聪。开门后说对不起让他久等了。"我去沏了乌龙茶，递给蒋院长，蒋院长对我说："实秋是我的老朋友，你们结婚也不通知我一声，你们不请我，我现在亲自来请你们，下星期一去吃荣星川菜如何？"我们向他道谢，告诉他我们家的电话，说到时用电话再联络，如无特别事就去。蒋后聪坐了一会儿，喝完茶后走了。

韩菁清《蜜年》之八手稿

《中央日报》摄影记者郭琴舫接踵而来，送来一本黑白照片，从机场一直到国鼎川茶馆的婚礼席上的全套照片。秋秋不想记者破费，付了工本费新台币1000元。

台视同学苏韵宇，郭俊腾，也先后而来，秋秋提议去林森北路的梅子餐厅晚餐，他们都很高兴，在沙发上看了一会照片。

西装裁缝小曾也来了，送来西装五套，另外还有加做的五条西裤。因客人太多，没让秋秋时装表演，我将小曾叫到房间，将西装全部放在床上，偷偷地给了他4万元的西装钱，1万元的西裤钱，共计5万元。我说不能让梁教授知道，因他节俭成习，会骂我的。小曾坐到客厅，秋秋说："怎么又做了许多套西装？"小曾说："账单在夫人那里。"小曾走了，秋秋走到房里见了床上六堆的西装说："小娃，你疯了？一做就是五套，还外加五条西裤，不嫌太多么？"我说："西装上衣穿的时候少，裤子穿的时候多，坐的时候较多，裤子就磨损得快，到时，西装上衣还新，裤子已磨损，屁股底下一大块亮光光的印子，很不好看，将来补一样料子的裤子，也会补不到，现在每套西装多加一条裤子不是很好吗？贵也贵不了一点点，算来还是很经济实惠的！"秋秋直摇头："真拿你没办法，打扮一个老头，干什么？"我用手堵着他的口："不许再说老头，再说我就要发脾气。"并帮他脱了旧衣，换了新衣，同时我也换了粉红的洋装，一同走出客厅，厅里坐的三个人见我们走出房门，大叫：今天新郎新娘好漂亮。我说："去你们的，我们哪一天不漂亮？"他们异口同声说："新郎越来越年轻了。"我说："他从来也未老哇！"大家笑哈哈，一起走出大门，在楼下等了半天车子，才等到一辆，让客人先去梅子，我和秋秋两人乘一辆计程车，他好高兴，上车时做感激状。

到达梅子，又是大爆满，因晚饭时间，不易有位，所以坐在一旁等空台子，谁知在梅子又引起一阵骚动，客人们指指点点，老板娘、经理、副理、小妹、小弟（服务生）都在笑。老板娘梅子找到一空位，忙向我们招手。老板娘亲自服务，为我们拿热毛巾和茶，并为我们点菜。苏韵宇又多叫了一碟盐焗虾，郭俊腾叫了一碟荫豉蚵，郭琴舫因牙齿不好，叫了一个红烧豆腐，老板娘代点的是炒花枝（墨鱼），炒海瓜子，蒸石斑鱼，卤肉，炸鸡卷，鳗鱼汤，炒空心菜，炸小鱼花生。大家都好饿，小菜很配胃口，每人都吃两碗饭，郭俊腾最年轻，吃了三大碗，还吃地瓜稀饭（红白山芋粥）。三个男人喝了三杯啤酒，我和苏韵宇只喝乌龙茶，汽水果汁也没喝。饭后，老板娘外敬水果一大盘，甜点心一大盘。王梅子[1]作风海派，因为过去嫁的是一浙江宁波商界巨子，所以耳濡目染，多少有一些上海人的气派，而且相貌娟秀，举止斯文，不像时下一般台湾女孩，简直像一位上海的大家闺秀，据说她已是三个孩子的妈妈了，身材还是保养得很好。我看她也有咬手指甲的习惯，当她送甜品上来时，几个手指也和我的手指一样，是秋秋口中常说的小棍子。

我谢老板娘所赠食品，感谢朋友的光临，感谢秋秋的埋单 1500 元，感谢菩萨庇佑我们过了丰富的一天。

席终人散，各自奔前程，我拖着秋秋在星光灿烂的夜里，从林森北路走到中山北路，享受了一下红砖大道。在榕树下，杜鹃花旁散步，由二段走到一段，才叫计程车，是一辆很新式的蓝色街车。开车的中年人很和气，在车中倒后镜中发现了我们，他说他很幸运，他开了最新型的汽车音响，放的竟是我们所爱的每一支小夜曲，由中山北路一段回忠孝东路三段，一下子就到了。我和秋秋商量，何不乘他的车子兜兜风，欣赏一下台北的夜景？于是我们过门而不入，请司机先生驶向敦化南北路民生社区，又兜到松山机场，看到机场内灯光通明，人头挤挤，好像还有许多班飞机待降，也有许多飞机待飞。我问秋秋要不要下去看看，他说他好怕记者们，我说今晚又不是 3 月 29 日，哪有那么多记者们等着，何况我们已结婚，新闻也该落幕了！秋秋说司机先生在倒后镜内也发现了我们，此刻我们如到机场大厅内，不被人发现挤破头才怪，何况机场内每班机都有记者们守候的，你还想找麻烦？等过了一年半载后，才到机场参观吧。现在还是打道回府，就这样请司机驶向回家的路上。

回到家门口，已是 10 点半了，我们抢着付车钱，司机先生好歹就是不肯收，说什么免费招待，或当送礼。我说结婚礼是不能补送的，给你一张红色的十元钞票，大家讨个吉利，意思意思吧！司机先生含笑收下了。互道再见，他递给我一张名片，表示欢迎我们时常叫他车，他很喜欢看到我们。

到了七楼，秋秋又说："累死了，我要睡觉了，明天洗澡吧！"我骂他臭

---

[1] 老板娘姓王。

小子，又懒又臭，他说他是男人中最干净的哩，尤其在他的一批同学和老友之中。

我摇摇头，不禁好笑，他们那些同学和老友们，真如他所说的那样脏相吗？还是他言过其实，夸张？

我将阳台三面的落地门和窗子都打开吹一下，关了冷气后的屋子里空气非常不好，既闷又热，我在阳台上，迫不及待地浇我所钟爱的花木。花木喝了水，我也进来开冰箱，拿冰水喝，卧房内秋秋大叫："我要喝水，我要喝水。"我将冰水连壶和杯子全部拿到卧房，放在床头小柜上，问他要不要我倒。他说："你过来，我只要你过来，不要你倒冰水，我只要一个亲吻，热热的吻，你的口水，否则我睡不着！"

这小子越来越嗲了，不亲他就睡不着，我才不相信。不过，看他那副可怜又可爱的样子，我还是亲亲热热地拥抱了他，吻了他，给了他一口温暖的水，而不是冰水。

他睡了，我记下了这页，洗脸洗澡后，还要听听新闻及中广公司的广播剧才睡去。

叶永烈辑：韩菁清演唱歌曲目录

　　韩菁清从台北带来唱片以及录音带（母带），请叶永烈协助在上海制作了一批她演唱的歌曲选集磁带（一套5盒），分赠亲友，作为她演唱生涯的纪念。她还请叶永烈写下关于她作为歌星的简介。以下简介中的岁数，系依据她的口述——

　　韩菁清是著名歌星。她7岁时参加上海玻璃广播电台举办的儿童歌唱比赛，荣获第一名。11岁时上海百乐门大饭店招考歌星，她又获第一名。1946年8月，14岁的她荣膺"上海歌星皇后"桂冠。1949年随父亲前往香港，成为香港歌影双栖明星。1967年由香港去台湾，成为台湾红歌星。在漫长的歌星生涯中，她演唱过近千首歌曲，大都为情歌。可惜早年的作品没有录音，未能保存下来。现从她灌制的唱片及录音带中，选编60首，其中10首由她自己作词。60首中，"台语"歌5首，其余均用国语演唱。

　　韩菁清演唱歌曲目录如下：

　　1. 我俩何时重相见（韩菁清作词）

　　2. 遥远的寄托

　　3. 早晚都想你

　　4. 我等你（韩菁清作词）

　　5. 雨夜花（"台语"歌）

　　6. 青春舞曲

　　7. 珊瑚恋

　　8. 绿岛小夜曲

　　9. 泪洒爱河桥

　　10. 相思河畔

韩菁清演唱的歌曲磁带

11. 春夏秋冬都爱你（韩菁清作词）

12. 快走到我的面前来

13. 夜诉

14. 镜中的你

15. 阳春的台北

16. 我的家在台湾乡下

17. 碎心花（"台语"歌）

18. 月夜愁（"台语"歌）

19. 我还是永远爱着你

20. 星夜的离别

21. 奇丽的夜晚

22. 时时刻刻想着你（即《恋歌》）

23. 多谢你的黄玫瑰（韩菁清作词）

24. 镜花水月

25. 情人再见

26. 握别

27. 满园春色

28. 几度花落时

29. 就这样爱上你

30. 恋爱的路多么甜

31. 传奇的恋爱（韩菁清作词）

32. 高山青（即《阿里山的姑娘》）

33. 昨夜梦醒时

34. 月儿像柠檬

35. 爱情似火焰

36. 我在你左右

37. 我的爱人就是你（韩菁清作词）

38. 月满西楼

39. 爱苗

40. 爱的心声

41. 我俩曾梦相随

42. 相思恨绵绵

43. 等你一天又一天

44. 四月在台北

45. 采槟榔

46. 难忘的梦（韩菁清作词）

47. 望春风（"台语"歌）

48. 一曲寄深情（韩菁清作词）

49. 春风野草

50. 泪（韩菁清作词）

51. 苦恋之歌（"台语"歌，即《韩菁清真可怜》）

52. 再吻我一次

53. 过去的春梦

54. 惜春光（韩菁清作词）

55. 有缘千里来相会

56. 时光不停留

叶永烈：韩菁清谈梁实秋及其情书

为了编选《梁实秋·韩菁清情书选》，1990 年 11 月 2 在日晚，我在上海请从台北来沪探亲的梁实秋教授夫人韩菁清女士，作如下谈话。

叶永烈：你和梁实秋教授从相识到相爱，几乎是闪电式的，也就是"一见钟情"。为什么会这样？

韩菁清：我们相识很偶然——在 1974 年 11 月 27 日那一天，我随谊父谢仁钊教授到远东图书公司去取字典，老板说梁教授从美国来了，住在华美大厦。于是，谊父去看望梁教授，我也跟去了。就这样很偶然认识了梁教授。

一开始，我当然绝对没有想到会跟他相爱。他恐怕也没有想到会爱上我。不过，有一点很奇怪，我平常叫谢教授"谢伯伯"，那天当然也就喊他"梁伯伯"。他却说："我不喜欢你叫我'伯伯'，你就叫我'教授'吧。"从此，我一直叫他"教授"。后来，当我们相爱时，他笑着跟我说："幸亏我们一开始就把称呼定对了。不然，你叫惯我'梁伯伯'，结婚之后改口就吃力了！"这当然是说笑话。

我们最初只是忘年之交。我把他看成老师、父辈。他呢，也说"当初如果你长在我家就好了"，那口气完全是父亲对女儿说的。

忘年交迅速地发展为忘年恋，连他也说"这是奇迹"，我更是根本想不到。

现在回过头来看看，我和他相差 30 岁，我们所以深深地相爱，原因在于我们有许多共同点：两个人本性都很善良，个性都很强，而且都富有同情心。

叶永烈：在别人看来，你们差异很大——一是年龄悬殊；二是职业不同，一个是作家、学者，一个是歌星、影星；三是生活习惯不同，一个早起早睡，一个过惯夜生活。

韩菁清：那些差异是表面的，不是内在的。其实，我们非常相投。不知道怎么搞的，我喜欢的影星、歌星，也正是他所喜欢的；就连谈字、画，他喜欢的，也正是我所喜欢的。很奇怪，会那么的巧！所以，我们谈得非常投机。我们是同中有异，异中有同。同是根本的。我们有共同的感情，这是最重要的，最根本的。这是爱情的基础。

叶永烈：从梁教授的情书中可以看出，最初是他先爱上了你，对吗？

韩菁清：是的。最初，我只是他作品的一位读者；认识之后，结成忘年之交。很快地，我发觉他在爱我，我马上向他表示，愿为他做红娘，他却明确地说："我爱红娘！"

叶永烈：于是，你在认识他的第五天——12月1日——主动给他写了一封信，开列了自己的弱点、缺点，希望他"趁早认识我的为人"……

韩菁清：是呀，我写那封信，是希望他打"退堂鼓"。想不到，那封信引出他的一大堆情书来！

叶永烈：你的那封信，可以说是"抛砖引玉"。没有你的那封信，也许不会有这本《梁实秋·韩菁清情书选》。他给你写了那么多的情书，你的"读后感"如何？

韩菁清：他的情书最感动我的，是对我的敬重。我们彼此之间，首先建立在一个"敬"字上，由敬而爱。敬重、尊重，是爱的前提。

一般的人，常常看不起我们歌星、影星这一行。他不这样。他说，什么行业都值得敬重。他这么个大教授，大作家，跟我相爱那么多年，从来都很敬重、尊重我。你只要读一读他的情书，就可以感到这一点。他的这种敬重、尊重，是发自内心的。

叶永烈：这也就是"相敬如宾"吧。

韩菁清：是呀。他不光是在谈恋爱的时候尊重我，结婚后那么多年，一直如此。我们之间一直相敬如宾。他的这种态度，是很可贵的。不管丈夫的学问有多大，社会地位有多高，在家里要平等待人，要尊重妻子，这样彼此间才会有真正的爱情。

叶永烈：那时，梁教授天天跟你见面，"晤谈于一室"，一谈就是四五个钟头，为什么还天天向你递交情书？是不是如有人所说，他拙于言词？

韩菁清：不是的。其实他很善于言词。不过，有些话，写出来跟说出来不一样。再说，他是作家，擅长文笔。所以天天见面，他还天天写情书——情书更能表达他内心的感情。他的情书写得非常细腻、纯真，但是一点都不俗气、不肉麻。他的情调很高雅，像他的《雅舍小品》那样。

叶永烈：他的情书，可以说是很特殊的散文，很特殊的《雅舍小品》；也正因为这样，出版他的情书选，可以说是出版他的一部很特殊而又很重要的遗著。从他的情书中，可以窥见他的内心世界。他在写这些情书时，是不是考虑到日后准备公开出版？

韩菁清：没有。当时，他怎么会想到出版他的情书？不过，他很珍惜这些情书，要我好好保存，作为我们之间爱的记录。后来，他在一封情书中，也曾谈及，这些情书将来也可以公开发表——因为我们之间的情书，没有什么见不得人的东西。但是，他说，必须在他死后。现在，编选他的情书，公开出版，也可以说是完成他的遗愿。

叶永烈：听说，台湾《联合报》最初想选载梁教授一部分写给你的情书，你不愿意拿出来？

韩菁清：是的。我当时觉得公开发表还太早——因为我还在这个世界上。《联合报》想发表梁教授的情书，最初是因该报发表了梁教授致聂华苓的一些信件引起的。《联合报》派出了冯小姐，向我"游说"，说发表梁教授的信件，是对他很好的纪念。聂华苓手头收藏的梁教授的信很有限，你手头应当有他的很多的信。我说，梁教授写给聂华苓的信，可以公开发表，那是朋友之间的通信；写给我的信，是情书呀！

冯小姐却说，情书更好，读者更有兴趣。

我不答应公开情书。我希望在我离开这个世界之后，再公开这些情书。

冯小姐来了个"激将法"：将来，你不在了，人家把你们的情书瞎编一气，你愿意吗？不如趁你还在，你参与选编，正经八百地发表。`

我想想，她的话有道理。这样，我挑了二十来封信，随她到《联合报》大楼。她复印之后，我当场取回了原件。这样，那二十来封情书，在《联合报》上连载。

叶永烈：这一批情书发表后，读者反应怎么样？

韩菁清：读者反应非常强烈。举个例子，我家附近有家"时间郎"钟表店，一位姓周的小姐对我说，哦，梁先生的情书写得这么诚挚、热烈，要是写给我，我也愿意嫁他！她还找出当年的《皇冠》杂志送给我，那上面登着记者写的关于我和梁教授很长的报道。

听说台静农先生正住在医院里，天天拿着放大镜，看《联合报》上登的梁实秋情书——他是梁教授的老朋友，很想知道老朋友的情书里写了些什么。

这些情书的发表，甚至还在报纸上引起了争论，《中央日报》和《中华日报》登出了观点不同的文章，有的说不该发表梁教授的情书，这些情书"降低"了读者心目中梁教授的地位，"影响"了梁教授的形象；也有的说，应该感谢梁夫人公布这些情书，使我们更真实地了解梁教授——他是一个人，不是一个神。

叶永烈：这样的争论，有没有对你造成压力，使你只给《联合报》登了二十来封，以后就不给了？

韩菁清：争论倒没有很多，因为我和梁教授从一开始恋爱，就成为报纸争论的对象，那时的压力才厉害呢。我只给《联合报》二十来封，是以为公布那么多，足够了。再说，《联合报》一登，各报都争着要登，使我很为难，干脆就不登了。这一次，你要写我和梁教授婚恋生活的《倾城之恋》一书，我从台北把梁教授的情书原件带来给你，供你参考，使你了解当时的情况。你看了以后，建议编成《梁实秋·韩菁清情书选》一书，另行出版。我想了想，觉得也可以。出这本书，也是对梁教授的很好纪念。

叶永烈：从梁教授的情书可以看出，你们的婚姻，在当时确实受到许多人的反对。

韩菁清：这是一种莫名其妙的事。当时，他死了前妻，我没有婚嫁，两人都是"自由身"，只要两相情愿，就可以结婚。这纯属我们两人之事，与别人无干。

再说，在我们两人的家庭里，父母都早已不在世，而子女又都支持我们的婚姻：他有两女一子，其中一子一女当时在大陆，联系困难；他的次女文蔷在美国西雅图，明确表示支持——他的情书中很详细写及文蔷当时的态度；我虽然没有子女，但是我的侄子韩光荣（我哥哥的第九个孩子，小名叫"九毛"），是由我一手抚养成人的，视若亲子。他正在美国读大学，他也表示赞成我和梁教授的婚姻。

奇怪的是，许许多多所谓的朋友，却莫名其妙干涉我和梁教授的婚姻。他的学生们甚至成立"护师团"，好像我跟他们的老师结婚，会害他们的老师似的。

这些人，其实根本不了解梁教授——他是一位非常倔强的人，一旦认定了一件事，非要做到底不可。

我跟他的脾气相似，我也很倔强。不过，我比不上他。在种种舆论压力之下，我曾几次想改变主意，你可以从情书中看出，我曾建议他"冷静想一想"，"把爱情与婚姻分开"，要他推迟婚期，等等。可是，他的意志是非常坚定、毫不动摇的。我曾建议他等我三年，三年后再结婚，他坚决地说："干吗要等？我们要分秒必争！"

叶永烈：他的朋友、他的学生们，为什么反对你和他的婚姻？

韩菁清：原因之一，是看不起歌星。这种歧视，由来已久，总以为歌星低人一等。当初，在上海，我要去当歌星，我父亲就坚决反对，认为"丢尽"了他的"面子"。其实，歌星用歌声给人们带来快乐，有什么不好？歌星中当然也有败类，那终究是少数。每行每业其实都有败类。

更主要的原因，在于梁教授的形象。

叶永烈：什么形象？

韩菁清：长期以来，梁教授在台湾一直被捧成"现代孔夫子"。在他的朋友、学生心目中，他是"现代孔夫子"——他不仅学贯中西，著作等身，是资深的学者、"国宝级"作家，而且为人处世，也是大家的楷模。

叶永烈：也就是说，"德高望重""万世师表""圣人"。

韩菁清：尤其是《槐园梦忆》刚刚出版，人们正在赞叹这位大师对待爱情的忠贞，婚姻的严肃……

叶永烈：就在这个时候，传出了他跟你热恋的消息，使他的朋友、学生大吃一惊！

韩菁清：是呀。其实，"现代孔夫子""圣人"也食人间烟火。在他的前妻去世之后，他完全有权利恋爱。对于这个问题，他的老朋友、台湾《传记文学》主编刘绍唐先生在一篇文章中，说得颇为中肯："使梁先生晚年生活有巨大改变的是——与韩菁清结婚。此事是当时的热门新闻，也引起一些人的非议，包括许多高足与好友在内，甚至从此或有相当时间与梁先生断绝来往。干涉他人的婚姻，还振振有词，这些人今天看来实在有些不可思议。梁先生本是一个热情奔放的人，过去因受传统社会与家庭的拘束与压力，勿宁说是慎言慎行，待续弦后，恢复了青春活力……"

叶永烈：确实，从他的情书中可以看出，充满着火一般的青春热情。很难相信，这些情书出自一位71岁老人的手笔。即使颠倒一下，一位17岁的小伙子，也未必写出如此热情奔放的情书。

韩菁清：是呀，面对强大的舆论压力，他的情书成了我唯一的精神支柱，使我去除了懦弱和犹豫，增强了信心和勇气。那些人的反对，恰恰相反，促使我们更加坚定地相爱。这可以说，"事与愿违"吧，出乎反对者的意料之外。他们骂梁教授"老糊涂"，其实，他很清醒，一点都不糊涂。他的情书是最好的证明。

叶永烈：你们之间的情书频繁，真的要破"世界纪录"，常常是早上一封，中午一封，晚上又一封。他收到你的情书，反复地看，差不多能背诵。你呢？

韩菁清：我也总是一遍又一遍地看。当然，他的情书比我写得好多了，所以情书选只收他的信，不收我的信——最多只收一两封。

叶永烈：把你写给他的信也收进去，变成"双行道"，有呼有应，那多好。

韩菁清：不行。我这个人还活在世上，不能公开我写给他的信。他是大作家，他的信有价值。我的信，算不上什么。

叶永烈：他在情书中说，你的信写得很好，甚至比他写得好。

韩菁清：那是捧我。我的信，怎么能跟他的信相比呢？

叶永烈：你们之间的来往信件，现在都保存着？

韩菁清：一封也不缺。这是我们相爱的珍贵记录，我一直仔细地保存着。以后，我想在保险公司租个保险箱，永久保存这一批珍贵的信件。其中包括我们恋爱时写的情书，结婚后写的家书。

我以为，梁教授的可贵，还不仅仅在于情书写得热情洋溢，而且在于婚后十几年，一直对我真诚相爱，可以说始终如一。

叶永烈：结婚以后，你还喊他"梁教授"吗？

韩菁清：不，不！在家里，喊他"喂"，喊他"秋秋"。他很有意思，跟我谈恋爱时，戴着助听器。结婚之后，就不大戴助听器了。

叶永烈：为什么？

韩菁清：他说，在谈恋爱时，一定要戴助听器，生怕漏掉我的任何一个字、一句话。结婚以后，他不戴助听器，为的是能让我常常挨在他的耳边说话、替他传话或翻译（经常有上海朋友、广东朋友，梁教授听不懂他们的话，要我翻译）！

叶永烈：人们常说，"结婚是爱情的坟墓"。看来，你们婚后的感情比恋爱时更亲密。

韩菁清：我和他相辅相成。他的血型属 A 型，所以他非常细心、温柔，你可以从他的情书中看出他的特点；我呢，是 O 型，豪爽、刚强，甚至带有男性的脾气。我们恋爱时，"柔能克刚"，虽然我开初有许多顾虑，毕竟被他"克"了——征服了，爱上了他。结婚之后，我们"柔刚相济"，组成了和谐、美满的两口之家，加上三只小猫则是五口之家。

拿生活习惯来说，我爱清洁，但是不整齐，东西随手乱放。他呢，很善于收拾东西，但没有我干净。我们在一起，取长补短，就做到了整洁。

叶永烈：你们有没有不和谐的时候？

韩菁清：那倒不是彼此感情上的不和谐。往往是我们各自总有闹情绪的时候，比如，人家催稿，他七想八想，想不出来，我有时为用人的一些事不高兴。我想，这样的事，谁家里都会有的。但我们彼此之间，一直非常敬重。每年的 5 月 9 日，都成了我们两人"盛大"的节日——结婚纪念日。我们一直深深相爱着。

叶永烈：是呀。梁教授在 1984 年给你的信中还说："自从十年前在华美一晤，我就爱你，到如今进入第十个年头，我依然爱你。……"

韩菁清：一直到他 1987 年 11 月 3 日去世的时候，在医院病榻边，我还牵着他的手。后来，有人说："你不能牵他的手呀。要不，他的灵魂不能离去。"我这才松了手，让他撒手西去……

我回到家里，看到什么东西都要想起他，因为家里的一切，都是他曾经用过的。

我抑制不住内心的思念，我拿起笔，给他写信。这样的信，无法邮寄，我就在他的坟前焚烧……

叶永烈：像你和梁教授那样情意深厚，是很可敬佩的。正因为这样，我觉得编选《梁实秋情书选》[1]这本书，会给读者有益的启迪，爱的洗礼。谢谢你终于决定公开出版梁教授写给你的情书。我想，这本书不论在海峡此岸，还是在海峡彼岸，都会受到读者的热烈欢迎！

---

[1] 经本书编者叶永烈再三动员，韩菁清终于拿出她写给梁实秋的一部分情书，使本书成为"双行道"。所以《梁实秋情书选》也就改名为《梁实秋·韩菁清情书选》。《梁实秋·韩菁清情书选》由叶永烈为每封信加标题、注释，全书54万字，编定之后，经韩菁清全文校阅，先授权上海人民出版社于1991年10月出版汉字简体字版，然后由台湾正中书局从上海人民出版社购买版权，于1992年5月出版汉字繁体字版。

叶永烈：《梁实秋·韩菁清情书选》序

一个只有普通信封一半大小的袖珍信封，印着漂亮的图案，没有写地址，没贴邮票，上面只写着五个颇为潇洒的钢笔字："呈 菁清小姐"。

信封没有用糨糊封过的痕迹。我打开信封，里面是一张薄如蝉翼的信纸。信纸上没有横条或格子，原本是一张白纸而已，然而却用蓝黑墨水写着流畅、工整、漂亮的一行行蝇头小字，通篇一气呵成，偶尔有一两个字圈改。信末，不仅写着年、月、日，而且往往还注明"早八时"或"晨五时"。

信的开头，写着"我最亲爱的人""我的菁清""菁清，我的爱""我的清清""小娃""我的小娃"；信末，签着大名"梁实秋"，偶而在大名之前加上"你的人"或"你的"字样，也有时署"你的秋"或"秋秋"。

这样一批"绝密"情书，本来藏之箱底，由于"秋翁"仙逝而"解密"；又由于我应台湾业强出版社之约，写作《倾城之恋——梁实秋、韩菁清忘年之恋》一书，梁实秋夫人韩菁清把这几十封火烫的情书原件，从台北带来给我，使我有机会一窥梁实秋情书的风采。

情书，是一个人最坦率、最赤诚的自白，你的品格、你的修养、你的爱憎、你的人生观，全都无遮无挡地"曝光"。尤其是作家的情书，文如其人，信如其人。鲁迅的《两地书》，那一封封写给"广平兄""小刺猬""害马""嫩棣棣"的情书，最真实地显示了鲁迅的所思所求。郁达夫那热辣辣的情书，正是他豪放不羁的性格的写照。梁实秋的情书，则全然是《雅舍小品》那幽默、细腻、清丽、委婉风格的继续。正因为这样，我才收集、整理、研究他的情书。一位作家的情书，远远超出了谈情说爱的范围，而是这位作家的心态最清晰的自述。

梁实秋如今通常被称为台湾作家，其实他是道地的北京人。1903 年 1 月 6 日（光绪二十八年十二月初八，亦即"腊八"），他出生于北京东单附近的内务部街。十二岁时进入北京清华留美预备学校，八年制毕业。二十岁留学美国。

他成为学贯中西的教授。他以三十七年功夫，独力译出《莎士比亚全集》四十卷，共四百多万字，成为中国译界引人注目的丰碑。他领衔主编了各种各样的英汉辞典，从小学生用的直至大学生用的，达三十多种。他主编的各种英语教科书，也多达几十种。他擅长散文，出版了一集又一集《雅舍小品》，独树一帜，独成一家。1949年6月，他偕妻及次女文蔷同赴台湾，从此雄踞台湾文坛，成为那里最有影响的老作家之一。也正因为这样，他渐渐被称作"台湾作家"。

梁实秋是一个很重感情、对爱情忠诚专一的人。"愿得一心人，白头不相离。"他在《槐园梦忆》一书中，以感人肺腑的笔触，细细叙述了他与前妻程季淑从相识、相恋、结婚直至程季淑死于非命那漫长的半个多世纪的爱情。他用十六个字，形容自己写《槐园梦忆》时的心境："缅怀既往，聊当一哭！衷心伤悲，掷笔三叹！"

梁实秋写信极为勤快，须臾之间便已写成一封。1923年，二十岁的他远涉重洋赴美留学时，每隔两三天便寄一信给未婚妻程季淑小姐，"一张信笺两面写，用蝇头细楷写，这样的信收到一封可以看老大半天"。他还曾如此论述过情书的"重要性"："'嘴唇只有在不能接吻时才肯歌唱'，同样的，情人们只有在不能喁喁私语时才要写信。情书是一种紧急救济。"离别三年，他给未婚妻的信积成一麻袋！

婚后，梁实秋仍珍藏着他和爱妻的往返情书，收藏于大床之侧的小柜里。可惜，1948年冬，当梁实秋夫妇仓促离开北平时，无法带走这一麻袋情书，只得含泪付之一炬，使世人再也没有机会读到他青年时代的情书。

1974年4月30日上午10时半，客居于美国西雅图的梁实秋夫妇正手挽着手到附近市场买午餐食物，突然市场前一个梯子倒下，不偏不倚击中程季淑头部。从此，梁实秋茕然一鳏。他把自己对亡妻的深深思念，织成《槐园梦忆》一书，交台湾远东图书公司印行。

"远东"跟梁实秋的交情非同一般，由梁实秋主编的《远东英汉大辞典》等许多著作都是由"远东"出版的。"远东"的老板请梁实秋来台北散散心。这样，梁实秋便在1974年11月3日从美国西雅图飞抵台北。极其偶然，他来台北后二十多天——11月27日，与歌星韩菁清萍水相逢，竟一见钟情，跌入爱河！

于是，梁实秋第二回成了"情书作家"。不过，此时今非昔比，他已七十一岁，年逾古稀。他所追求的歌星，比他小三十岁。令人惊讶的是，他有着一颗火热、年轻的心。他的情书中所跃动的热忱，恐怕十七岁的小伙子也未必能比得上！

这种"白发红颜""才子佳人""作家歌星"式的忘年恋爱，在台湾惹起一场新闻风波。人们对梁实秋颇有微词。他的学生们甚至成立"护师团"，反对这起婚姻——因为他在学生中向来德高望重，尤其是《槐园梦忆》一书更增添了他对爱情忠贞不渝的形象，忽地传出如此"风流新闻"，学生们骂他，更骂韩菁清。台湾街谈巷议梁韩之恋，一时间真的成了"倾城之恋"。

其实，梁实秋看上韩菁清，不仅仅她年轻俏丽，"韩歌绕梁"，而且在于跟她产生强烈的感情共鸣：她出自湖北名门，长于上海。1946 年 8 月，十五岁的她便荣登上海"歌星皇后"宝座。她谙熟古文，又懂英文，善书法，擅长丹青，在香港当过影星，会编剧、写歌词，甚至在 1954 年 5 月，二十三岁的她还由香港东南印务出版社出版过散文集《韩菁清小品集》。书中收入她的八十二篇散文小品，还收入她的诗词。如她所写的《玉楼春》：

微风吹度夜阑干，梅影凄凉独自看。

蜡炬有心心撩乱，多情化作无情叹。

春来不带春消息，万缕情丝欲系难。

幽思无从寄遥梦，人间到处是关山。

她有着"名媛才女"的美誉。梁实秋跟她谈古文、谈书画、谈英语、谈散文直至谈莎士比亚，样样谈得酣畅。正因为这样，他一见倾心，爱火如同火山一样从心间爆发。令人惊讶的是，在天天见面的情况下，两个月里他给她写了三十多封情书！她过惯夜生活，凌晨入眠，中午才起。她刚拉开七楼的窗帘，梁实秋已在楼下"仰望"。见到窗帘启开，他便上楼，面呈情书——正因为这样，他的情书信封上既没有地址，也没有邮票、邮戳。他，在"嘴唇接吻时"，居然也"唱出了歌"！他是作家，是散文高手，他发挥他的"一技之长"。在他看来，他的笔比口更能抒发他的心声。

梁实秋曾这样论及书信："书信写作西人尝称之为'最温柔的艺术'，其亲切细腻仅次于日记。"他还说："写信如谈话。痛快人写信，大概总是开门见山。若是开门见雾，模模糊糊，不知所云，则其人谈话亦必是丈八罗汉，令人摸不着头脑。"他的情书，确是"最温柔的艺术"，既含情脉脉，敞开心扉，却又高雅不俗，富有文采。

为了料理前妻猝死而引起的诉讼，梁实秋不得不飞离台北，回到美国西雅图，要求那市场赔偿损失。他和韩菁清暂别，鱼雁频传，甚至早上一信，中午一信，晚上又一信。梁实秋在小别台北两个多月之中，竟然给韩菁清写了二十万字情书！有的信，标明 P.1、P.2，直至 P.4（即多达四页）。他的字写得很小，每页有六七百字。为了节省邮费，他的信纸往往正、反面都写满字，一页抵两页用！他去邮局买邮票，一买就是一百张。他，真个成了李白所写的那般："相思无日夜，浩荡若流波。"

饱尝两个多月相思之苦，他终于回到台北，并于 1975 年 5 月 9 日和韩菁清举行婚礼。台湾各电视台、各报刊竞发喜讯，轰动美丽宝岛。

虽然有人说"结婚是爱情的坟墓"，梁实秋却称自己和韩菁清婚后度的不是"蜜月"，而是"蜜年"：他与她朝夕斯守，相爱愈深。闲时，他写情诗送她。每当他去美国看望女儿，小别几星期，总是频频给她去信，不减当年恋爱时的热忱。她则差不多每年要去香港一趟，小住数日或一星期，料理香港事务。如此短促的分别，他有时不能给她写信——信到香港时她已离开了，他就把自己的想念写成日记或信件，待韩菁清回来时交给她。也有时他把思念倾注于宣纸。他会画画，又会写诗。他画了送给她的画，题上献给她的诗。他把这些诗画相配的特殊作品，称之《菁秋戏墨》。比如，他知她喜食鱼虾，便画鱼虾图，并题小诗一首："小娃小娃，爱吃鱼虾，看了此图，得无馋煞？"年复一年，《菁秋戏墨》竟积成满满一匣。

相亲相爱十三个春秋。1987 年 11 月 3 日，八十四岁的梁实秋撒手西去。他给她留下遗嘱——最后的信，表达他最后的心意："你对我的爱，对我的照顾，对我的宽容，对我的欣赏，对我所作的牺牲，我十分感激你……"

她含泪安葬了丈夫，称他"到英国访问莎士比亚去了"。不论春夏秋冬，她每月两回乘坐计程车前往墓地，给丈夫献花。虽然天上人间，无法通邮，她仍常常把自己的思念写成信，烧化于丈夫墓前，希冀那随风飘逸的纸灰能飞到那个冥不可知的世界，落到他的手中……

梁实秋故世之后，每逢 11 月 3 日，台湾颁发"梁实秋文学奖"，总要邀请她以梁实秋夫人的身份出席发奖仪式，并给获奖者颁奖。应台湾报纸的再三要求，为了纪念梁实秋教授，她选出梁实秋写给她的一小部分情书，公开发表，引起读者浓烈的兴趣。诚如 1989 年 3 月 9 日台湾《中华日报》董保中先生的文章所言："这些情书，可以帮助我们对梁实秋先生这个人有较全面的了解，至少使我们可以了解梁先生不只会严肃地、板起面孔进行文艺论战，翻译莎士比亚。如果梁先生早是那样的严肃、板着面孔，我想他不会真正欣赏莎士比亚。我高兴梁实秋夫人发表了梁先生的情书，使我们知道梁先生也是一个人，也有跟大家一样有那'平凡'的一面。"董保中先生的评论，可以说是颇为中肯的。

其实，韩菁清交给台湾报纸发表的，只是梁实秋情书中的二十来封。为了帮助我写《倾城之恋》一书，以及准备着手写作的《梁实秋传》一书，她带来梁实秋和她的四百余封情书、家书、情诗原件，供我参考，以使我能对梁实秋有探入的了解。看了梁实秋这许多感人的情书，我向她建议，帮她编一本《梁实秋·韩菁清情书选》。另外，还将把她新婚第一年的日记整理出版，书名定为《蜜年》。这四本书组成一个系列，多角度地反映梁实秋的形象。十六万字的《倾城之恋》已由台湾业强出版社印行。其余三本将由上海人民出版社出版。

现在，《梁实秋·韩菁清情书选》已经编定，书中许多地方需要加注，我请韩菁清女士一一加以说明，写成释文，并请她过目、改定。

这本《梁实秋·韩菁清情书选》，共分四部分：

（一）情书

（二）家书

（三）情诗

（四）韩菁清小品

书信均以时间先后为序编排。我为每封信加了小标题，以使全书的眉目更清楚些。

为了使读者对梁实秋及其情书的背景、内涵有一定的了解，趁韩菁清来沪之际，我请她回答有关问题，作了一次谈话，整理成《韩菁清谈梁实秋及其情书》一文，收入本书之中。此文经韩菁清女士阅定。

需要说明一句的是：梁实秋和韩菁清情书中个别段落涉及他人的一些不便公开的事，本书编者予以删节。

根据韩菁清女士的意见，本书先出大陆汉字简体横排本，然后分别印行台湾版及香港版汉字繁体竖排本。

叶永烈于上海
1990 年 11 月 9 日初稿
1991 年 4 月 22 日改定

叶永烈：《梁实秋·韩菁清情书选》后记

这本来自海峡彼岸的书稿《梁实秋·韩菁清情书选》得以在上海出版，实出意料之外。

记得，为了帮助我写《倾城之恋》一书，韩菁清女士在1990年初送给我一批剪报。那是台湾《联合报》所发表的梁实秋情书，大约20封。当时她说："《联合报》一登，台湾许多报社找我，许多出版社也找我，希望公开教授的所有情书。我没有答应。公开发表20封，足够了。"

不过，写《倾城之恋》一书，梁、韩之间的情书毕竟是最重要、最真实的记录，我希望读到那20封之外未曾公诸于世的"密件"。韩菁清女士答应了。她每一次来上海，就带来一些梁实秋的情书原件，不过她声言只供写《倾城之恋》一书参考。

1990年11月，韩菁清女士交给我的梁实秋情书已有八十来封之多。我多次建议她，把这八十来封信，编成《梁实秋情书选》出版。她反复考虑之后，答应了。这样，我开始对梁实秋的情书加以整理、注释、写作序言，并于1990年11月24日晚，请韩菁清女士就"梁实秋及其情书"这一话题做了一次访谈。这一访谈记录，是从她的视角看"梁实秋及其情书"，收入书中，可使读者知道作为当事人的她的心态及见解。美国《世界日报》于1991年1月16、17日，以大半版篇幅刊载了这一访谈记录。

上海人民出版社表示愿意出版此书，金永华、季永桂两位先生表示了热情支持。这样，韩菁清女士在沪与上海人民出版社社长正式签署了出版合同。

我在1990年底编好了《梁实秋情书选》，本来可以付梓，但是总觉得有两大缺憾：第一，梁实秋的情书只80封，太少；第二，韩菁清的情书只交出1封，缺乏交流感。

我向韩菁清女士谈了这两大缺憾。她表示："既然上海人民出版社要郑重推出《梁实秋情书选》，我可以交出教授的全部情书，以保证书稿的完整性，这是对读者的尊重，也是对教授的尊重，因为这是教授一部重要的遗著。至于我的情书，我可以带来给你看，但是我仍坚持我原先的意见，只能象征性地发表一封——那封信是教授离开台湾后我写的第一封信，曾在《联合报》刊载。除此之外，我的情书一封也不能发表。"她重申她的情书不能发表的两个原因："第一，教授是大作家，他的情书是高品位的。我的情书怎么能和他相比？第二，我还在世，不能发表我的情书。"

1991 年 3 月底，她再度从台北飞来上海。一见面，她便对我说："这一回，我专程送信来了！"说着，她拿出一大包梁实秋情书原件以及他的字、画原件，还带来 150 多帧照片。她告诉我，她在家中细细寻找，现在已把梁实秋的情书几乎全部带来了。另外，还带来了他众多的家书——我把梁实秋跟她结婚之后的书信称为家书。

收到这么多梁实秋情书、家书，使我喜出望外。自然，我又问及她的情书，是否带来了？她说："也带来了，但是有一个条件，只供你参考，不能公开发表。"

我不得不再三陈述我的意见："教授的信，是写给你的。信中许多内容，是针对你的信而写的。书中缺了你的信，缺少了感情的交流，会使读者感到遗憾。再说，那已是 17 年前的往事了，早已不必'保密'，完全可以公之于世。"

她说："让我再考虑一下。我得仔仔细细看一遍……"

这样，我只带回梁实秋的情书、家书。我期待着她能答应发表她的情书。

她花费了两个通宵，认认真真地把自己当年的情书看了一遍。

她打电话来，约我见面。她把一大叠她当年的情书原件，交到我手中。她说："这些信，可供发表用。还有一些，我留下，以后再说。"

这样，她终于同意把她的数十封情书公之于世。这本书也就从最初的《梁实秋情书选》改为如今的《梁实秋·韩菁清情书选》。由于增加了韩菁清的情书，使全书增色不少，从"单行道"变成了"双行道"。

趁她在沪的时机，我请她逐一解答信中的疑难之处，完成了全书的注释。她的记忆力很不错，能够随口解释信中涉及的许多人名、地名及"暗语"。有时，我看稿至深夜，发现疑难，随时打电话给她，她总是马上给予详尽的答复。信中诸多疑难，倘若不是她给予解答，若干年后就很难加以"考证"了。

不过，她带来的信件，都是用繁体汉字写的，而且是随手写在信纸上，必须经过誊抄，用简体汉字写在方格稿纸上，才能交厂排印。上海人民出版社组织了黄建章、朱玉堂等许多朋友分头抄稿，并认真加以校对，保证了全书的质量。

现在，这本书经过誊抄、编选、注释，即将付梓，这是海峡两岸通力合作的成果。这些海峡彼岸的情书，却由海峡此岸编注、印行，可以说是一项可贵的文化交流。

梁实秋是台湾文坛的耆宿、散文高手，他的情书不仅给人以纯真爱情的感染，而且可以从他的笔下了解台湾社会及美国风情。因此，本书的出版，其意义远远超出一般情书的范畴。本书也是研究梁实秋晚年生活不可多得的珍贵史料。这是一本雅俗共赏、内涵丰富的书：年轻的读者可以从中得到爱的温馨；文学青年可以从中受到文学的熏陶；中老年读者可以从中品味人生的甘苦；学者可以从中研究、剖析梁实秋其人。

我在已经出版《倾城之恋》一书和编定这本《梁实秋·韩菁清情书选》之后，将着手整理韩菁清的《蜜年》一书和完成长篇《梁实秋传》（都将由上海人民出版社出版）。这四本书从不同的视角刻画了梁实秋——虽然他是一位争议颇多的作家，但也正因为争议颇多就更值得我们从多角度探索。

叶永烈

1991 年 4 月 23 日于上海

补记：

我在《〈梁实秋·韩菁清情书选〉后记》中所提及的四本关于梁实秋的书，最终只完成两本。韩菁清的《蜜年》一书，只写了与梁实秋结婚的最初八天，就没有写下去，而我的《梁实秋传》，也被一系列当代重大政治题材的纪实文学的写作挤掉，没有排上写作日程。就连《梁实秋·韩菁清情书选》以及我的"红色三部曲"的责任编辑、年富力强的季永桂先生也因肺癌离开了人世。

叶永烈：《雅舍小品》代序

（应梁实秋夫人韩菁清之约，叶永烈以《我看梁实秋》作为上海人民出版社 1993 年出版的梁实秋《雅舍小品》《雅舍杂文》两书代序）

从"毛选"一条注释说起

1991 年夏日，我因事去京，梁实秋的长女梁文茜来看我。她刚坐下来，便问我："新版'毛选'你看了没有？关于我父亲的注释改了！"那兴奋之情，可见一斑。

"毛选"，也就是中国大陆人所皆知的《毛泽东选集》，发行量之众、影响之大，别的著作望尘莫及。在 1953 年所印《毛泽东选集》第三卷《在延安文艺座谈会上的讲话》一文的注释中，这样提及梁实秋：

"梁实秋是反革命的国家社会党的党员。他在长时期中宣传美国反动资产阶级的文艺思想，坚持反对革命，咒骂革命文艺。"

虽说只是一本书中的一条注释而已，但是以《毛泽东选集》的权威性，那注释又出自"中共中央毛泽东选集出版委员会"之手，无疑如同一纸最高法庭的宣判书，给梁实秋定了"案"。从此，梁实秋在中国大陆便臭名昭著，他的在北京的长女也为此背上了沉重的十字架。那时节，梁实秋的作品在中国大陆绝迹。人们除了在学习"毛选"时从那条注释中知道有那个"反革命"的梁实秋之外，便是从中学语文课本中鲁迅的杂文知道有那么个"'丧家的''资本家的乏走狗'"梁实秋。

新近出版的"毛选"第二版，重写了梁实秋条目，笔调变得客观：

"梁实秋（1903～1987），北京人，新月社主要成员，先后在复旦大学、北京大学等校任教。曾写过一些文艺评论，长时期致力于文学翻译工作和散文的写作。鲁迅对梁实秋的批评，见《三闲集·新月社批评家的任务》《二心集·'硬评'与'文学的阶级性'等文》。"

据梁实秋长女云，为了定这条注释，中共中央文献研究室曾几度向她征求过意见。后来我在访问中共中央文献研究室时，他们也谈及"毛选"新版的注释经过极为慎重、反复字斟句酌才最后改定的。

"毛选"注释之改，表明大陆官方对于梁实秋做出了不同于以往的评价。四卷本的《梁实秋散文》用简体汉字印刷，堂而皇之出现在大陆各新华书店，而且成了畅销书。至于大陆各出版社自行编印的五花八门的梁实秋著作，如《梁实秋散文选》《雅舍菁华》《梁实秋怀人丛录》《梁实秋读书札记》等，也充斥坊间。至于内部翻印梁实秋主编的《远东英汉大辞典》，即便在痛骂他为"乏走狗"的"文革"岁月，依然在大陆流行。

梁实秋在海峡两岸都称得上"名人"，可是反差却颇大：1987 年 11 月 3 日梁实秋在台北谢世时，台湾各报以整版篇幅刊载悼念文章，誉之为"国宝级作家""文学宗师"。海峡此岸，如上所述，梁实秋一度等同于"反革命"。其实，对于梁实秋的评价，一味推崇大可不必，一口否定更不应该，两种极端均不足取。眼下，已是到了可以对他进行一番实事求是的公允的评价的时候了。

从事业上看梁实秋

梁实秋兼具三种身份，即学者、文学翻译家、作家。此外，还可以加上一句：半个文学评论家。

作为学者来说，梁实秋的功底是扎实的。他于 1923 年毕业于清华学校后，赴美科罗拉多大学、哈佛大学、哥伦比亚大学学西洋文学，打下很好的基础。此后他执教 40 年。晚年，由台湾协志工业丛书出版股份有限公司印行的他的《英国文学史》（分三卷，近 200 万字）和与之配套的《英国文学选》（也分三卷，近 200 万字），可以说是他毕生致力于英国文学教学、研究的学术最高成就。另外，由他主编的一系列远东英汉辞典及数十种英语教科书，也是他的学术重要成就。他因此博得台湾"三大英文教授"之一的称誉，是名副其实的。他的治学态度也是严谨的。尽管有人指出他主编的《远东英汉大辞典》的大量讹误，连批评者也承认，那只是这位"大主编"无暇细顾辞典编撰工作而已，不是他"徒有虚名"。

作为文学翻译家而言，他在中国译界矗立起一座丰碑，那便是以 37 年的时光，独力完成《莎士比亚全集》的翻译工作。就译文质量而言，是第一流的。这部巨著的独力译出，为他作为第一流的文学翻译家一锤定音。同时也充分显示了他超人的毅力、埋头苦干的精神。他与海峡另一边的傅雷旗鼓相当，成为两岸译界两巨子。

作为作家而论，他足以进入中国当代散文高手之列。他的散文代表作是《雅舍小品》。他从 1939 年入蜀居于北碚"雅舍"开始写"雅舍小品"，当年出了第一集，收 34 篇。此后，在 1973 年出续集，33 篇；1982 年出三集，37 篇；1986 年出四集，40 篇。同年由台湾正中书局印出合订本，共收小品 143 篇。此外，他还写过许多散文，但他对"雅舍小品"特别偏爱，自以为稍差的，便不入《雅舍小品》。因此，《雅舍小品》可以说是梁实秋散文的"精品屋"。

台湾关国煊先生以"温柔敦厚、谑而不虐、谈言微中、发人深省"十六字评价梁实秋的散文，颇为中肯。在我看来，梁实秋的散文大都具有"十"字形结构，即纵线（古今）与横线（中外）交错，纵横捭阖，清丽流畅。这是由于梁实秋具备了丰富的阅历和广博的学识。

一、漫长的人生，经历了自清末以来多种历史时代；

二、有着中国大陆、台湾、美国"三度空间"生活经验；

三、幼时打下良好的中国古文基础；

四、精通英语，熟知西洋文化。

他学贯中西，博览古今，写起散文信手拈来，妙趣横生，自然而然形成自己纵横交错的独有特色。

不过，作为作家，他也有明显的缺陷，那便是只能刻意雕琢"小玩意儿"，却缺乏驾驭鸿篇巨制的能力。就这一点而言，他远逊于林语堂。另外，他也缺乏虚构的能力。他把大量精力投入翻译莎翁剧作和写英国文学史，那毕竟是把莎剧译成汉语和把英国文学发展史介绍给中国读者，却不是他自己的文学长篇著作。

从政治上看梁实秋

从政治上看梁实秋，这是颇为敏感而又无法回避的话题。"毛选"初版的注释，对梁实秋的评价，便全然是政治性的——虽说现在看来明显带着"左"的偏见。

毋庸讳言，海峡两岸对于梁实秋曾有过截然不同的评价，并不在于他学术成就的高低，翻译作品的是否"信、达、雅"和散文创作的优劣，而是在于他的政治态度。

梁实秋第一次引起左翼文人的憎恶，在于"鲁、梁之争"。我曾多次访问了梁实秋夫人韩菁清女士，据她回忆，梁实秋生前曾谈及他和鲁迅争论的起因，即他首先批评了鲁迅的"硬译"。当时，梁实秋读了鲁迅从日文转译的苏联卢那察尔斯基所著文艺论文集《文艺与批评》一书，认为"实在译得太坏"甚至"疑心这一本书是否鲁迅的亲笔翻译"。鲁迅自己在该书的后记中也说："译完一看，晦涩，甚而至于难解之处真多；倘将仿句拆下来呢，又失了原来的语气，在我，是除了还是这样的硬译之外，只有束手这一条路了，所余的唯一的希望，只在读者还肯硬着头皮看下去而已。"

梁实秋作为"半个文学评论家"，作为翻译界的同行，对鲁迅提出了批评，他在 1929 年 9 月《新月》月刊上，发表了《论鲁迅先生的"硬译"》一文。

应当说，如何进行翻译，这只是一个学术问题。在我看来，就这个问题而言，梁实秋对鲁迅的批评大体上是正确的。

然而，与此同时，梁实秋在《新月》这一期上，又发表《文学是有阶级性的吗？》一文，否定文学的阶级性。

为此，鲁迅著长文《"硬译"与文学的阶级性》，发表于 1930 年 3 月《萌芽月刊》第 1 卷第 3 期。鲁迅猛烈地抨击了梁实秋。鲁迅指出："在阶级社会里，即断不能免掉所属的阶级性"；"无产者就因为是无产阶级，所以要做无产文学。"

从"硬译"这样的学术之争，上升到文学有无阶级性这样不同的文艺观之争。紧接着，又进一步发展为政治之争。

梁实秋在第 2 卷第 9 期《新月》上，连发两文，其中《"资本家的走狗"》

一文回击冯乃超在《拓荒者》第2期上对他的批评；《答鲁迅先生》则是还击鲁迅《"硬译"与文学的阶级性》一文。梁实秋在文章中，把攻击的目标直接指向"××党"："我只知道不断的劳动下去，便可以赚到钱来维持生计，至于如何可以到资本家的账房去领金镑，如何可以到××党去领卢布，这一套本领，我可怎么能知道呢！"

梁实秋的这些文章，理所当然激起鲁迅的愤懑。鲁迅发表了著名的杂文《"丧家的""资本家的乏走狗"》，痛斥梁实秋。这样，鲁、梁之争，演化为共产党、国民党在文化战线上一场轰动一时的斗争。

步入晚年时，梁实秋也曾说过几句自悔的话。他说，他当时年方二十又六，"血气方刚"。

就政治而言，梁实秋当时的话是偏激的。

此后，1938年冬，梁实秋再度成为左翼文人的"众矢之的"。那是他接手主编《中央日报》副刊《平明》。走马上任，他便在1938年12月1日《中央日报》的《平明》副刊亮出《编者的话》。梁实秋与鲁迅的笔战，使他的一举一动都为左翼文人所注意。此刻，他又在政治色彩那般鲜明的国民党中央机关报任职，自然众所关注。他的《编者的话》有一段本来无可指责的文字，一时间成为密集性批判的对象："现在抗战高于一切，所以有人一下笔就忘不了抗战。我的意见稍微不同。于抗战有关的材料，我们最为欢迎，但是与抗战无关的材料，只要真实流畅，也是好的，不必勉强把抗战截搭上去。至于空洞的'抗战八股'，那是对谁都没有益处的。"这段话被归结为"与抗战无关论"（虽然梁实秋已清楚地说了"于抗战有关的材料，我们最为欢迎"）。第一个开炮的是罗荪，在梁文见报的第五天——12月5日重庆《大公报》即发表《"与抗战无关"》一文，批判"某先生"。梁实秋迅即在翌日《中央日报》回敬了一文，题目也是《"与抗战无关"》。接着，宋之等人也发表文章批判"与抗战无关论"。

以上两次论战，使梁实秋成为左翼作家的宿敌。1940年1月，梁实秋再度成为"轰动人物"。那是他以参政员身份（他在1938年7月以民社党员身份成了国民参政会的参政员，该会为咨询机构）参加"华北慰劳视察团"。该团由重庆出发，经成都、西安、郑州、宜昌等地，访问了七个集团军司令部。原计划抵达西安后访问延安，但毛泽东致电参政会，对慰问团中余家菊、梁实秋二人不予欢迎，该团遂取消延安之行。此事使梁实秋颇为尴尬，一时成为议论中心。

不久，1942 年 5 月，毛泽东在《在延安文艺座谈会上的讲话》中，点了梁实秋的名。《毛选》上注释梁实秋的条文，便因为此处而提及他。毛泽东的话，实际上是对鲁迅观点的赞同。他说："文艺是为资产阶级的，这是资产阶级的文艺。像鲁迅所批评的梁实秋一类人，他们虽然在口头上提出什么文艺是超阶级的，但是他们在实际上是主张资产阶级的文艺，反对无产阶级的文艺的。"

这样，1948 年冬，当中国人民解放军包围北平之际，梁实秋面临着留还是走，而他选择了走是必然的了。

梁实秋到了台湾，照他的资历，当个"教育部长""立法委员"之类是不在话下。他挨过鲁迅、毛泽东的批判，是他难得的"政治资本"，但他却如他的朋友蒋子奇给他相面时所言："一身傲骨，断难仕进。"他在台湾埋头于书斋和课堂，只担任台湾师范大学英语系主任、文学院院长之类非政治性职务。他上千万字的著作是在台湾写出来的，清楚表明他对仕途的淡泊。

他有两回公开论及鲁迅。第一篇《鲁迅与我》发表于抗战时期的《中央周刊》，去台后又写了《关于鲁迅》一文，收于台湾文星书店 1964 年印行的《文学因缘》一书。他声明："我个人并不赞成把他的作品列为禁书（指鲁迅作品在台遭禁）。"他指出，鲁迅的《中国小说史略》"值得称道"，但又说，"鲁迅的杂文的态度不够冷静，他感情用事的时候多"。

1986 年 10 月，资深的中共党员、上海作家协会副主席柯灵在《回首灯火阑珊处》（《中国现代序跋丛书——散文卷》导言）中，第一个站出来为"与抗战无关论"平反，认为半个世纪前对梁实秋的第二次批判是错误的。梁实秋读罢柯灵文章，即说："为误判纠正，当然是好事。"（见台湾《联合文学》第 3 卷第 7 期）

从个性看梁实秋

就个性而论，梁实秋可以说十分奇妙，集刚柔于一身。

他的刚，表现在他卓尔不群，一旦自己认定了，任凭舆论哗然，他坚持走下去，不会有半点儿动摇。譬如，他年轻时的那场鲁、梁之争，中年时在台湾坚辞任何政职，晚年时又不顾强大的舆论压力与比他小 30 岁的歌星韩菁清结为伉俪。

他的柔，又充分表现在他的温情脉脉。他和前妻程季淑一片深情，共同度过半个世纪的漫长岁月，直至她猝死于突发事故。他含泪写下《槐园梦忆》一书，以极为细腻的笔调追述半个世纪的柔情，感人至深。在《槐园梦忆》刚刚印行，他又与歌星韩菁清陷于热恋，短短几个月中写下数十万言情书。我读了韩菁清从台北带来的众多的梁实秋情书原件，并编定了《梁实秋·韩菁清情书选》一书（由上海人民出版社、台湾正中书局、香港明报出版社三家分别印行大陆版、台湾版、香港版）。他的情书格调高雅，文字清新，又热烈似火——此时此际，他已是七旬老人。婚后，他与韩菁清恩恩爱爱度过 13 个春秋。

除了既刚又柔之外，他富有幽默感。他的幽默不是外加的，而是内在的。他的《雅舍小品》，浸糅着幽默感。诸如他称搓麻将为"上肢运动""蛙式游泳"等，令人忍俊不禁，却又是他信笔写来，不是"硬装噱头"。他远比号称"幽默大师"的林语堂幽默。

他为人细心、细致，富有怀旧感。他对生活的观察力比别人显得更为细腻，甚至近乎女性笔调。他的散文高雅超脱。他的《雅舍小品》以一个"雅"字（虽然原是他的友人龚业雅的名字）贯穿始终，是他的"与抗战无关论"的实践——从头至尾不涉及政治，却十分注重知识性。正因为这样，不改一字，也照样在中国大陆风行。

这篇《我看梁实秋》，算是对这位错综复杂、众说纷纭的人物进行粗浅的评价。不当之处，敬请读者教正。